如花美眷 似水流年

「细读《聊斋》中的女子

胡狼拜月⊙著

U0683950

重庆出版集团
重庆出版社

图书在版编目(CIP)数据

如花美眷,似水流年 / 胡狼拜月著. —重庆: 重庆
出版社, 2010.10
ISBN 978-7-229-02905-0

Ⅰ.①如… Ⅱ.①胡… Ⅲ.①聊斋志异–女性–人物
形象–文学研究 Ⅳ.①I207.419

中国版本图书馆 CIP 数据核字(2010)第 174618 号

如花美眷,似水流年
RU HUA MEI JUAN SI SHUI LIU NIAN

胡狼拜月 著

出 版 人:罗小卫
责任编辑:郑 玲 李 梅
装帧设计:叁 月 胡 湖

重庆出版集团
重庆出版社 出版

重庆长江二路 205 号 邮政编码:400016 http://www.cqph.com

重庆出版集团艺术设计有限公司制版

自贡新华印刷厂印刷

重庆出版集团图书发行有限公司发行

E-MAIL:fxchu@cqph.com 邮购电话:023-68809452

全国新华书店经销

开本:880 mm×1 230 mm 1/32 印张:8
2010 年 10 月第 1 版 2010 年 10 月第 1 次印刷
ISBN 978-7-229-02905-0

定价:26.80 元

如有印装质量问题,请向本集团图书发行有限公司调换:023-68706683

版权所有 侵权必究

目　　录

一、《娇娜》系列：

《娇娜》：春日微阳，只爱一点点 …………………… 1

娇娜篇：秋波婉转，疑是惊鸿照影来 …………… 11

松娘篇：洗手作羹汤，此处最相思 …………… 24

香奴篇：婉转琵琶已入痴，重重心事有谁知 …………… 27

二、《青凤》系列：

《青凤》：划袜步香阶，手提金缕鞋 …………… 30

青凤篇：陌上红颜随君老，青影霓裳盈盈盼 …………… 40

耿生妻篇：但见新人笑，哪知旧人忧 …………… 51

三、《阿宝》系列：

《阿宝》：惊鸿一瞥三千年 …………… 57

阿宝篇：如珠如宝，婉兮清扬 …………… 69

四、《连琐》系列：

《连琐》：彼岸花开，幽冥相接 …………… 73

连琐篇：因情而生，白骨生肉 …………… 82

五、《连城》系列：

《连城》：娥眉一笑，知己之恋 …………… 86

连城篇：她比烟花更寂寞 …………… 94

宾娘篇：听说爱情好像存在过 …………… 99

六、《商三官》系列：

《商三官》：刀尖上的道德 ·············· 102

商三官篇：小女子的Ａ计划 ·············· 106

七、《翩翩》系列：

《翩翩》：此处安心是吾乡 ·············· 110

翩翩篇：临行密密缝，为君添衣裳 ·············· 118

花城娘子篇：花影霓裳，丽影翩跹 ·············· 126

八、《辛十四娘》系列：

《辛十四娘》：韶华逝去，我爱的是你那沧桑的容颜 ··· 131

辛十四娘篇：佳人如玉，至善至贤 ·············· 147

丫鬟篇：美人如玉剑如虹 ·············· 155

九、《花姑子》系列：

《花姑子》：世间万般悲愁苦，都莫过生死与别离 ······ 158

花姑子篇：眉黛敛，泪珠凝，离别多少情 ·············· 172

十、《伍秋月》系列：

《伍秋月》：昔曾浅笑问君知，流光明灭任是非 ······· 177

伍秋月篇：心较比干多一窍，病若西子胜三分 ·············· 185

十一、《绿衣女》系列：

《绿衣女》：记得绿罗裙，处处怜芳草 ·············· 188

绿衣女篇：鬓边一点似飞鸦 ·············· 193

十二、《云翠仙》系列：

《云翠仙》：敢笑十娘不丈夫 ·············· 196

云翠仙篇：易求无价宝，难得有情郎 ·············· 204

婢女篇：平生遭际实堪伤 ·············· 207

十三、《颜氏》系列：

《颜氏》：谁说女子不如男 ………………………… 210

颜氏篇：谁共我赌书消得泼茶香 ………………… 216

十四、《细侯》系列：

《细侯》：东方美狄亚 ……………………………… 220

细侯篇：惊世骇俗另类"桃花夫人" ……………… 226

十五、《江城》系列：

《江城》：忽闻河东狮子吼 ……………………… 233

江城篇：对烛独酌胭脂虎 ………………………… 244

一、《娇娜》系列：

《娇娜》：春日微阳，只爱一点点

娇娜篇：秋波婉转，疑是惊鸿照影来

松娘篇：洗手作羹汤，此处最相思

香奴篇：婉转琵琶已入痴，重重心事有谁知

《娇娜》：春日微阳，只爱一点点

现代人常常感慨：为什么不能既拥有一个贤惠的妻子又享有一个介于男女之间第三种关系的女朋友？而在蒲松龄的笔下，便为我们描述了这样一种可能。

孔雪笠，圣人之后，孔子后裔。这名字取得不错，深有"孤舟蓑笠翁，独钓寒江雪"之意。

接着，便和其他聊斋故事开篇一样，介绍人物特征："为人蕴藉，工诗"。有内涵的才子，不愧是孔夫子的后裔。

才子也是需要吃饭的，于是一朋友来信给他，帮他找了个工作。等他到达的时候，不巧朋友去世，于是落魄又回不去，只好寄居在寺庙里做些抄写工作。

从这里我们可以看出古代文人求职之路的艰辛：一来，通讯不发达。从孔雪笠得到信到他到达目的地，要是途中出现个什么意外，若在今天，一个长途电话就可以解决，也不至于最后落魄到回家的路费都没有。想来，《围城》的结局中方鸿渐收到赵辛楣帮他介绍工作的来信，准备投奔他去，可以料想当中又是一番波折。

二来，出门在外，混口饭吃不容易。一不留神，连回家的路费都没有了。以前出门做西席先生都是无奈之举，这点对于蒲松龄，这位有着几十年西宾生涯的读书人可以说是如人饮水，冷暖自知了。

因此我们常常在一些小说或者电视剧中看到，一些书生上京赶考，没有路费，便寄宿在和尚庙里靠抄抄写写挣银子。《会真记》里的张生，本文中的孔生，都是如此。

话说这寺庙附近有个单先生的府邸，先生的公子因为和人家打官司，弄得家境败落，人口稀少，便迁移到乡下去居住，这座宅院就空闲了下来。

一天大雪纷飞，路无行人，颇有王子猷"何必见戴"的风味。孔生闲逛，途中路过单府，正好见一风采俊貌的公子外出。

与之交谈，公子邀请孔生进府小叙。进门之后发现，屋子并不宽敞，墙上挂着很多古人字画，书案上有本名叫《琅嬛琐记》的书。

"琅嬛"二字，字典上说是天帝藏书之处，元代伊士珍《琅嬛记》中曾说，张华因为进入一个名叫琅嬛福地的地方而作了志怪小说《博物志》。关于琅嬛，《天龙八部》中曾将天下武学私人珍藏之处命名为"琅嬛福地"，来源也是如此吧。可见这位年轻公子不是寻常人。

少年和孔生一番寒暄，少年对孔生的遭遇十分同情，劝孔生开馆授徒，并自愿当孔生的学生。孔生自然是十分欢喜，求之不得，并表示少年这样的人，自己不敢当他的老师，仅仅希望做朋友就足够了。

少年这才介绍自己，姓皇甫，只是暂时住在单先生宅院。

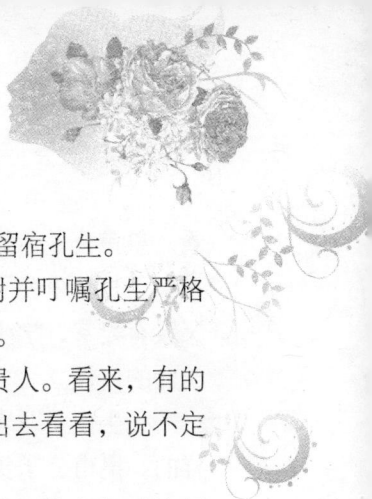

于是两人相见恨晚，秉烛夜谈，皇甫公子当即留宿孔生。

之后，皇甫公子的父亲来看望孔生，感谢并叮嘱孔生严格教导自己的儿子，还给孔生送来日常生活用品。

看到这里不禁感叹，孔生还真是出门遇贵人。看来，有的时候如果我们陷入困境中，不妨走出家门，出去看看，说不定会有"柳暗花明又一村"的机遇。

皇甫公子呈上自己的文章，都是古文诗词，没有当时流行的八股文。孔生问缘故，皇甫公子笑着回答："我不思进取。"可见皇甫公子又是一位不拘名利的隐逸之人。

看到这里，很多人会觉得奇怪，这个故事不是讲娇娜吗？为何她还没有出场？而这也正反映了娇娜的与众不同。

其他的聊斋篇目中，女主角一出场便可能是与男主角一见钟情，而《娇娜》一篇，却以皇甫公子和孔生相交为开篇，可见娇娜与孔生的情意也是纯洁美好的。

接着，喝酒聊天甚是欢快，于是皇甫公子便对童子说："去看看老爷睡了没，睡了就悄悄把香奴唤来。"

过了一会儿，只见绣袋装着的琵琶先送过来，接着，一名婢女进来，书上说"红妆艳绝"，可见也是一位佳人。

公子命弹奏《湘妃怨》的曲子，便以象牙的琴拨拨动琴弦，发出激扬哀烈的声音，音乐的节奏全不像平素所听到过的。弹完后，又让香奴用大杯斟酒，他们就这样喝到三更天。

回观此情景，不禁想起白居易《琵琶行》中的描述："千呼万唤始出来，犹抱琵琶半遮面。"

酒喝了，心事谈了，应该开始读书了。皇甫公子异常聪明，常常是过目成诵，因此两三个月后，他下笔写诗作文，令人惊赞不已。于是两人约定五天一饮酒，同时每次都唤香奴来。

人说酒能乱性，一天孔生喝得酒酣耳热，便死死盯住香奴看。皇甫公子何等聪明之人，怎会看不出孔生对香奴的爱慕之意？于是皇甫公子说的，香奴是老爹所豢养。先生您远离家乡，又没有妻室，学生自然早就为您考虑过，一定要为您物色一位美丽的伴侣。

孔生便立即表态，要是真有合适的人选，一定要像香奴这样的。皇甫公子笑道，先生还真是少见多怪，如果以香奴做标准，您的愿望也太容易满足了。

孔生在皇甫家的第一段相思就这样不了了之，比贾雨村还不如，贾雨村那位娇杏姑娘起码还学秋香给贾雨村来了个念想。香奴之于孔生，就这样叫皇甫公子给断了念想。

皇甫家常常关着门，与外隔绝交流，孔生也没有产生怀疑。

当时正值盛夏，天气湿热，于是他们便把书房移到园中亭子里。这时孔生胸口上突然长了个像樱桃似的包，估计就是我们现在说的瘤子或者说是因为皮肤过敏什么而长的热毒包，怪异的是，一夜之间，长得像碗那么大了，令孔生痛苦难耐。

皇甫公子每天早晚都来探望，也吃不下饭睡不着觉，万分着急。又过了几天，孔生痛得饭也吃不下，连老爷子也惊动了，老爷子探望，看得父子俩"唧唧复唧唧"，但闻爷叹息。

皇甫公子突然想起一件事来："我暗自思量，先生的病可能娇娜妹妹能治，便派人去外祖母家叫她回来了，怎么这么久还没到？"

真是说曹操曹操到，书童进门禀报，娇娜到了，连姨娘和松姑娘也一起来了。这里蒲松龄便为我们埋下了一个伏笔，不过是去请回个"家庭医生"，为什么还捎带着一起来了两人？

话不多说，我们还是先来关心一下孔生的病情吧。

娇娜出场，书中的形容是"娇波流慧，细柳生姿"，一看便是个美人胚子。

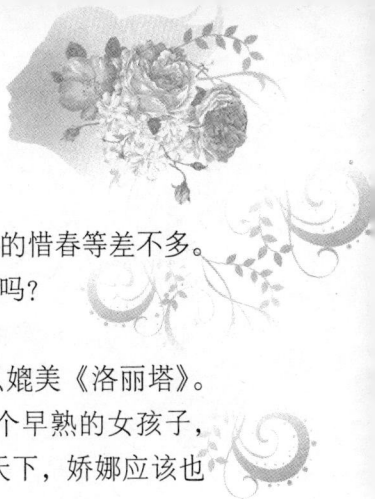

而反观娇娜的年龄，估计和《红楼梦》里的惜春等差不多。大家还记得《红楼梦》对惜春出场外貌的描写吗？

"第三个身量未足，形容尚小。"

而这里蒲公对娇娜的外貌描写，简直可以媲美《洛丽塔》。从这番对娇娜的描述来看，娇娜应该属于一个早熟的女孩子，想当初，长孙皇后十三岁嫁给李世民，母仪天下，娇娜应该也是属于这种聪慧女子。

孔生一见来了个漂亮医生，连哼哼哈哈喊疼都忘了，精神随之为之一爽。看来以后医院都是漂亮医生、美女护士，估计上麻药都不用了，实乃病人之福。

皇甫公子便介绍说，这是哥哥的好朋友，胜过亲兄弟，妹子可要好好医治。

既然哥哥已经开口，娇娜便收敛起羞容，挽起袖子，拿出大夫的范儿来，走到病床前探望。

诊断时，孔生只闻到娇娜身上香气袭人的兰花味儿，沁人心脾。

娇娜笑道："真该得这种病，这是心脉动啦。病情虽然严重，所幸还有得医。只是这皮肤上的肿块，只好动手术剥皮削肉了。"

这小姑娘还真是练家子，就这样简单号脉便知孔生得的是心病。接下来便是医治了。

动手术在当时来看不是一般二般的困难，首先，"身体发肤受之父母"，岂敢随意损坏，也只有皇甫公子这样不以世俗观点为标杆的人家才能出现这样的女大夫；其次，开刀的问题，当初曹操头风发作，华佗建议脑袋上开刀，被曹操疑心置之于死地，而这里娇娜与孔生这份医生与病人互相信任的情意不能不让人感动。

我们来看看娇娜是如何动手术的：只见娇娜撸下手臂上的

金镯子，按在患处，慢慢地压下去，肿疮突然鼓出一寸左右，高出镯子外，疮的肿根也都收在镯子里，不像以前饭碗那么大了。而另一只手撩起衣襟，解下佩刀，那刀刃薄如纸。她按着镯子，手握刀轻轻地从疮的根部割削，紫血外流，污染了床席。

这完全是现代外科手术的做法，中间还省略了打麻醉药的过程，看来是没有什么痛苦，娇娜还真是位神医。

而这时候孔生的反应呢？书中说，孔生贪恋接近这位漂亮姑娘，不但不觉得疼痛，还怕割得快，与姑娘相近不能长久。

看来用美女来当麻醉剂还真是有用，怪不得历史上那么多所谓的头头脑脑喜欢用美人计，为的是把对手迷得七荤八素方便自己下手，同时也把美女当一次性药品使用，注射完了就扔掉，任西施被沉江、貂婵被砍头、玛塔·哈里被枪决。

削掉的烂肉一团团像是从树上割下的木疙瘩。娇娜又叫送水来，把割处洗净，进行术后清理。

最后，娇娜口中吐出一颗红色小丸，放在患处，按着它旋转。

刚刚转了一圈孔生就觉得热气蒸发，这说明是红丸在发挥疗伤的作用；再转一圈，如同微风吹拂那样使人痒痒，可能是在长肌肉，在挖去腐肉处生新肉；第三圈，全身都感到清凉渗透骨髓，可能是在巩固药效，使身体完全康复。

于是，娇娜收回红丸放入喉咙里，说声"好了"便快步走出房门。孔生跳起来赶着前去致谢，自己感到好像重病突然全愈了一样。

我们来看这场手术，娇娜的专业水准是完全达标的，手术中动作干净利落，让病人在最短的时间内得到康复。要是天下的医生都像娇娜这样，估计医院都因为拿不到药品回扣而倒闭了。

孔生身体上的病是好了，可是心病又犯了，每每想到娇娜便发呆不已。皇甫公子又不是没见过孔生这般情态，心中大致明白了八九分。

　　不过这次皇甫公子可是做好了准备工作的，便开口对孔生说道："我已经为您物色到了一个美丽的妻子。"

　　情已攻心的孔生忙问是谁，得知也是皇甫公子的亲属，呆呆傻傻地想了半天，明白了说的不是娇娜，便婉拒了，同时还冒了两句酸，吟出元稹的名句"曾经沧海难为水，除却巫山不是云"。现在又是非娇娜不娶了，先前的香奴早被抛到九霄云外去了。

　　皇甫公子这个媒人做得还真是不容易，于是开口对孔生说道："其实我爹也很欣赏您的才学，经常想和您联姻。只是家里唯一的妹妹太小了。我姨娘的女儿，阿松，十八岁了，长得还算标致。若您不信，明天她游园之时，您可以私下看见她。"

　　孔生果然按照皇甫公子说的办法去做，只见娇娜陪着一位美女走来，"画黛弯额，莲钩蹴凤，和娇娜不相上下"。此时的孔生，好比是初见崔莺莺的张君瑞，急色色地请皇甫公子做媒。

　　此后自然顺利妥当，完美得令孔生以为如同在广寒宫，幸福美满。

　　这皇甫公子对孔生也真是尽心尽力，孔生生病之时自己愁得吃不下饭，找来妹子为其医治，顺带还帮他把预定的相亲对象请来。

　　欢乐总是短暂的。这天，皇甫公子告诉孔生，说那位单先生已经打完官司归来，索要住宅非常紧迫，自己准备搬家，以后和孔生见面就少了，心中自是离愁别绪舍不得。

　　孔生也同样舍不得这位亦徒亦友的皇甫公子。提出和公子一起搬家。而皇甫公子却劝孔生回家。

孔生便觉得为难起来。的确，我们前面也看到了孔生是因为盘缠的问题有家难回。

但遇到皇甫公子，这些问题都解决了。一会儿，老爷领着松娘来了，并且还送给孔生一百两黄金。皇甫公子伸出左右手让孔生和松娘握住，叮嘱他们不要睁眼看。孔生只觉得飘飘然之间仿佛在空中行走，耳边呼呼地风响。

过了好久，只听皇甫公子一声"到了"，孔生睁眼一看，果然是自己家，这才明白原来皇甫公子不是凡人。

于是领着媳妇进门，老母亲见了自是欢喜，回头一看，皇甫公子已经不见了。

此后，松娘侍奉婆婆孝顺无比，贤惠与美貌之名远近得知。而孔生也是仕途得意，考中进士，被任命为延安府司理官，便带着家属赴任。母亲因为路途遥远没有去，而此时松娘又生下了一个男孩叫小宦。

按说，故事到这里就可以结束了。不过，这样这个故事就不应该叫《娇娜》而应该叫《孔雪笠》了。于是，转折来了。

孔生因为冒犯了御史，被罢官，但还有一些事纠缠，不得离开这里归家。一天偶然在外打猎，与皇甫公子重逢了，两人自然是悲喜交集。

于是皇甫公子再次邀请孔生与他一起回家。只见皇甫公子府上门庭豪华如同世家大族。问起故人近况，只知道娇娜已经出嫁，岳母也已去世，两人自然又是感叹不已。

第二天，孔生又陪着松娘一起来皇甫家。恰好娇娜也来了，抱着小宦，逗着他玩儿，漫不经心地调笑道："姐姐可乱了我家的种族了。"

孔生便向他拜谢过去的恩惠，娇娜笑着打趣："姐夫成了贵人，疮口已合，没忘记痛吗？"这时娇娜的夫君吴郎也来拜见，

住了两晚才走。

一天，皇甫公子满脸愁容地对孔生说："天将降大难于我们家，不知道您能不能相救？"

孔生很是讲情义，虽然不知道是什么事，但也马上答应下来。话说回来，孔生考虑问题还真是不全面，连是什么事都不知道就应承下来，不过，我们也可以据此说孔生直率坦诚吧。

皇甫公子出门叫来一家子人全围着孔生跪下。孔生自然是大惊，忙问原因。

皇甫公子这才说，原来皇甫公子一家人都不是人类，是狐族。今天有了雷霆之劫，如果孔生愿意为皇甫家赴难，那么皇甫公子一家便有希望活下来，否则，就请孔生带着小宦赶紧离开，不要受到牵连。

见证孔生人格魅力的时候到了，只听孔生发誓说要与皇甫公子一家同生共死。

于是皇甫公子给了孔生一把剑，让他站在门口，叮嘱道："雷霆轰击，不要动！"

不一会儿，果然是乌云滚滚，天色昏暗，孔生回头一看，房子已不见了，只看到一个大坟堆，一个无底深洞。（妲己娘娘的窝，狐狸洞？）正在吃惊之时，轰的一声，天摇地动，狂风大作，暴雨倾盆，连粗大的老树都被拔了起来。可见这对皇甫公子一家来说是一场灭顶之灾。

虽说这声响震得孔生眼黑耳聋，但他还是屹立不动。看来这场劫难很快便要过去了。

可是，说时迟那时快，只见浓云迷雾中，一个像鬼一般的怪物，尖嘴利爪（难道是雷公？）从洞里抓出一个人来，孔生一看衣服鞋袜，貌似是娇娜，这还得了，他急忙向上一跳，挥剑砍去，怪物随手落下一物。话说这孔生视力还真是好，这样的环境中居然还能辨认出被抓走的是娇娜，也更是说明娇娜在他心中的重要性吧。

可是，突然一个大炸雷，孔生被震得昏死过去。不一会儿，云散雾开，娇娜也苏醒了过来。

关于这个"云散雾开"，啰唆两句，原文用的是"晴霁"。而我们仔细来看，会发现原来是"晴雯"比其少了两笔，晴雯与娇娜相比，也许正是生命中缺少了什么才"霁月难逢，彩云易散"吧。这个我们后面再接着分析。

娇娜醒来看见孔生昏死在自己身旁，之前发生的事情都想起来了，大哭道："孔郎为我而死，我还活着干什么？"

难道这是个悲剧结尾的故事？错，前面我们明明讲的是要将一个关于阳光狐狸姑娘的故事，怎么会是悲剧结尾呢？

这时松娘也赶过来，一起抬着孔生进屋。

娇娜便让松娘捧着孔生的头，并让哥哥帮忙用金簪拨开孔生的牙，而自己则撮着孔生的脸颊，喂过病人药的朋友都知道，只是为了让人张口，接下来的就关键了。只见娇娜用舌头将红丸送入孔生口中，并且嘴对嘴度气，也就是给孔生做人工呼吸。红丸随着气流进入喉咙，立即发出了"咯咯"的响声。

过了一会儿，孔生终于苏醒过来。看着围着他的亲属们，仿佛是做了一场梦一般。

于是一家人大喜，而孔生则认为墓地不适合长久居住，建议皇甫公子他们和自己一起回故乡去。

大家都觉得这个主意好，只是娇娜一个人闷闷不乐。孔生邀请娇娜和吴郎也一起去，只是担心吴郎父母舍不得，于是唧唧喳喳商量了一天也没个结果。

而就在这时，吴家的一个小仆人汗流浃背、气喘吁吁地跑来，大家都吃惊地询问他，原来这一天吴家遭到了劫难，一家

人都死了。

突闻此噩耗的娇娜顿足悲伤，泪流不止。大家自然是一番劝慰。这样，一起回家的事宜便定了下来。

孔生回去料理好一切，收拾好行李，回到了家乡，将闲弃的院庭给了皇甫公子一家，院门常常反锁着；只有自己和松娘来时才开门。孔生与皇甫公子兄妹自此下棋饮酒，言笑晏晏，仿佛是一家三兄妹一般。

而孔生的儿子小宦长大后，容貌俊秀，透出几分狐媚，他到外面游玩，别人都知道他是狐仙的儿子。

娇娜篇：秋波婉转，疑是惊鸿照影来

娇娜是个春日里阳光灿烂的女孩儿，她最引人注目的便是她的眼睛。书中对娇娜的外貌描写仅此一句："娇波流慧，细柳生姿"。

单单八个字，却将娇娜的绝美风姿描述得淋漓尽致。我们仔细来看这句话。"娇波流慧"，也就是写眼波了。有人说，看一个人的灵魂，只要看她的眼睛便可以。眼睛是心灵的窗户。

而娇娜的眼波呢？仅仅"娇波"二字，便将其娇媚动人，眼波流转之情态——描绘出。有人对此的形容是"让我联想到流星划过天际，放射出耀眼的光芒"，而孔生第一眼看见娇娜的时候是忘记了疼痛，仿佛时间在这一刻凝结。正如徐志摩在《哀曼殊菲尔》中所说的"二十分不死的时间"，娇娜的眼波，便宛若是"一颗光明泪自天坠落"。

秋波流媚，顾盼生辉，诗中常有"水是眼波横""昔时横波目，今作流泪泉"这样的佳句，将水的灵动和女子的眼波相比较，足见其令人动心之处。

更为难得的是这双眸子中还透露出娇娜的聪慧。套用亦舒的名句"美则美矣，可惜全无灵魂"。这话放在娇娜身上来看，更显其灵动之处。

娇娜并不是一个简单的漂亮花瓶、傀儡娃娃，水灵灵的眼睛中透露出聪慧更是让人遐想不已。

而到这里，关于娇娜的眉，是否是柳叶眉，她的唇齿，是否是红唇皓齿，她的脸，是否吹弹可破，她的秀发，是否是绿云层层，我们都无从知晓。但仅仅是根据这个"娇波流慧"，便足以让我们和孔生一样失神了。

与此有异曲同工之妙的描写我们可以在《红楼梦》中看见，书中描写探春第一次出场时，是"神采飞扬，见之忘俗"，可见是个不同凡响的女子。

这对于现在的女孩们多多少少也是种启示吧：真正的美，并不是身上的那种脂粉香水气，而是娇娜、探春们身上那种健康张扬、青春活泼之感，这才是令人真心折服的法宝。

看了前半句，我们再来说后半句"细柳生姿"。中国经典小说中对女子的腿什么的描写较少，而这里，蒲松龄也只挑了娇娜的腰来描画。

记得《红楼梦》中说黛玉出场是"闲静似娇花照水，行动如弱柳扶风"。同样是用柳来做比，林妹妹是"弱柳扶风"，刻画出其娇弱情态；而娇娜是"细柳生姿"，一副扭着小蛮腰四处活跃的样子。

《再别康桥》中，徐志摩这样写柳树："那河畔的金柳，是夕阳中的新娘，波光里的艳影，在我心头荡漾。"电影《青蛇》中，白素贞和小青刚变成人形便用那细柳腰迷晕了两岸的行人。

而这里，娇娜的细腰如细柳迎风摇曳，何尝不是漾动了孔生心中的层层涟漪？

我们再从另一角度来看，古人刻画人物最为讲究神韵。如

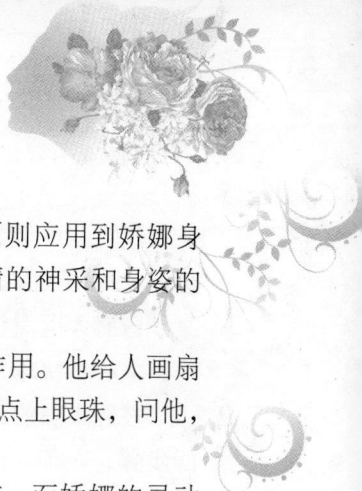

人物画中就常常强调"气韵生动"。而这一原则应用到娇娜身上，会发现，短短八个字，便写出了娇娜眼睛的神采和身姿的轻盈婀娜。

画家顾恺之认为眼睛起"传神写照"的作用。他给人画扇面，上面的"竹林七贤"中嵇康和阮籍都没用点上眼珠，问他，答，点上眼睛就变成活人了。

可见，在古人心中，眼睛是人的精魂所在。而娇娜的灵动之气，便体现在她这双眸子中。

此外，我们再来看娇娜的美貌。书中对娇娜的外貌描写仅上面八个字，而我们从娇娜的名字来看，似乎可以觉察出这是个娇媚婀娜的女子。

正如潘之常教授分析的，娇娜的名字如果我们读做"jiao nuo（音同娇挪）"，当成形容词使用，便会发现娇娜这个名字所蕴涵的人文思想：

《金瓶梅》第三十五回中："俨然就是个女子，打扮得甚是娇娜。"

《红楼梦》第九十二回："五儿跟着她妈给晴雯送东西去了。见了一面，更觉得娇娜妩媚。"

可见，对于娇娜，蒲松龄是倾注了大量心血，力求将其刻画成一个完美无缺的女子。

并刀如水，纤手治顽疾

书中对娇娜高超的医疗手法进行了淋漓尽致的描写，让我们仿佛看到了一位神医再世。

我们来原景重现一下：首先是孔生见到娇娜立马连疼都忘了，充分说明了娇娜的麻醉剂作用。

《红楼梦》中，女性研究家贾宝玉曾专门发表评论说，挨打的时候喊几声姐姐妹妹，便周身都不疼了。这里的孔生更为先进，见到小美女，连顽疾都不怕了。

曾有人调侃说，莫非这就是"痛快"二字的来源？皮肉虽痛，但心中快乐，近美女而觉秀色可餐。

按照中医的诊断方法，首先是应该进行"望、闻、问、切"四步骤。

虽说是女大夫，不过作为一个十三四岁的女孩子，遇见陌生男子怎么说还是会有些害羞的。不过皇甫公子一番话，说是自己的好朋友生病了，出于一个医生的职业道德，娇娜便收敛起羞容，挽起袖子，开始对孔生进行诊断。

一番诊断之后，娇娜笑道："真该得这种病，这是心脉动啦。"（宜有是疾，心脉动矣。）这些观点不是胡扯，我们从文中可以看到，孔生见香奴而思佳偶的心脉动，又在见娇娜而心脉动，再加上盛夏天气湿热，因而得病。

接下来是对娇娜医疗手段的渲染。首先娇娜的出场便不凡：皇甫公子和父亲已经焦急忧愁得吃不下饭，仿佛孔生的病已经是无药可医，生命危在旦夕。而此时娇娜的出场，宛如是一抹春日阳光，漾动人心。

接下来的诊断中，虽然道出了孔生得病的原因，但同时也说明有治，让病人宽心，仿佛是现代医生为得了蛀牙的小孩儿拔牙："呵呵，真该吃点苦头，肯定是芝麻糖吃多了。还好，拔掉蛀牙就行了。"

既有专业的诊断，也不乏风趣幽默。但明伦对这几句话是大为赞赏，说道："解颐妙语，笑可倾城。闻其言，洗却无数郁闷，况近娇姿而蒙把握者耶？"并加上："慧心妙舌，如闻其声，如见其人。"

可以说，这几句话是把蒲松龄对娇娜治病的塑造理解透

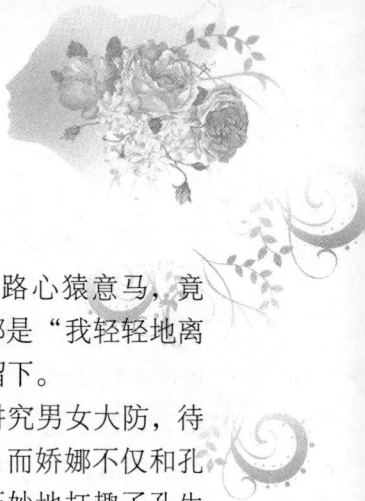

彻了。

此后，娇娜为孔生动手术，而孔生是一路心猿意马，竟"且恐速竣割事，俚傍不久"。手术之后，娇娜是"我轻轻地离开，正如我轻轻地出场"，连一丝微笑也未曾留下。

我们再来看娇娜当大夫这件事。古时候讲究男女大防，待字闺中的女子和男子进行交谈都是万劫不复。而娇娜不仅和孔生进行了面对面的交流，而且在诊断过程中巧妙地打趣了孔生一把，可见娇娜是个与众不同的奇女子。

娇娜的另一重身份，则是医生。众所周知，在古代接生婆都是女性，甚至到后来，一个寡妇拒绝被一个男医生诊断自尽而死。因此，娇娜从事大夫这一职业，可以看出蒲松龄的惊世骇俗。

从医学的发展角度来看，书中并不是说娇娜给孔生开了一副方子然后就药到病除了，而是说娇娜为孔生进行了一场小小的外科手术。

关于外科手术，只有在《华佗传》里可以看见，但多认为是后世附会的传说，包括为曹操开刀治头风等。

在这里，蒲松龄就直接让一个才十三岁的小丫头执起了手术刀，而此时，在中国外科医学史上留下重重一笔的《医林改错》的作者还没有出生。

因此，从医学的角度来看，蒲松龄无疑是具有先进性的。

妙语佳音绕梁飞

前面我们分析了娇娜的美貌和医术，这里我们再来看娇娜的语言。

一般很多书里写，男主人公听到女主角一开口，便觉得浑身酥软。而这里，孔生见到娇娜便立刻忘了疼痛，充分体现了美女治疗法。

而娇娜的话呢，书中共有四处描写，都体现出娇娜敏感细微的感情，接下来我们一一来看。

　　第一次，是娇娜为孔生治疗时所说："真该得这种病，这是心脉动啦。病情虽然严重，所幸还有得医。只是这皮肤上的肿块，只好动手术剥皮削肉了。"（宜有是疾，心脉动矣。然症虽危，可治；但肤块已凝，非伐皮削肉不可。）

　　短短几句话，俏皮幽默，不但点出了孔生的病因，还清楚地说明了治病方法，并且还及时地给病人打安心针，告诉病人这病还有得医，放宽心。

　　这番话说得巧妙，不仅让孔生一洗前段时间的苦恼郁闷，更是委婉地表达出自己心中对孔生的爱慕之意。

　　可能有人对这个表达爱意不以为然，那我们接着往后面看。

　　第二次，孔生与皇甫公子重逢，娇娜再次见到了孔生。只是此时两人，一个已经娶有贤妻，一个已经配有良婿，彼此早已错过。

　　而面对此情此景，二人作何感想呢？

　　孔生我们不用说了，当时皇甫公子说为他做媒，他认准了香奴不变，可是一见到娇娜立刻成了"曾经沧海难为水，除却巫山不是云"，然后呢？看到松娘的美貌，立即改变了主意。娇娜之于他，此刻也不过是人生中一段美妙的经历吧。

　　也许，娇娜就像是一场初恋，朦胧而美好，娇娜定格在孔生心中的，永远是那个翩翩然出场，又幡然而去的小仙子，她的出场就如一米阳光，一抹春风，令自己如痴如醉。

　　而对于娇娜呢，看她逗弄小宦时对松娘说的话："姐姐弄乱我们的种族了"。这句话中何尝不能读出娇娜心中那份复杂的情感：这句戏谑之话，既是表达对姐姐幸福婚姻的羡慕，又何尝不是一番自嘲？

如果当初是自己嫁给了孔生，那么今日这份夫唱妇随，家和子孝的画面是不是自己也可以见到？

可见对于娇娜，也不是无动于衷。十三四岁遇到的意中人，时至小女生情窦初开，正是"和羞走，倚门回首，却把青梅嗅"的朦胧期，而这样一份感情还没来得及表白便被哥哥不经意之间抹杀了。

娇娜心中何尝没有一丝遗憾，此中落寞伤感之意有谁能知？

而后娇娜又补上一句："姐夫现在富贵了。昔日的创口也愈合，没忘记痛吗？"（姊夫贵矣。创口已合，未忘痛耶？）

潘知常说，这是在暗地里提醒孔生，难道忘记当初怎么得病的了吗？不要好了伤疤忘了疼，我们不像从前，彼此都是有家庭的人了。

我觉得这是从现在一些女子身上出发得出的，某些聪明的女子一旦发现和某位有妇之夫有暧昧关系，便旁敲侧击，以免双方充当了彼此家庭的破坏者。

而这里，我们看娇娜，则不完全如此。娇娜此语，我总觉得是曲折地问："还记得我吗？"就像过了很多年，一对初恋男女重逢，总有一方会问："还记得当初我们在一起的时光吗？"

娇娜情感中的含蓄内敛都体现在这里，一方面，皇甫公子家不以世俗为意，肯让娇娜担任大夫；而另一方面，充分保护她，不让她受到任何伤害。

皇甫公子虽然和孔生至交，可说到娶娇娜为妻，孔生依旧是被拒绝。第一次看这篇文章的时候不明白，皇甫公子以娇娜年龄太小为推辞，为何不等娇娜长几岁后再将她许给孔生？

后来才明白，也许皇甫公子和老父亲想的是，两人有着一定的年龄差距，婚后不一定都能幸福，或许会出现我们说的"代沟"问题。

而正是如此，孔生与娇娜便这样彼此错过。不知皇甫公子此举算不算是保护过度呢？

第四次，孔生被雷神击晕之后，娇娜苏醒过来，明白情况之后，悲痛欲绝，更是真情流露，大哭，呼出："孔郎为我而死，我还活着干什么呢！"（孔郎为我而死，我何生矣！）

此时此刻的娇娜，早已抛开了什么姐夫、小姨子的种种身份，一声亲昵的"孔郎"足以见证其深情。

我们看之前的娇娜对孔生，仿佛是《红楼梦》宝姐姐打趣贾宝玉，即使是有情，也是深深掩藏。

宝姐姐稳重内敛，仅仅是在宝玉挨打之后的探望时情不自禁地唤出了一句，被打成这样惨，叫我……之后立即改口，叫我们看着也心疼。

而此时的娇娜，感情如洪水宣泄而下，让我们看到了一个至情至性的女子形象。

这也许就是我们常说的情到深处已忘情吧。

蒲公用短短四次语言描写，将娇娜的形象刻画得活灵活现。

我爱你，但与爱情无关

看到这个题目，很多朋友也许会想到一句类似的话吧：我爱你，但与你无关。当徐静蕾的《一个陌生女人的来信》改编热播之后，出自歌德之口的这句话便红遍全国，有人说："不朽的爱情，便这样浅唱低吟，如泣似诉，如一双穿越死亡与岁月、触摸心灵的手，带着颤抖的温柔与圣洁的光芒。"

也许有人会说，这便是所谓的爱上爱情吧。那痴情的女子爱上的不是那么一个人，只是自己心中对爱情的那份憧憬，那份对爱情抱着美好希望而勾勒出的优美线条。

而这里我们说娇娜对于孔生呢，则是"我爱你，但与爱情无关"。

娇娜的红丸，便是狐狸修炼所成的内丹，也是我们在其他关于狐狸的小说中常常见到修炼之人争抢之物。而在孔生昏死过去之后，娇娜便将红丸喂给了孔生，无疑是将自己的性命交给了孔生。

对于娇娜，孔生是自己情窦初开时一段朦胧的爱恋，年幼时彼此的错过，也许便注定了这份感情已成为过去时。

娇娜和孔生，也许就是我们常说的第三种感情吧。男女之间有纯粹的友情，如爱因斯坦和居里夫人；也有甜蜜的情侣，如肖邦和乔治桑。那么究竟有没有一种介乎这两者之间的感情——男女之间非婚姻、非情人，但是却纯洁执著，生死与共的亚感情？

娇娜和孔生便为我们提供了这样一个有效的例证。从这一点来看，《娇娜》无疑是整本《聊斋志异》乃至整个中国文学史的奇葩。

在这里，蒲松龄为我们提出了一个新鲜的词语"腻友"，后来在许多文学作品中也频频引用这一词语：

"倘移居来此，不特得一芳邻，且得一腻友也。"

——《夜谭随录·玉公子》

"要在平日，平牧乾是颇可以与洗小姐心气相通，结成腻友，在一处讲讲服装，谈谈恋爱的。"

——老舍《蜕》第五

而究竟什么是所谓的腻友呢？

有人说，不爱那么多，只爱一点点。

如何把握腻友这个度呢？有人是这么形容的："比友情多一点，比爱情少一点；比亲情轻松一些，比暧昧纯洁一些。"

有人说，男女之间不存在这样的感情，有，也不过是因为两人不够勇敢，彼此的感情已经是过去完成时或者将来进行时罢了。

反观娇娜和孔生，则足以推翻这一理论。

见到孔生昏死过去，娇娜为救孔生，是"撮颐度丸，接吻呵气"，没有丝毫的犹豫，而且是当着哥哥和松娘的面，这在那样的社会对于一个已婚女子来说是何等大胆的举动。

有人据此认为娇娜和孔生之间是至死不渝的爱情，那么就错了。在皇甫公子一家平安后，娇娜却闷闷不乐，惦记着自家相公吴郎一家。

等知道自己相公一家惨遭灭门之后，娇娜是捶胸顿足，悲痛欲绝，可见她对于吴郎也不是一般的爱。

这一处描写更加完善了娇娜的形象，娇娜对于孔生，也许有些像湘云对宝玉吧，有那么一丝小女儿的感情，但真正的爱情却是给了卫若兰。

聊斋评论家但明伦评论说："娇娜能用情，能守礼，天真烂漫，举止大方，可爱可敬。"

难得的便在这个"可敬"之上。根据后文的发展，吴郎死了，皇甫公子一家都搬去和孔生住在一起，那么娇娜和松娘效法娥皇女英双双嫁给孔生，孔生得享齐人之福，在聊斋的其他篇目不是没有的。

娇娜最后和孔生一起，下棋饮酒，言笑晏晏，亲如一家人，只谈风月不问情。

孔生和娇娜，正如蒲松龄所说，曰"腻友"。超越了其他普通情感，在爱情、亲情、友情之间徘徊，不可名状，不可归类。

而贾宝玉和晴雯，因着一层主仆关系变得多了一层追求平等自由的意味。

然普鲁斯特与塞莱斯特也因一层主仆关系而多了一丝向日

葵般默默奉献的意味。

孔生与娇娜，哥哥的先生与姐姐的丈夫，两重身份，放在其他许多小说里，多半都会有暧昧的故事发生，而这里蒲松龄却棋高一着，引出了"腻友"一词。

其实这又何尝不是蒲公自己的追求呢：外有知己如皇甫公子可以谈天说地，推心置腹；内有贤妻松娘持家有道，光艳动人；此外，更有一位"腻友"，"观其容，可以疗饥；听其声，可以解颐"。

不过笔者认为，这样的感情说说可以，理想性比较大，实践起来困难多多。像本篇最后，如何让孔生和娇娜在一起，娇娜的夫家便是一个最大的障碍。因此，蒲公不惜让吴郎一家为这"腻友"二字付出了最惨烈的代价。

张爱玲曾在《倾城之恋》中用一场地震给了白流苏和范柳原一个完满的结局："也许就为了成全他们，整个城陷落了……"

这里，蒲公也用类似的手法给了一个娇娜可以和孔生在一起的理由。

对于现代社会的我们，这样的"腻友"可遇不可求吧。稍稍把握不好变成了一失足成千古恨的例子，无异于是玩火自焚。

如果有女子听见有人对你说，"你是我的腻友"之类的话，那么往往意味着彼此的关系危险了。

蒲公自己也明白这一道理，因此尽管他本人极力赞扬"腻友"这一词，但在文章末尾突然将孔生和娇娜的关系转变为一般的男女朋友关系，双方只谈风月不谈情，同时还有着皇甫公子在一旁，三人情同亲兄妹。

也许，腻友往往是一种理想中的状态吧。

因此，我们说，不爱那么多，只爱一点点，彼此遵守界限，像孔生和娇娜一样，观容疗饥，听声解颐。

生死之交，无关男女之别

有人说，孔生和娇娜之间，娇娜有情，而孔生只不过是贪恋娇娜的美貌，根本配不上娇娜。

而事实果真如此吗？非也。

首先是孔生这个名字，"孔雪笠"，前面我们也说过，这个名字意境不俗，蒲松龄也不会平白让一个不怎么样的人"白白玷污了好名好姓"。

书中说这个孔生是"为人蕴藉"。"蕴藉"二字就很关键了，可以说是全文对孔生性格的一个总写。

词典解释的"蕴藉"是说"宽和有涵容；含蓄有余，含而不露"。这两点我们可以从后文看出。

说孔生宽和是有道理的，孔生对香奴、娇娜都动心过，却都没有结成良缘。而孔生对皇甫公子，却不是像《宦娘》中温如春那种典型的黑白派，联姻不成便连朋友都没得做。

当听说皇甫公子一家有难，连灾难究竟是什么都还不知就一口答应帮忙，可见在孔生心中，对皇甫公子的友谊并没有因为这样而受到损害。

而"有涵容，含蓄有余，含而不露"呢？则可以从孔生的表白看出。

孔生第一次看上了香奴，并未表露出，只是等到一次酒酣耳热，才痴痴地注视着香奴。

而对娇娜动情之时，面对皇甫公子的说媒，孔生没有直接拒绝，只是含蓄地吟出了"曾经沧海难为水，除却巫山不是云"，委婉作为推辞，含蓄地表达出自己对娇娜的喜爱。

若是其他篇目，如我们后面会说到的《青凤》里的耿生，见青凤是当即拍案，说是得此佳妇，南面王也不换；《花姑子》

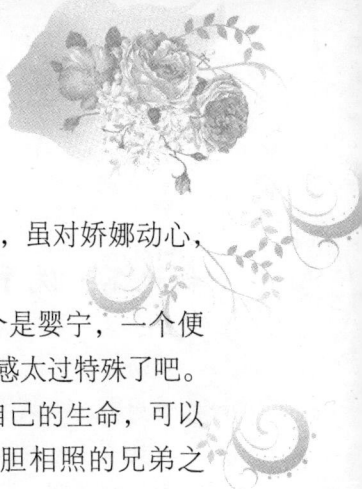

中的安幼舆，直接就心动变行动。而这里孔生，虽对娇娜动心，但表露委婉。

以前我说聊斋中最喜欢的两个女子，一个是婴宁，一个便是娇娜，主要是因为娇娜和孔生之间的这份情感太过特殊了吧。

孔生与娇娜之间，可以互相为对方舍弃自己的生命，可以说是生死之交，放在男子之间，可以说是肝胆相照的兄弟之情吧。

当交情和生死搭上关系之后，便让人觉得不寻常。似乎我们通常见到的都是同性之间的生死之交，异性之间的生死之恋，而蒲公却开了先河，将其放在一男一女之间，其中又更加重了一丝平等意味。

生死之交的出处源自元杂剧郑德辉的《绉梅香瀚林风月》："晋公在枪刀险难之中，我父亲挺身赴战，救他一命，身中六枪，因此上与俺父亲结为生死之交。"

可见对生死之交的定义往往容易局限在同性之间。两个男人之间的生死相救、义气之事，自春秋战国以来，自古就为人所津津乐道；任侠之气，快意江湖，怕早就传遍了吧。

而本篇中的娇娜和孔生，却是实实在在的生死之交。娇娜最初替孔生治病，按照"身体发肤受之父母，岂敢随意损坏"的理论，娇娜还可以在孔生身上随意动刀子，可以说明孔生对娇娜的充分信任。

而后孔生昏死，娇娜吐出红丸相救。这个红丸可以说是狐狸修炼的内丹，是狐精的精元之所在，而娇娜则把它给了孔生。

娇娜明知自己有红丸可以救活孔生，但还是禁不住流泪大哭，真情流露。

因此，我们来看孔生和娇娜，则是可以彼此为之生死的深厚交情，不得不让人感叹。

松娘篇：洗手作羹汤，此处最相思

娇娜虽好，不过是蒲公的理想化状态罢了，有的时候可望而不可即。与其羡慕娇娜的清秀，不如念松娘之贤惠。

如果用一种植物来比喻松娘，我情愿将她比作一棵松树：俊秀挺拔，坚贞贤良。

先说嫁给孔生为妻吧。皇甫公子在请娇娜为孔生治病的时候就顺便叫来了松娘和她的母亲，然而仅仅是顺便吗？不尽然吧，应该是皇甫公子权衡许久作出的最佳选择吧，将松娘嫁给孔生。

而松娘是怎样一个人物呢？首先她有貌，我们前面已经说过了，孔生是个外貌投机者。松娘的貌，书中的描写说是不输娇娜，"画黛弯蛾，莲钩蹴凤"。这只是松娘的外表，那么内在呢？

松娘随孔生回到家中，侍奉公婆孝顺有加，美貌和贤名广为传播。

美丽贤惠，不知道是多少男子梦中的娶妻理想。温婉美丽，气质端庄，大家闺秀，持家有道，相夫教子，这些，放在松娘身上，都是完全符合的。

撇开这些，松娘对孔生和娇娜的关系体现出的理解和大度，更加让人佩服。

孔生与娇娜，松娘这般聪慧的人，怎能看不出两人其中的情意？与娇娜重逢时娇娜那句满含遗憾的"姐姐乱了我们的种族"，孔生昏死后娇娜哭天抢地，以口送红丸等行为，松娘怎会不知其中的深情？

像现在有的女子不明就里胡乱猜测，看见老公在街上看了个美女就柳眉倒竖；接了个女同事的电话就问东问西，仿佛准备上演女版《不要和陌生人说话》。

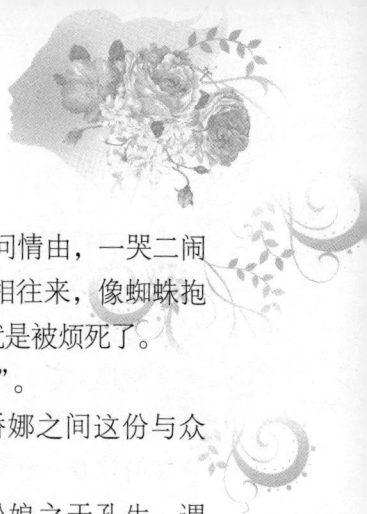

如果知道是老公是和某个女子在一起，不问情由，一哭二闹三上吊，或者强迫老公与其断绝交往，老死不相往来，像蜘蛛抱蛋般将自己的丈夫死死栓牢，老公不是被吓死就是被烦死了。

我同学曾将这种症状命名为"爱情洁癖症"。

而在松娘呢，信任孔生，尊重他和妹妹娇娜之间这份与众不同的腻友之情。

真可以说娇娜之于孔生，是其知音；而松娘之于孔生，谓之知己。

说到这里，不禁想起一个女子，《笑傲江湖》中的任盈盈：清丽、娇美、稳重、细腻。

我们曾赞美娇娜为孔生不惜付出生命，而松娘对孔生又何尝不是饱含深情呢？

只是松娘的感情较为含蓄，表露较少，然而她与孔生夫唱妇随、琴瑟和谐却是不能否认的事实。

真正幸福的爱情哪有那么多波澜壮阔、惊天动地，爱情传奇多半是后人代代传唱，谁知当时如何？

卓文君与司马相如轰动一时的爱情传奇，最终还是有八卦杂志《西京杂记》的茂陵女一案；"金屋藏娇"的爱情童话，最终千金买赋也抵不过一颗变质的心。

也许最完美的爱情故事恰是平淡如水无奇吧。

想那龙性难驯的嵇康，娶了曹操的曾孙女长乐亭主，每每被人提及的只是那"竹林七贤"的美名，甚至有人猜测说嵇康是中国的叔本华，爱情之路并不顺畅。

而根据记载，嵇康在其他六贤来竹林相聚前，往往和自己妻子琴瑟合奏，可见两人感情十分和谐。

孔生与松娘的爱情以及婚姻蒲公没有过分渲染，只是将松娘的美丽和贤惠作了个粗笔描绘，而松娘怎样的蕙质兰心只能靠我们自行想象了。

孔生得享齐人之福，不仅和孔生与娇娜两人的感情演变有关，更是和松娘的聪慧脱不了关系吧。

娥皇女英，双双嫁给虞舜，留下湘妃竹的传说；大周后和李煜彼此相爱，可惜病危的周娥皇依旧阻止不了妹妹小周后与李煜的欢好，以至于抱憾而终。

而松娘，最后夫妻相敬如宾，孔生与娇娜、皇甫公子，情同亲兄妹，我们不禁暗暗猜测松娘的爱情捍卫法。

爱情终究是自私的，两个人的世界怎能轻易再容纳进第三者？爱情永远只是单行道，狭路相逢哪能轻易退让？

然而松娘是宽厚的，正如任盈盈对令狐冲，明明知道他心中恋着他的小师妹，然而依然对他深情而专注。

"既然她已不悔地进行了选择，她就有耐心，有信心，不急不躁，她宽容地给令狐冲以时间去愈合心中的伤口。谁笑到最后，谁才笑得最好，她必将会有最美的笑容。"

然而任盈盈，抑或松娘，也并不是一味地故作大方，连心上人心里装的是别人也完全不在乎。

松娘选择的是静静地等待，为他洗手作羹汤，将相思融进日常生活中。勤侍公婆，等她对窗画眉，期待他的心可以向自己更加倾斜一点点。

盈盈最后对令狐冲道："直到此刻我才相信，在你心中，你终于念着我多些，念着你小师妹少些。"

此中包含着无限的欣慰与欢乐，无不令人感动。

正如有的网友写任盈盈："盈盈有一颗最明净的心，她深深通晓着爱的真谛，那就是纪伯伦所说的，真爱与疑忌永无交集。既然爱他，便信任他，呵护他，等待他，与他并肩携手，一同迎接那前路的风霜。这样的爱，是如此简单沉静，却能带给你

悠扬与芬芳。"

回过头来看松娘，何尝不是这样默默守护着自己的家庭和爱情。回首风雨中，她如青松一棵，大气、淡定、从容。

香奴篇：婉转琵琶已入痴，重重心事有谁知

看《娇娜》，最引人注目的自然是那如阳光般滋润人心的娇娜，再不然，就是宽容如水的松娘，可是否有人注意过，在这两位绝代佳人身后另一位若有若无的倩影呢？

那便是香奴。

我们再来看香奴的出场：

琵琶先行，红装出场，不同于俗。

红妆艳艳，不禁令人眼前一亮，仿佛是一团旺盛的生命之火在燃烧。

和香奴的出场形成鲜明对比的是《李师师外传》中李师师的出场：

"见姥拥一姬姗姗而来，不施脂粉，衣绢素，无艳服。新浴方罢，娇艳如出水芙蓉。见帝意似不屑，貌殊倨不为礼。"

李师师的素衣充分显示出她世外仙姝的特点，而香奴这身红装，则给人同样惊艳之感。

接着一段琵琶演奏，激扬哀烈。苏东坡听人说，柳永的词好似十七八岁的女郎，手执红牙拍板，轻唱"杨柳岸晓风残月"；而自己的词则好似关西大汉，铜琵琶，铁绰板，唱"大江东去"，不禁绝倒。而这里，香奴的演技想来也非常人能及。

宋代著名歌伎花想容，生得很美，人们曾用李白形容杨贵妃的诗："云想衣裳花想容，春风拂槛露华浓"来形容她。当时汴京城中的妓女多如牛毛，但真正能唱当时最为流行的宋词长词慢调，并能尽得词中意蕴的并不多，而像苏东坡的"大江东

去，浪淘尽，千古风流人物"这样的词，以花想容唱得最好。

想来，香奴的琴技与之相比，也不相上下。

这样一个女子，怎不令孔生心动？

孔生只能空对佳人，性格的含蓄注定不能对香奴直白表露。而这种类似的故事通常有着怎样的结尾呢？

杜牧的轶事中有说，杜牧担任洛阳侍御史时，曾厚脸皮跑到人家李司徒家里，指名点姓地要看人家的头号家妓。

唐传奇《红绡妓》中，崔生对红绡妓动情，继而在仆人昆仑奴的帮助下私奔成功。

《本事诗》中，韩翃看上了朋友李生的爱姬柳氏，柳氏也对韩翃有意，李生便当即将柳氏送给了韩翃，并且还赠送了两夫妻一大笔钱财。

而这里呢，皇甫公子看出了孔生的情意，却生生推却了。

理由呢？皇甫公子是这样解释的：香奴是自己父亲豢养的，不能许给孔生。

说到这里，不知大家会不会想起《红楼梦》里一个类似的角色——鸳鸯。

鸳鸯自幼陪伴在贾母身边，可以说是贾母的左膀右臂，"金鸳鸯三宣牙牌令"，贾府里大大小小的仆人都要看她几分面子，甚至凤姐也不会轻易得罪她。

书中这次词用得很巧妙"豢养"，仿佛是把一个小宠物养大一样。而从香奴擅长弹琵琶来看，她充当的应该是一位家伎的角色。

而从皇甫公子只敢等自己父亲睡了之后才叫香奴来弹琵琶斟酒，可见香奴与皇甫老爷子的关系也不是那么简单。

但香奴是否有喜欢的人呢？是否曾对孔生动情过？

书中对香奴的描写仅仅是突出了她的美丽和她的演奏技艺，

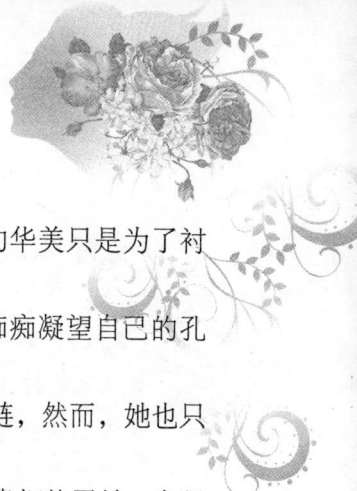

盛装出场，却又匆匆离去，一场唯一属于她的华美只是为了衬托后文的娇娜，不能不说是一种遗憾。

香奴是否对皇甫公子有意呢？抑或对那痴痴凝望自己的孔生动情？这些，我们都不得而知。

《红楼梦》中，有人猜测鸳鸯喜欢的是贾琏，然而，她也只能将这份感情默默珍藏，不能表露。

鸳鸯最后是拒绝给贾赦作妾，贾赦闻听鸳鸯拒绝了她，发狠说，自古嫦娥爱少年，她必定嫌我老了。大约她恋着少爷们，多半看上了宝玉，只怕也有贾琏……鸳鸯后来跑到贾母面前哭诉说，因为不依，大老爷越性说我恋着宝玉，不然要等着往外聘……我是横了心的，当着众人在这里，我这一辈子莫说是"宝玉"，便是"宝金""宝银""宝天王""宝皇帝"横竖不嫁人就完了！

而这里，鸳鸯却没有带出贾琏，可见在她心中也许属意过贾琏。反观贾琏，曾经在石呆子被害之际鸣不平，也曾反对将彩霞许给凤姐的心腹之子，甚至在黛玉回家返扬州的路途上充当护卫者的角色，可见这样一个人物，还算是可依靠的吧，精明强干的鸳鸯钟情于贾琏不是没有可能，此间情意，若有若无。

然而，横遭贾赦逼婚，鸳鸯一辈子嫁人无望，只得狠心发誓说是侍奉在老太太身边，但见红颜成白发。

不知是幸还是不幸，贾母病故，贾家败落，鸳鸯自然是无依无靠，保不齐大老爷再次欺负她，于是鸳鸯殉主而死。

而香奴呢？我们不知，蒲公没有给我们一个答案。

从皇甫家遇难到最后孔生一家和皇甫公子全家住在一起，香奴都没有再出现过。

桃红柳绿，岁月流逝，这位色艺双绝的女子却默默消失在书中，留给我们的，只是她弹琵琶的瞬间，是她的转身，抑或一个背影，甚至都不曾留下，这也是那些为人家伎者的悲哀吧。

二、《青凤》系列：

《青凤》：划袜步香阶，手提金缕鞋

青凤篇：陌上红颜随君老，青影霓裳盈盈盼

耿生妻篇：但见新人笑，哪知旧人恍

《青凤》：划袜步香阶，手提金缕鞋

以前我们讲蒲公在《聊斋》中最喜欢的有两个女子，一个是婴宁，他可以直呼为"我婴宁"，可见是何等的喜爱；另一个便是我们接着要讲的青凤。

通常，聊斋里的故事一般是没有连接性的，都是独立成篇，唯一特别的便是《王桂庵》，后有附文《寄生》是讲他儿子的爱情故事，两个故事先后讲述父子两人爱情的奇特。而有一个故事中的人物，则和这些故事不同，在整部《聊斋志异》出现过两次，那便是《青凤》中的青凤。

在《狐梦》中，毕生梦魂萦绕的，便是能遇到一个像青凤一样的狐女，当然，最后是美梦成真。

这也说明，在蒲公心中，青凤占据着重要的地位。那么，究竟是怎样的一个女子，会让蒲松龄本人在自己的小说集里赞口不绝？

下面我们便来一一探寻。

话说太原有个大家族耿氏，宅院宽敞，可惜后来家道中落，

宅院大多荒废了。人家常说，荒废的宅院容易出现精怪，这不，耿家就出现怪事了。比如说，堂门自动开关，搞得家人半夜惊叫不已，不知道的还以为在拍《小岛惊魂》的中国古装版。这次是怪物吓走了人，耿家人搬走了，只剩下个看门老头。于是乎，这宅院更加荒凉，但有时居然还能听到里面有欢歌笑语，真真是老宅有怪。

而在这种情况下，偏偏有不信邪的人，耿氏有个侄子叫去病，看来取意自霍去病，"流星白羽腰间插，剑花秋莲光出匣"。书上说耿生这个人为人狂放不羁，这便为下文做好了铺垫。

霍嫖姚，这个名字，被人看做是勇武果敢的代名词——俊美天下，唯美独尊。唐代诗人赞叹说："借问汉将谁？恐是霍嫖姚"，可见对其的推崇。

而蒲公为耿生取这样一个名字应是大有深意的。

这不，耿生住进去，跟看门老头说，要是再听见或者看见什么就赶紧告诉他。于是到了晚上，老头看见楼上灯光忽明忽暗，连忙去告诉孔生。

常说：吓死胆小的。于是耿生这个胆大的硬要去看个究竟。鉴于耿生以前就熟门熟路，于是他拨开蓬蒿等，转眼就上了楼。

刚刚登楼没发现什么异状，穿过楼道时，却听见有人窃窃私语，真是"夜半无人私语时"。要是换了常人，早吓得连滚带爬跌下楼，而这里，耿生竟还偷偷望向里面，看见一对大蜡烛燃着，屋里明亮得如同白天。

只见一个身穿儒服的男子坐在正面，而一个妇人则坐在他的对面，两人大致四十岁左右。而男子一左一右还坐着一个年轻男子和一个少女。四人围坐谈笑，桌上酒菜香浓。幸好这些人长着人的面貌，不然大半夜的生生吓死个人。

不过从这番描写我们可以看出这个家庭应该是推崇儒家，

遵循礼仪教化。上至家里长辈的穿着，下至家宴时的座次，无不体现这一信息。

耿生真无愧其"去病"之名，生生闯了进去，还嚷嚷道："有位不请自到的客人来了！"

吓得那几个人纷纷四散躲避，原来不是鬼吓人，而是人吓鬼。

接下来的场景就有趣了，那个男子质问耿生为何擅闯别人的家宅。而耿生更是有理，说这明明是我家的房子，被你强占了。你们在这里喝酒竟然连主人也不知道邀请，真是太吝啬了。

这番物权纠纷对话结束，那男子突然冒出句令人喷饭的话："你不是主人。"可怜耿生单枪匹马闯入怪屋，得到的竟然是这样一句评语。

不过耿生反应很敏捷，立马说道："我是狂生耿去病，是主人的侄子。"这个狂生用得很有意思，充分揭示出耿生的性格。

接下来就戏剧化了，那男子一听，立刻敬重地说："久仰大名！"看来耿生大名广为传播，于是那男子请耿生入席，叫来家人重摆酒席，被耿生制止后两人对饮起来。

一番寒暄之后，知道那男子姓胡，刚才那年轻人是他的小儿子，名叫"孝儿"，年轻人也进来坐下了。

耿生生性豪爽，更是谈笑风生，而孝儿也是个很谈得来的人。这场景，仿佛是萧峰遇见了完颜阿骨打，和乐融融。

这时候，那男子忽然问耿生："我听说你祖父写过一篇《涂山外传》，你知道吗？"

耿生说知道。那男子便说他是涂山氏的后代。唐朝以后的家谱族谱我还能记得，五代以上的没传下来，希望耿生赐教。

这个男子倒是很诚恳，自己说出了自己的身份。这涂山氏是什么来头呢？

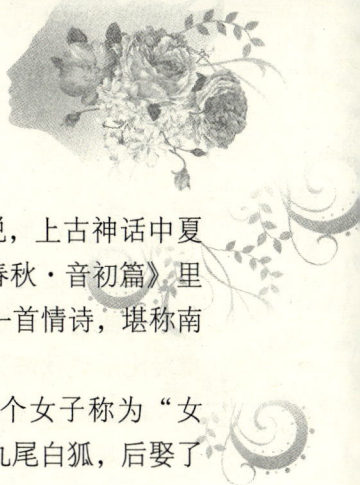

当年大禹治水，娶妻涂山氏。甚至有人说，上古神话中夏族的始祖神为涂山氏。在一些考证中，《吕氏春秋·音初篇》里涂山氏之女唱"候人兮猗"，被称作是中国第一首情诗，堪称南音之始。

而袁珂的《中国古代神话》中直接将这个女子称为"女娇"。根据一些说法，大禹治水途中看见一只九尾白狐，后娶了涂山部落的女娇。

有人说女娇就是那只九尾白狐，也有人说那九尾白狐只是一个象征，就像古代闺中思妇看见蜘蛛认为是喜报一样。

而用我们现代的眼光来看，可能这个九尾白狐只是涂山这个部落的图腾。不过放在神话中，人们便认为大禹娶了一只白狐。

因此，在关于狐狸的故事中，狐狸们往往认为自己是涂山氏的后代，并尊其为正统。所以这里我们看到胡郎知道耿生的祖父写过《涂山外传》便对耿生表示敬意。而这家人原来是一户狐狸。

于是耿生便简单地叙述了涂山女娇辅佐大禹治水的功劳，并有意夸张赞美，说得妙趣横成。于是那男子十分高兴，急忙跟儿子说，今天有幸听到了以前都不知道的，这位公子也不是什么外人，可以让你母亲和青凤来听，让她们也知道祖先的德行。

过了一会儿，夫人带着青凤出来了。

蒲公很擅长从别人的视角中透露出自己想让我们看的人物外貌，于是借耿生之眼，我们知道青凤："弱态生娇，秋波流慧。"

看这句描写，脑海中突然浮现出一个女子——杜丽娘。"不提防沉鱼落雁鸟惊喧，则怕的羞花闭月花愁颤。"

有人描写舞台上杜丽娘的出场是："鹅黄的绣花帔，婀娜的

碎步，半侧着身子，从重重帷幔的一端迤逦飘来，眸子只是轻轻的一扫，那流转而生动的眼波立刻就激活了全场的生机。"

前面我们讲娇娜重点分析了她的眼睛。而这里写青凤，着重突出了"秋波"二字，秋波传情，我们可以从这里得到暗示。

胡郎指着妇人和青凤介绍道，这是他的夫人和侄女。因为侄女挺聪慧的，能过耳目不忘，因此让她也来听听。

耿生说完便喝起酒来，凝神望着青凤，目不转睛。青凤觉察到了，低头不语。耿生偷偷用脚去钩青凤的绣鞋，青凤急忙将脚往后缩，却没有显露出怒意。

而耿生更加神智飞扬，心猿意马而不能自已。拍案叫道："如果能得到这样的美女，即使让我南面称王我也不干了！"

所谓的借机发酒疯便是这样吧，妇人见此情景，急忙带着青凤离开。耿生也很失望，告辞胡郎。

人虽离开了，可是耿生心里还是念念不忘青凤。

到了晚上，耿生又进楼去了，只闻到满屋生香，耿生痴痴等到天亮，整晚都寂静无声。

耿生回到家里跟妻子商量想举家搬到怪宅，希望可以遇到青凤，可惜妻子不答应。看到这里我们不禁有些鄙视耿生，原来是停妻想再娶妻。

妻子不答应是一回事，耿生自己到那儿，在楼下读书。入夜，只见一鬼披头散发，面黑如漆，睁大着眼睛看着耿生。

话说这装鬼文化都没有什么本质发展，这几年流行的恐怖片《午夜凶铃》、《咒怨》里面的鬼也差不多是这样的形象。

其实个人觉得这里面目漆黑，披头散发并不是可怕的，像香港鬼片中的这种形象往往让人有看黑色幽默剧的感受。

最可怕的是那个"目视张生"，一双眼睛就这样看着你，颇有死不瞑目的样子。很多人看完《咒怨》后最大的恐惧后遗症

便是加耶子从被子里看着你的那双眼睛。

而鲁迅先生则专门分析过什么样的鬼最可怕。文中说世上最可怕的鬼莫过于无面鬼了，其他多个鼻子耳朵什么的鬼怎么也看可以认为是有原型，而无面鬼则让你无法想象其真面目。（这点在现代的日本动漫中得到了充分发挥，如《千与千寻》、《犬夜叉》等。）

回到本篇，我们不禁叹息这鬼吓人的技术太低劣了。这不，耿生笑了笑，伸出指头蘸了墨水涂在自己脸上，和那"鬼"大眼瞪小眼，"鬼"羞愧地离开了。

话说这耿生的胆子还确实是大，一般人半夜见了鬼早就吓得说不出话来，或者尖叫着跑出去，而耿生居然还有心情和这个"鬼"戏谑打趣一番。

在一本所谓的"不怕鬼"的系列书籍中，曾有人选入了《夷坚志》的《漳州一士人》、《阅微草堂笔记》的《鬼避姜三莽》、《幽明录》中的《阮德如》以及这里的《青凤》，可见其在志怪故事中的影响。

吓跑了"鬼"，到了第二天深夜，耿生熄灯准备就寝时，忽然听见楼道里有开门关门的声响，急忙起来察看，发现门半开着。不一会儿听见细碎的脚步声，渐渐有烛光从房内映出来。

仔细一看，原来是青凤。

青凤仓促间看见耿生，大惊后退，急忙掩上门。耿生跪在地下说："我不怕险阻就是为了来见你一面。幸好没有其他人，能握握手对我笑笑，那么我死也无悔了。"

青凤压低了声音说道："你的一片深情，我怎会不知？奈何叔叔闺训严厉，不敢违抗他的命令。"

而耿生还不死心，拉着青凤哀求道："我也不敢奢求肌肤之亲，仅仅得见你的颜色也就足够了。"

青凤似乎有些妥协，打开门出去，拉着耿生的手臂摇了摇。耿生自然是大喜，和青凤一起进入楼下，耿生抱着青凤将她放在自己膝盖上。青凤说："只是因为和你有夙缘，才能相聚一晚，之后即便是相思也没什么多大益处了。"

耿生忙问是何原因，青凤便解释说，因为叔叔惧怕耿生的猖狂，化作厉鬼来吓唬耿生，但耿生毫无所动。只好举家搬往别处，而我留守，明天就要出门了。

说完正想离开，说是害怕叔叔回来了。

这时候耿生却硬要留下青凤过夜，全然不顾刚才自己的誓言，正在推拉之间，胡老爹回来了。

青凤又羞又怕无以自容，攥着手靠着床，拈着衣带不说话。

于是胡老爹自然是狠狠教训了青凤一番，"不要脸的小蹄子，玷污了我的门户！还不快走，等会儿看我怎么收拾你！"

青凤低着头急忙跑了，胡老爹也跟着走了。耿生尾随着他们，只听胡老爹骂骂咧咧，对青凤百般辱骂，青凤哭哭啼啼，耿生觉得心如刀割，大声说道："罪过都在我，与青凤无关！要惩罚就惩罚我吧。"

话说这耿生学琼瑶剧都学得不到家，通常这种时候应该是胡老爹出来叫骂的时候就揽下罪过，哪里还能让青凤后面被骂到哭哭啼啼？连《水浒传》里，西门庆和王婆合谋都知道应该王婆一露脸就两人里应外合算计上潘金莲。

耿生在胡老爹冒出来的时候不知道据情力争，反而是一路尾随，等到青凤情急跑出、胡老爹在青凤面前骂骂咧咧的时候才知道说这些话，为何只说是惩罚，为何在屋内不直接就向胡老爹提亲？还是只把青凤当做是一次艳遇，并没有把她名正言顺带回家的意思？

而当耿生大声说出那番话之后，却久久没有听到声音回应

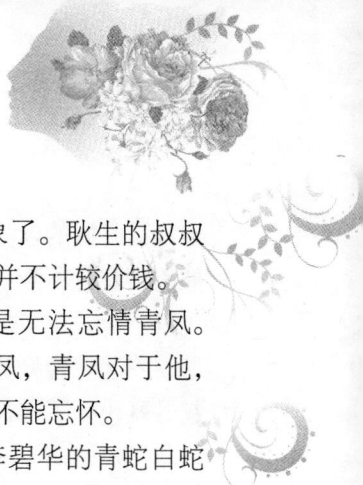

他。从此以后，这间屋子再也没有什么怪现象了。耿生的叔叔听说之后觉得很奇怪，就把房子卖给了耿生，并不计较价钱。

耿生大喜，举家搬迁。过了一年多，还是无法忘情青凤。其实照我来看，耿生也未必就是那么惦记青凤，青凤对于他，介乎得到与得不到之间，仿佛是心口的朱砂痣不能忘怀。

正如张爱玲的红玫瑰白玫瑰理论，或者李碧华的青蛇白蛇理论。"娶了红玫瑰，久而久之，红的变了墙上的一抹蚊子血，白的还是'床前明月光'；娶了白玫瑰，白的便是衣服上沾的一粒饭黏子，红的却是心口上一颗朱砂痣"。

此时此刻的青凤对于耿生便是如此吧，守在她曾经住过的楼中，念着她的花容月貌，忆着她的芬芳衣香，想着她曾经的轻言细语，此中情意更多的是对自己当初心动的一种坚守吧。

等到清明节扫墓回家时候，耿生突然看见两只小狐狸被猎犬追逐，一只往野外跑去，而另一只则在路上慌慌张张，望着耿生，竟然向他依依哀哭，垂耳藏头，好像在向他求救。于是耿生可怜它，便解开衣服，把它包在衣服里抱回家。回到家把它放床上，奇迹出现了，狐狸突然变成了青凤。

耿生自然是喜出望外，青凤也不避讳，知道耿生知道自己是狐狸了，直接说道："刚才与丫头做游戏，想不到发生意外，要不是你救了我，我肯定被猎狗吃掉了。请你不要因为我是狐狸而嫌弃我。"

于是耿生便安排青凤在自己别间房内住下，两人并未告诉青凤叔父，让其以为青凤已经死了。

就这样平平静静地过了两年多，也许是蒲公想给青凤一个名分或者帮耿生出口气吧，一天耿生正在读书之时，孝儿闯进来为自己父亲求情，说是胡老爹被耿生父亲世交之子莫三郎猎获，请耿生帮忙救下。

这时候的耿生便故作恶人，说当初楼下的羞辱我至今难忘，他的事我管不着。要是一定要想我帮忙的话，除非是青凤来才可以。

孝儿怎会知道青凤还健在，以为自己父亲没救了，又回想起妹妹也死了连尸体都找不到，哭泣道："凤妹妹已经死在野外三年了。"

耿生便一甩袖子，人都不在了，你还来跟我说什么啊，徒增我的怨恨！于是故意手持书卷高声朗诵，丝毫不为所动的样子。

想当初钟会拜见嵇康，队伍华丽，高头大马，可惜向秀拉着风箱，嵇康打着铁，没有搭理他的意思。

正当钟会尴尬地准备离开时，嵇康一边"当当"打着铁，一边问道："何所闻而来，何所见而去？"

钟会也是有学问之人，回了一句："闻所闻而来，见所见而去。"

后来钟会对此怀恨在心，最终在吕安一案中告了嵇康一状，加速了嵇康的死亡。这里我们暂且按下不表。

看到耿生一副铁石心肠的样子，孝儿没办法，爬起来，哭得失声掩面而去。

随后耿生到青凤住的地方告诉了她，青凤自然是大惊说，"难道真的不救？"

耿生便玩起了无赖样，"救自然是要救的，刚才不答应是为了报复他以前对我的态度。要是你真的死了的话，我是肯定不会加以援手的。"

青凤笑骂道，"你忍心吗？"

看到这里心里不禁生出些许感慨，能救但是口头上却说不救，这是耿生狂生的风范吧。总比那些明明不能施加援手的人

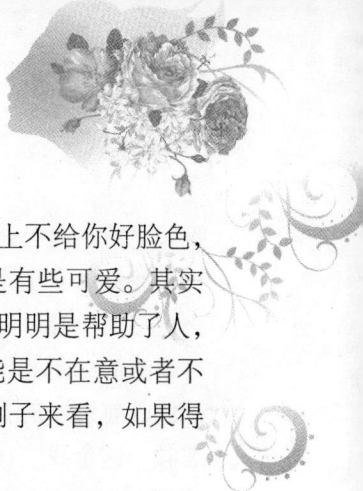

给予承诺却不兑现来得好。耿生这类人，表面上不给你好脸色，但暗地里还是帮助你，从某种程度上来说还是有些可爱。其实有的时候这类人给人有点吃力不讨好的感觉，明明是帮助了人，却还让受惠者背地里怨恨，虽然他们自身可能是不在意或者不在乎的。而且从上面我们说的嵇康与钟会的例子来看，如果得罪的是小人后果就严重了。

但从另一方面来看，耿生说如果青凤真的死了他绝对不会施加援手，青凤看做是调笑之语，我曾经怀疑过，但细想，对于一只路边求援的狐狸耿生都能加以救助，那么应该还不至于会如此狠心。

于是，第二天，莫三郎来的时候耿生在一大堆猎物中看见了只黑狐狸，便借机对莫三郎说自己的皮大衣破了，想用狐皮补补。

莫三郎随从是前呼后拥，因此也并不太在意这一两只猎物，慷慨相赠。于是耿生便把狐狸给了青凤，自己则陪莫三郎喝酒。

而奄奄一息的黑狐狸经过青凤抱在怀里整整照顾了三天才苏醒过来变成胡老爹。一番感慨之后才知青凤健在人世，自是歔欷不已。

于是冤家变恩人，胡老爹又是下拜又是求耿生不计前嫌，更是欢喜回头对青凤说自己坚信青凤没死，现在果然应验了。

于是青凤又对耿生说希望耿生能将过去的宅子借给叔叔，让自己可以报叔叔的养育之恩。

耿生自然是答应了，胡老爹惭愧地回去，然后举家搬来，此后和乐融融，而耿生住在书房里和孝儿谈古论今。等到耿生妻子所生之子长大，便让孝儿教导他，孝儿也循循善诱，可以说是大有先生风范。

这个结局不知蒲公是怎样想出来的，看到这儿，不禁有些哑然之感。蒲公是故意让耿生有恩于胡老爹，挽回耿生的形象，更是让青凤有全家团聚的日子才编了这么一出相救的戏吗？

一妻一妾，耿生最后是得享齐人之福，不知为多少人羡慕。故事的最后是喜相逢，满团圆，似乎每个人都各有所得，圆满得像以前说过的聂小倩和宁采臣，月满则溢，故事圆满则略显虚假，这个我们在耿生妻子篇再来分析。

青凤篇：陌上红颜随君老，青影霓裳盈盈盼

无论说耿生是猎艳也好寻找真爱也罢，不可否认的一点是青凤是一位有情有貌的女子。

我们照例先来看青凤这个名字。

青凤，从谐音上来看，容易让人想起"清风"，"邀得明月竹间照，清风荷影入梦来"，"水边杨柳曲尘丝，立马烦君折一枝。唯有清风最相惜，殷勤更向手中吹"，"不觉清风过，却见柳叶起。不知为谁舞，唯有清风知"，寥寥几笔，刻画出"清风"多情敏感堪称知音的形象，从某种程度上来讲和青凤的形象较为吻合。

青凤被叔父强行带走，而仍然对耿生念念不忘，其意境恰好与汉代一首写清风的诗相类似：

> 穆穆清风至，吹我罗衣裾。
> 青袍似春草，草场条风舒。
> 朝登津梁山，褰裳望所思。
> 安得抱柱信，皎日以为期。

青凤思念着耿生，也许希望和耿生有缘再续，希望耿生能那样信守承诺，将自己挂念在心中。

"青青子衿，悠悠我心。但为君故，沉吟至今。"说的便是青凤的情意吧。

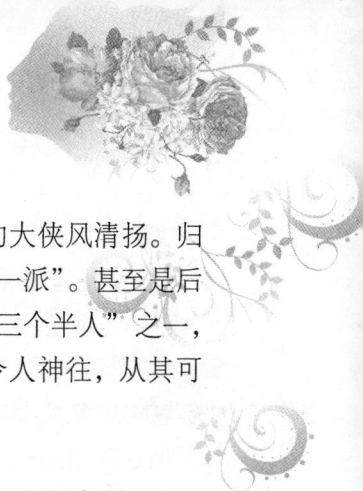

而清风二字，不禁想起《笑傲江湖》中的大侠风清扬。归隐于山，乃独孤九剑的传人，"决不会是妖邪一派"。甚至是后来自大的任我行也承认风清扬是他"最佩服的三个半人"之一，并对其武功以及人品多有敬重，如此人物，令人神往，从其可以想见其清逸飞扬之态。

此番形容用于青凤身上亦不无恰当。

关于"青"字，我们后面会再介绍一番，这里先说"凤"字，"凤"字用来形容女子，一般是显其尊贵及大家之气。

《红楼梦》中元春省亲，留下牌匾"有凤来仪"，后来此处给了林黛玉，改名为"潇湘馆"。而林妹妹也因此有了个"笔名"：潇湘妃子。

因此，有人便分析林妹妹也是凤凰的象征，潇湘馆青翠的绿竹引来了清雅高贵的凤凰，林妹妹是《红楼梦》中的另一只凤凰。

而我们回过头来看"青凤"，这个"凤"字也是突出其大家闺秀之气。

若有人问《聊斋志异》中最具备大家闺秀气质的是谁？那应该首推青凤。从别的篇目中，女主角出场往往是与男主角一见钟情甚至是私定终身，而青凤的出场却是含而不露，姗姗而来。

第一次因为耿生的擅闯，青凤和胡夫人急忙离场，而后知道是耿生，胡老爹也是听耿生叙述了祖先的功劳才让孝儿找青凤来听，好让后代也知道先辈的功劳。在看见耿生借机发"酒疯"时，胡夫人赶紧带着青凤离开了房间。

此刻青凤在我们心里的形象仿佛就是一名大门不出二门不迈的寻常女子，即使胡老爹说涂山氏是自己的祖先，表明了自己的狐狸身份，但我们看到这里丝毫没觉得青凤有其他篇目中

狐女的狐媚之气，相反，我们会觉得这是一名家教良好的闺秀。

说到这里，我们不禁会想起《红楼梦》中一位公认的大家闺秀——薛宝钗。

"朴素淡雅，不见奢华"；"生得肌骨莹润，举止娴雅"，宝钗在书中其实是在第四回就已经出场，但曹公并未多加描写，可谓是"暗出"，到了第八回才是真正的出场，甚至在脂砚斋的批语中此回也是"这方是宝卿正传"，此乃宝钗"正出"。

"千呼万唤始出来，犹抱琵琶半遮面"，珊珊而出方显其珍贵之处，青凤也更是如此。耿生的突然闯入，青凤和婶婶匆匆离开，为的是女子的那份自重和家庭的教养，不得随意见陌生男子。

本想用一种花来比喻青凤，最开始认为白海棠也许不错——红海棠太过妖媚以至于张爱玲发出了"海棠无香"乃人生三大憾事之一的感慨，"只恐夜深花睡去，故烧高烛照红妆"足见其妖媚，用以形容青凤只怕不足以刻画其庄重典雅之态。只是白海棠因黛玉的"偷来梨蕊三分白，借得梅花一缕魂"而显得太过忧郁，又因宝钗的"淡极始知花更艳"而过分缺乏生气，正如宝钗的房间，一片素白，连贾母看了都觉得不好。

因此，曹公对宝钗的外貌刻画是"唇不点而丹，眉不画而翠"，而且"从来不爱这些花儿粉儿的"。但蒲公对于青凤的刻画则着眼于其盈盈秋波之上，将其大家闺秀之态下的小女儿情态刻画得淋漓尽致。

若真要用一种花来比喻青凤的话，我觉得应该是仙客来。

那耳朵般的花瓣，透露出娇俏柔弱之态，那若有若无的香气，欲使其并非常人。虽说仙客来是因为学名"Cyclamen"的音译而得名仙客来，但其意往往令人想到"仙客翩翩而至"，"知君清雅仙中客"。

再看其花语：腼腆羞怯，内向，生命力弱。莫不是与青凤之形象一一对照：青凤之爱，委婉含蓄，羞于表达，曾几乎命丧于猎狗之口，可见柔弱。

而在这种描写下，青凤对耿生的感情是含蓄的，有着自己特有的方式。

首先是青凤出场，耿生目不转睛地看着青凤，青凤发现后，并没有对耿生杏眼相瞪，怒目而视（当然，这也不符合大家闺秀的风范），也没有对耿生流露出鄙夷不满的情绪，只是低着头。

相类似的，在《红楼梦》中，黛玉在和宝玉嬉笑打闹中，或是吵架后的道歉和好中，常常也有低头这一动作。

正如徐志摩所写：

"最是那一低头的温柔，像一朵水莲花不胜凉风的娇羞"，无限情意，都蕴涵在了这低头之举中。

而接下来，耿生偷偷用脚去触碰青凤的脚尖，这是极其挑逗与不尊重的，至少在我看来如此。更何况胡老爹、孝儿、胡夫人还在场。

而青凤的反应呢？如果她对耿生没有情，甚至是憎恶的话，那么她大可告诉胡老爹，让胡老爹狠狠教训耿生一顿。如果有情，用脚回踢耿生的话，则是贾母点戏时所说的，好好的小姐，读了几天书，便一味地伤春思秋，念叨着男人，做下祸事。那便是对自己的不尊重了。而这里，青凤缩了缩脚，也没有明显表露出生气的样子。可见她心中对耿生有情，但却能做到自尊自重。

此后，耿生一个人跑到怪楼读书，青凤却未经叔叔的同意私自跑来见耿生。青凤说幸好与耿生有一晚的夙缘，过了此一夜，相思也无益。

果真如此？

如果说是有夙缘，那青凤的叔叔为何不知，还跑来大骂青凤？

因此我们不妨将此看做是青凤冒着被叔叔责骂危险来看望耿生，推说是夙缘，只是因为青凤并不是那种大胆吐露自己心事的女子。

那为什么说是过了今夜便相思也无益？这番话不仅仅是对耿生说的更是对自己说的吧。此夜过去，青凤随叔叔离开，再也无缘相见了吧。

只为见君一面，就一面而已，就此别过，将这份相思默默埋藏在心底，继续狐狸的修行。

然而造化弄人，没料想，还能再见他一面。更没成想，竟是在这样生死攸关的时刻。那一刻，不是没想过像丫鬟那样匆匆逃走，只是，看见他，心中竟然还存有一丝希望，"依依哀啼，葛耳辑首"，他会救自己吗？

那哀鸣之声，祈拜之姿，正好照应前文青凤的"弱态生娇"。那期盼的眼神，正如紫霞仙子在《大话西游》中所说："我心中的英雄，有一天可以驾着五彩祥云来救我。"

不仅青凤或者紫霞仙子，每个女孩的心中何尝没有过这样一个人呢？希望在自己最无助最绝望的时候可以有个温暖坚实的怀抱，借以让自己什么都不用想，就让时间静止在这一刻。

冯梦龙的《白娘子永镇雷峰塔》中，白蛇被镇于金钵中时说："和你数载夫妻，好没一些儿人情！略放一放！"

许仙丝毫不为所动，等着法海来收服她。文章最末，说白蛇是"兀自昂头看着许仙"，此时不知白蛇心中是情是恨？抑或悔？

白娘子向许仙求救时，那眼神可是无助，生命就这样系在

他的一念之间。

有人说这是抓住了救命稻草，其实有的时候并不完全是稻草的作用，更是贪恋那份来之不易的温暖。

就像现在很多情侣分手，女生总是说因为没有安全感。什么是安全感呢？也许就是那份温暖的怀抱吧。一种被守护、被温暖的感觉。

恰如萧军之于萧红。萧军第一次出现在萧红面前，仿佛就是一个可以拯救她的英雄，一个可以给她温暖的人，哪怕是泥淖，萧红也不管不顾地沉溺了下去。

耿生将狐狸青凤抱回了家，放在床上，竟然发现是青凤，大喜。

这点倒是和耿生的大胆相照应，如果是换了其他人看见青凤是狐狸还不早就吓跑了。不过话说回来，前文胡老爹也说过自己是涂山氏的后裔。

不过有一点确是值得玩味的，故事不是人变成狐狸，而是狐狸变成人。在聊斋的所有狐女故事中，狐女都没有显露原形，只是表露出狐狸的一些本性。而这里，青凤则将自己的本来面目暴露在了心上人耿生面前。

与此相类似的，西方童话中《美女与野兽》，野兽在美女的真爱感召下解除了诅咒，变回了英俊的王子，和美女幸福地生活在了一起。

而这里，是青凤又变成了美女，和耿生生活在了一起。

因此我们可以说青凤是聊斋里最特别的一位女性，她将自己的本来面目暴露在了心上人面前却没有受到歧视。

而当耿生救了青凤之后，青凤说丫鬟回去肯定是说自己死了，那么我就可以与你长久地在一起了。

这里不能说是青凤简单地顺水推舟，可以说是青凤瞒着叔叔与耿生私奔了。在叔叔的严格管教下，青凤还是决定和耿生在一起，此举之大胆，不亚于卓文君私奔司马相如。

虽说青凤中意耿生，甚至是下决心与耿生厮守一生，但是也没有忘记叔叔的养育教导之恩。

有人说《青凤》全篇一个最突出的矛盾便是耿生的"狂"与胡老爹的"正统性"，"这组矛盾可以说概括了古代社会年轻人与长辈之间在爱情婚姻问题上的整个矛盾"。而蒲公解决这一矛盾的源头却是系在了青凤身上：青凤对耿生的"情"与对叔叔的"孝"，成为解决这一问题的关键。

有人说，"《青凤》中的耿生有'狂'的特点，其实是钟情而有担当，勇敢而不畏艰险，这代表了蒲松龄对于清初理学盛行、社会弥漫文弱风气的补救"。而从某种程度上来看，青凤对耿生芳心暗许也是对耿生"狂"的一个呼应吧。若青凤对耿生无意，那么耿生这番纠缠则显得无赖且流氓了。

而当青凤和耿生在一起后，难道真是嫁出去的侄女泼出去的水，青凤对胡老爹一家从此不闻不问了吗？

当然不是。这就引出了青凤或者说此篇的另一个重点：孝道。

胡老爹名叫"胡义君"，儿子叫"孝儿"，无疑是父慈子孝、忠义一家的象征。

单是从孝儿的表现便可以看出：父亲处于生死攸关之际，不顾被辱骂前去向耿生求情。求情无效之后，泣涕而去，比李密《陈情表》前几段感慨陈情更加催人泪下；耿生儿子长大后，担任其家庭教师颇有师长风范。

以孝儿的种种表现可以看出胡老爹平日的教导，在这样秩序井然的环境下长大的青凤怎能不受其影响？

仅是一家人坐在一起吃饭座次都是严格安排，更何况是传统思想中占大头的"孝道"思想？

于是，化解叔叔与耿生矛盾另一个办法便是孝顺叔叔，不忘其旧恩。因此，在耿生救下叔叔之后提出接胡老爹一家来和自己住，让叔叔颐养天年。

这点无疑是对现在流行的说法"娶了媳妇忘了娘"以及以前的"养儿防老"的有力反驳。

在《婴宁》中我们说过，蒲公创造婴宁这一形象的其中一个目的便是为那些乡下因为生为女儿身而无辜被"溺死"的女婴鸣不平，提出了"养女也能防老"的观点。

而《青凤》中，青凤这一形象在某种程度上也有这样一种意思。如果仅仅是为了表达耿生与胡老爹和好了，那么只需要像其他篇目常用的结尾，从此两家往来不绝，形如一家人便可以了，或者说胡老爹又搬回了怪楼。

这里加上了青凤为赡养叔叔而与耿生商量的桥段，可以说是对传统文化内涵的一个阐述和弘扬。这一点，在现在看来也是极具价值的。

当然还有观点认为此篇中蕴涵着"蒲松龄对自己生活的年代战事已经远去、时代已趋平静、科举制度已然实施多年时，汉族知识分子欲反不能、欲顺又有忘祖背德之嫌的尴尬的文化处境的一种合理的化解"，这里我们仅谈论聊斋女子暂不讨论这个问题，姑且置此一说。

莺吭啭出真双绝，喜付可儿吟与听

虽然青凤在我们看来和其他聊斋优秀篇目中的女子一样，具有真善美等优秀品质，但是在我们看来，这似乎不能成为蒲松龄最钟爱她的一个理由。

正如我们前面所说：蒲公对婴宁的喜爱是用"我婴宁"来

描述，而对于青凤则是通过其他篇目的侧面叙述来突出其在自己心中的特殊地位的。

《狐梦》中，蒲公曾说自己的朋友毕怡庵（是否真实存在这个人比较有疑问）每每读到《青凤传》，往往是心向往之，遗憾自己没能遇见。

并且在故事最末，狐女与毕生告别时，曾问毕生自己和青凤相比如何（颇有《邹忌讽齐王纳谏》的风格），在得到毕生的赞扬后，还是表示自己不如。

蒲公为何对青凤这一形象情有独钟？会不会其中有什么隐情？

根据一些聊斋研究者的考证，青凤的原形也许就是蒲公朋友孙蕙的小妾顾青霞。

孙蕙，字树百，又字安宜，是蒲公的老乡，后来蒲公在孙蕙府上作了幕宾。而他的侍妾顾青霞也是一位能歌善舞，善于吟诗作画的才女。

更有人说蒲松龄曾为顾青霞选了一百首唐诗中的香奁绝句，以让她黄莺啼啭似的吟诵。蒲公甚至是在《听青霞吟诗》中说："曼声发娇吟，入耳沁心脾。如披三月柳，斗酒听黄鹂。"这是对顾青霞吟诗的诗意化描绘。

并考证说是蒲公为其曾受孙蕙冷落大鸣不平，为其留下大量诗作。甚至是在青霞死后，作诗表达心中的哀伤沉痛："吟声仿佛耳中存，无复笙歌望墓门。燕子楼中遗剩粉，牡丹亭下吊香魂。"

有所谓的红学专家说曹雪芹生命中曾有一个令他为之心系一生的女子，而整部煌煌大作《红楼梦》里面的十二金钗都是这个女子的一个分身。因此，也有人说聊斋中那些美好的女子都是蒲公根据顾青霞的一个特征来写的，诚然，这个观点有些

以偏赅全，不过，我们不能否认蒲公作聊斋的岁月中有这样一位灵感女神。而聊斋中那些如花似玉的女子，有的也许若有若无地带有顾青霞的影子吧。

这样我们便不难理解青凤名字中带有的那个"青"字，耿生有了原配妻子却还钟情于青凤，蒲公在其他聊斋篇目中表达对青凤的特殊喜爱之情。

曾有人看过《青凤》后说，此篇是为那些爱情失意者所作，而耿生对于青凤的那种感情，看其面，心动不已；见其受到伤害，怜爱有加。

而蒲公对于顾青霞，也是如此吧。可以说，顾青霞之于蒲公，如同贝阿特丽齐之于但丁，是其文学创作的缪斯女神。

只不过，蒲公对于顾青霞之恋，仅仅局限于暗恋级别，发乎情止于礼。

正因如此，才没有提前上演一出"丁香花疑案"。龚自珍在《己亥杂诗》里有一首写道："空山徙倚倦游身，梦见城西阆苑春。一骑传笺朱邸晚，临风递与缟衣人。"其后自注称："忆宣武门内太平湖之丁香花一首。"

此诗意境朦胧，指代不清，一时间，京城传得沸沸扬扬，说是缟衣人指的是贝勒奕绘的遗妃顾太清，于是谣言绯闻，王府内部斗争，太清被逐，龚自珍仓皇离京，亡命天涯，两年后暴卒江苏。行囊空空，只剩一朵枯萎的丁香花，仿佛是坐实了这段私情，留下一段丁香花疑案。

然而在顾的夫君奕绘去世前不久，阮元示以宋本《金石录》，顾太清曾题过一首《金缕曲》。其中有这样的句子："抱遗憾、讹言颠倒。赖有先生为昭雪，算生年、特记伊人老。千古案，平翻了。"自注云："相传易安适张汝舟一事，芸台相国及静春居刘夫人辩之最详。"

对于李清照这样的才女的正常改嫁都表示不认同，那么太清怎么会在丈夫在世之时和别人暗通款曲？

因此，我们可以说龚自珍和顾太清只是一般的文字之交，而顾太清与其夫，"读《顾太清、奕绘诗词合集》，首先让人感到的是顾太清与奕绘的伉俪情深。两人同年出生，字号相连，一个字子春，一个字子章；一个号太清，一个号太素；一个称云槎外史，一称幻园居士。其诗集，一名《天游阁集》，一名《明善堂集》；其词集，一名《东海渔歌》，一名《南谷樵唱》。夫妻间情投意合，亲密无间，赋诗填词，相得益彰"。

这样看来，顾太清比那冤死的萧观音幸运太多。

而蒲公与顾青霞之间，却没有传出过这样的绯闻，可以说是蒲公的正直耿介吧。而蒲公对于顾青霞的那份爱怜之意，便默默地融入在他的诗作和《聊斋志异》之中。

顾青霞对于他便是那朵永远绽放在心间的丁香花吧，丁香一样的结着愁怨的姑娘。

对于顾青霞的离世，蒲公的感情便如同那首《丁香花》的歌所唱的吧：

> 你说你最爱丁香花
>
> 因为你的名字就是她
>
> 多么忧郁的花
>
> 多愁善感的人啊
>
> 当花儿枯萎的时候
>
> 当画面定格的时候
>
> 多么娇嫩的花
>
> 却躲不过风吹雨打
>
> 飘啊摇啊的一生
>
> 多少美丽编织的梦啊

就这样匆匆你走了

留给我一生牵挂

那坟前 开满鲜花

是你多么渴望的美啊

你看啊 漫山遍野

你还觉得孤单吗

你听啊 有人在唱

那首你最爱的歌谣啊

尘世间 多少繁芜

从此不必再牵挂

耿生妻篇：但见新人笑，哪知旧人忧

耿生妻是蒲公在众多聊斋篇目中描绘的极普通的一个角色，甚至文中她姓甚名谁我们都不知道，蒲公吝惜到连一个某某氏都不给她。

通读《青凤》全篇，美貌多情的青凤，狂放不羁的耿生，古板有道的胡老爹，孝顺友爱的孝儿，照顾侄女有加的胡夫人，唯有一个人，蒲公安排了她的露面，却没有给她一个结局。

故事的结尾是耿生和胡老爹一家和乐融融，父慈子孝，然而呢，是否有一个角色始终处在我们不经意或者有意识地忽略中？这便是耿生妻了。

但见新人笑，哪闻旧人哭？即使说过去耿生妻曾陪耿生一起走过了多少艰难岁月，经历了多少酸甜苦辣，而当耿生见到青凤时便忘情于她，置妻子于不顾，哪还记得当初的海誓山盟，甜言蜜语。

我们看，耿生第一次见到青凤，假借喝醉乘机发"酒疯"说什么得到青凤这样的女子即使是让他南面称王也不愿意了。

甚至是在酒席间偷偷用脚去碰青凤的脚尖，何等轻狂？不难想象耿生以前没有过这样的行为，而耿生妻便不止一次伤神难过吧？

有人说，当男子发现时间让自己曾经深爱过的妻子变老变丑后，便不再爱她，潇洒有能力的便离婚或者休妻再娶，没能力的只能凑合着继续过日子，但这并不影响他们打着寻找真爱的幌子在外面拈花惹草。

耿生在一见青凤，追求未遂之后回家强烈要求搬到怪楼去，结果耿生妻加以反对，这里这个反对有两种理解，一个是耿生妻怕鬼怪，惧怕搬到那里碰到什么不该碰到的；一个则是捍卫家庭的责任感，你喜欢看美女没错，可是干吗还得带着全家陪你去追狐狸精？

唐代房玄龄的夫人好吃醋，甚至是太宗李世民赐给他几名美女房玄龄也不敢接受。房玄龄召来房夫人说是如果她不接受那几个美女的话就赐毒酒，结果房夫人一口饮毒酒宁死不从，后发现原来所谓的毒酒其实是醋，于是吃醋之名流传下来。

倒是可惜了杜康，怎么也想不到自己废物利用的发明物居然有了这样的意义。

这是吃醋的温柔版，往前追溯，隋文帝妻子独孤伽罗，活着时从不许丈夫沾染后宫其他女子。而隋文帝酒后乱性宠幸了一名宫女直接导致该名宫女被独孤皇后乱棍打死，此铁血手腕以至于在她死之前杨坚与她还是一夫一妻，置其他佳丽于不顾。

反观耿生妻呢，也许没有办法阻止耿生的猎艳行动，只是希望用家庭来一步步挽留耿生。爱情、夫妻、家庭，永远都是单行道，多插进一个人都有人会痛苦。

即便是《源氏物语》中被紫式部刻画得完美非凡的紫姬，在得知源氏公子得娶三公主后依旧是一个人默默垂泪。源氏公

子生性多情，处处留得薄幸名，作为其最为钟情的女子或者妻，紫姬也曾是有过哀怨。

而青凤一家搬走后，耿生一直对青凤念念不忘，不知此时耿生妻是何感想？

有人可能会说，耿生妻和耿生也许只是父母之命媒妁之言成婚，两人之间并没有什么特别深厚的感情，她只是他的电饭锅，只是他的洗衣机，只是他的保姆，她也许并不美如天仙、并不技艺超群、并不会秋波暗送，兴许只是"眼睛低低地望着，重重的眼皮，天生有一种旧式媳妇的恭顺相，高高的额头，扁扁的鼻子，宽厚的嘴唇"。

但她嫁与他之前呢？是否是彼此从未见过面，连一出《墙头马上》都来不及上演，还是曾经"妾发初覆额，折花门前剧。郎骑竹马来，绕床弄青梅。同居长干里，两小无嫌猜"？（当然，根据清代男女之防观念的越加保守，前一种可能性比较大。）

就耿生第一次见过青凤之后，欲追求青凤甚至是回家和妻子商量要举家搬迁到怪楼里去，希望能再见佳人一面，可以看出夫妻两人之间或多或少还是有感情的。如果真的是从"相敬如宾"到"相敬如冰"甚至是"相敬如兵"，那么耿生完全没有回家商量的必要了。估计耿生这对夫妻大致就是保持在"相敬如冰"这一层次了吧。

而后青凤离开，耿生买下了怪楼，举家搬迁。书上说耿生叔叔听说这件事后觉得很惊异，愿意把宅子卖给耿生而不计较价钱。

从这点来看，估计耿生也算是有些闲钱之人。文章开头说耿家大族后来败落，如果耿生完全是个破落户，那么这宅子既然已经荒废了，耿生叔叔留着也没什么用，还不如直接做个顺水人情送给耿生。既然耿生叔叔选择卖给耿生，也就是说耿生也不算是太穷，虽说是"低价处理"，但勉强还是"瘦死的骆驼比马大"，耿生家不至穷死。

之所以想强调这一点，只是觉得耿生家毕竟曾是大家，娶的妻子应该也是知书达理型的，即使是小家碧玉，估计也应是贤惠有加。也许他们不是患难夫妻，但也是生活无忧，相处和谐吧。

也许有的人说耿生对于这样的婚姻并不满意，所以当他看到青凤的时候，心跳"先是骤然停止，然后马上开始报复性地反弹，狂跳异常"，心中便认定了这才是自己苦苦追寻的真爱，才是张爱玲所说的"呵，原来你也在这里"，我们不便加以反驳。

而反观耿生妻对耿生呢，如果说是"养在深闺人未识"，那么耿生应该是她第一次遇见的陌生男子吧。

在未嫁给耿生之前，耿生妻是否在心中对这个良人这段婚姻有过美好的期盼？现代每个女子在结婚的时候都会幻想两人在一起的幸福场面，那么这样的经历，耿生妻是否也有过？

对比孟姜女，只是因为见过范喜良一面，便芳心暗许，此后千里送棉衣，泪洒长城，哭倒城墙。

只是因为在她的心里，丈夫是她的天，是她的地，是她的一切，是和她一起构建一个名叫"家"的港湾的人。

而耿生妻呢，何尝不是如此？

河图在《如花》中唱道：

看春花开又落

秋风吹着那夏月走

冬雪纷纷又是一年

她等到，人比黄花瘦

那孤帆去悠悠

把她年华全都带走

千丝万缕堤上的柳

挽不住江水奔流

看春花开又落

秋风吹着那夏月走

冬雪纷纷又是一年

她等到，雪漫了眉头

听醒木一声收

故事里她还在等候

说书人合扇说从头

谁低眼，泪湿了衣袖

在耿生妻心中会不会也曾有过这样的时候？我们无从知晓。只能从她若有若无的出场来猜测。

电视剧《圆月弯刀》中，丁鹏曾以为秦可情为他跳崖而死，于是每逢月圆之夜便会在屋外舞剑不止，以寄托对她的思念，而那时作为丁鹏妻子的青青温婉含蓄，内心不禁有些苦涩。

而耿生妻呢，看着全家搬来住在怪楼里，自己的丈夫不时思念的是另一个女子，在那样传统文化教育下的女子心中算不算是天塌地陷过呢？

后文耿生与青凤重逢，将其安置在别院，既没有给青凤一个名分也没有给妻子一个说法，这对于两个女子来说，都是极其过分的。

文章最后说，耿生妻的儿子渐渐长大，便让孝儿来做了他的老师。虽说是为了刻画圆满孝儿的形象，但怎么看怎么觉得奇怪。

如果说孝儿做了耿生大儿子的老师，那么耿生妻和青凤之间应该怎样称呼？

还有另一种可能性，在古代来说，不孝有三无后为大，而耿生却把自己的儿子交给了孝儿负责，那么青凤呢，算不算是小妈？那么以后进而演变为耿生的儿子更加亲近青凤或者说两个母亲在他心中处于同等地位，那么对于耿生妻来讲，又是怎样一种感受？

根据《浮生六记》的记载，有人推测说是芸娘因为没能成功帮沈三白纳妾郁郁而终，林语堂先生因此也称芸娘是"最理想的女人"。

可是呢，难道爱屋及乌真的能做到爱你的人爱你的妾吗？

而且后文很明显只是写了儿子交给了孝儿教书，并未写耿生妻的反应，不知是蒲公有意还是无意的忽略，因此，我们说在这欢乐的大团圆中有着一个被忽略了的伤痛背影。

三、《阿宝》系列：

《阿宝》：惊鸿一瞥三千年

阿宝篇：如珠如宝，婉兮清扬

《阿宝》：惊鸿一瞥三千年

"在天愿作比翼鸟，化作鹦鹉陪你唱"，这是一张名叫《乐说聊斋》音乐专辑中关于《阿宝》的评价，这张专辑为《阿宝》所配的音乐是李键的《传奇》：

只因为在人群中多看了你一眼

再也没能忘掉你的容颜

梦想着偶然能有一天再相见

从此我开始孤单地思念

想你时，你在天边

想你时，你在眼前

想你时，你在脑海

想你时，你在心田

宁愿相信我们前世有约

今生的爱情故事不会再改变

宁愿用这一生等你发现

我一直在你身边

从未走远

有人说中国古代的小说中通常是女子思念心上人，甚至是梦魂相随，源起望夫石，后有庞阿、张倩女离魂随心上人游走天涯。而占据爱情主导权的似乎永远是男子，等到了蒲松龄的《阿宝》，才将这个顺序给颠了个个儿。让这男子也离次魂，与佳人寸步不离。

粤西有个叫孙子楚的人，是个名士。这子楚还有几分贵气，秦庄襄王嬴裔人，后改名为嬴子楚。而我们仔细来看这"子楚"二字，常常延展为"荆楚"，楚即代表着灌木"荆"，这个字便象征着孙子楚爱情之路的不顺利。

同时，《世说新语》中记载了一个名叫"孙楚"的人，字子荆。说他才藻超群，而生平只佩服王武子。王武子死后，他在灵床前哭得最伤心，道："你生前最爱听我学驴叫，那我就再为你叫几声。"言毕便真的叫起来，逗得宾客大笑，孙楚便回过头来怒斥道："你们这些人怎么不死，却让这个人先死了！"

想来，子楚也是这般有才且痴气吧。

孙子楚生来六个手指头，性格迂讷，口齿迟钝，别人骗他他就信。甚至是有人设宴宴席上看见有歌伎，孙子楚便远远走开。有的人明知如此，偏偏逗他，就如《黔之驴》中的那些好事者一样，让妓女狎逼他，他便脸红脖子粗，大汗淋漓。个人觉得这与其说是迂讷，还不如说是单纯而不通世故。

这一点倒是和唐传奇《昆仑奴》中的崔生相似。崔生到父亲故交府上作客，被老大人唤家伎招待，一位红绡妓亲口给他喂樱桃，因此崔生对其动心，并在仆人昆仑奴的帮助下与红绡妓私奔成功，最终长相厮守。

而从这里我们更加可以看出孙子楚的单纯，并为他后面的痴情行为打下了良好的基础。

可孙子楚这种单纯不通世故常常被人嘲笑，甚至是有人描

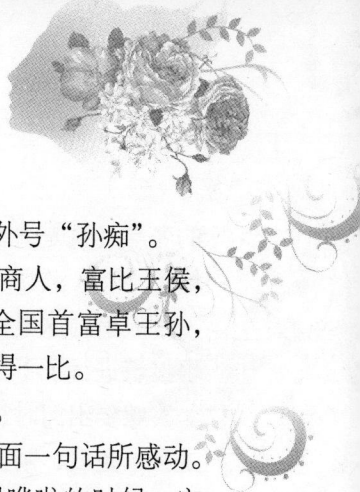

绘他的呆状并广为宣传，轻蔑他，给他起了个外号"孙痴"。

花开两朵各表一枝。话说这城里还有个大商人，富比王侯，连亲戚都是显贵的官僚。估计和卓文君的爹全国首富卓王孙，以及那位以私铸钱币为产业富可敌国的邓通有得一比。

这位大财主呢，有个掌上明珠，唤作阿宝。

记得以前看《重返十七岁》时，曾经为里面一句话所感动。在操场上的时候迈克见到他女儿玛吉哭得稀里哗啦的时候，安慰她道："总有一天会有一个男孩子待你如珠如宝，就像日升日落都陪着你。而这里蒲公给阿宝命名为"阿宝"便也有这样一层意味吧。"

而阿宝生得是"绝色"。这次蒲公倒是省事，短短两个字就算是给我们勾勒出个美人了。既没有说白牡丹淡极素雅般的初妆，也没有谈如含苞待放般的嫣然一笑，只是"如传世的青花瓷自顾自美丽"，绝色而已。

而令人心动的美丽只能凭借想象了，正如李延年为其妹妹李夫人所歌：

> 北方有佳人，绝世而独立。
>
> 一顾倾人城，再顾倾人国。
>
> 宁不知倾城与倾国，
>
> 佳人难再得。

这样一个女子，家里自然是为她张罗着嫁个好夫婿了。天天选夫婿，大户人家的儿子争相送去求婚礼物，可惜都入不了老丈人的法眼。

这时候，孙子楚刚好丧了妻，便有人戏弄他让他去提亲。孙子楚的痴劲儿上来了，也没来个什么门当户对两情相悦的掂量，便贸贸然上门提亲。

结果自然是可想而知。一来阿宝的父亲早就听说了孙子楚的名声（真是人在社会飘，名声像外套），二来孙家又穷，便拒绝了。

故事到这里仿佛已经结束了。然而阿宝的一句戏言则让故事接着进行了下去。

媒婆出门时正好碰见阿宝，阿宝便问是谁来提亲。被告知是孙子楚后，阿宝也戏谑地说，如果他愿意去掉那根多余的指头，我便嫁给他。

媒婆不知也是为了打趣孙子楚还是为了给他一个彻底死心的理由，便告诉了孙子楚。子楚竟然说，这个不难。媒婆离开后，子楚便拿起斧头，手起斧落，自断其指，十指连心，其痛可知，而孙子楚也是血溢满地，几乎死去，过了好几日才能起床，便去给媒婆看。

媒婆大惊，自然没料到还有这样痴傻之人，跑去告诉了阿宝。而阿宝的反应让人很难过，仅仅是"奇之"，对此感到惊异，仿佛就是看新鲜事一样。

接着就以一种无所谓的态度加以戏弄，希望孙子楚能再去掉他的"痴气"。子楚知道了，急忙辩解说自己不痴，可没人听他一番自我剖析。

碰了一鼻子灰之后，子楚发扬了酸葡萄心理，阿宝也未必是美如天仙，何必把她的身价抬得那么高。于是，对她的思念也越发渐弱。

落花无意，流水也没情了，故事如何发展？

前面我们讲的好事者又出来了。说是清明节，妇女出游，轻薄少年也结对随行，对其评头论足，甚至是达到了《三国演义》中月旦评的水准。

节日出游，男女欢会，自有相恋，始见于《诗经·郑风·溱洧》：

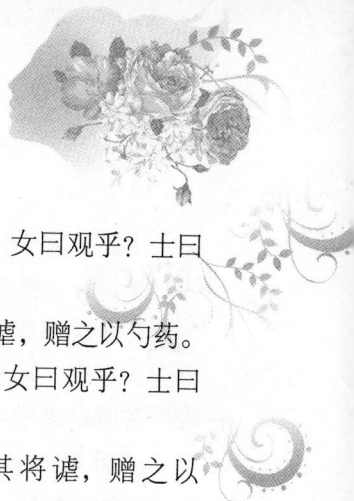

"溱与洧，方涣涣兮。士与女，方秉蕑兮。女曰观乎？士曰既且。且往观乎？

洧之外，洵訏且乐。维士与女，伊其相谑，赠之以勺药。

溱与洧，浏其清矣。士与女，殷其盈矣。女曰观乎？士曰既且。且往观乎？

洧之外，洵訏且乐。维士与女，伊其将谑，赠之以勺药。"

一枝芍药花，蕴涵了青年男女之间的无限爱恋。

这时，与孙子楚同社的几个人强拉着子楚让他也去，甚至是有人秉着看热闹的心情激他："不想去看看意中人吗？"

子楚也知道是戏弄他的，但转念一想，也好，去看看这个阿宝到底美成个啥样，便欣欣然和大家一起去了。

远远地只见一个女子在树下休息，恶少年在她面前围成了墙，便听人说："这是阿宝。"子楚走近一看，果然如此。再仔细看，娟丽无双。

这品评之风还真是兴盛，这么多人围观阿宝，也没见什么保镖出来。过了一会儿，人更加多了，阿宝便起身快步离开。

于是过足了眼瘾的人们兴高采烈，开始对她评头论足，纷纷欣喜若狂。却只有子楚默默无语。

等到大家散场往别处去了，回头看他，居然还在原地痴痴呆呆地站着，叫他也不答理人。大家拽着他说："魂儿都跟着阿宝走了吗？"依旧不答话。大家觉得他向来如此，也就见怪不怪了，有的推他，有的挽着他，送他回了家。到家后，就床而卧，终日不起，昏迷如醉，怎么叫也叫不醒。

真真是三魂七魄不健全。有人说有魂有魄方为人，有魂无魄是为鬼，无魂有魄是僵尸，无魂无魄是死人。而现在的孙子楚，游离在这四种常规形式之外：肉身与魂魄分离而未亡。

于是孙家人怀疑他失了魂，便去野外招魂什么的。向来招魂都是没什么结果的，比如宋玉哀屈原的《魂兮，归来》，后来也没有像《高唐赋》那样托梦归来。连那英武一世的汉武帝为李夫人招魂，招来的不过是自己由思念而面对着美人玉像，皮影幻景所幻化出的虚景而已。

前面说到的《溱洧》里面的三月巳日，也主要是为了进行招魂续魄、被除不祥的活动。

而子楚的魂去哪儿了呢？家里人强行召唤他，只听见他蒙蒙胧胧地说："我在阿宝家。"仔细问时，又不说话了。家里人自然是惊慌又迷惑，不知道到底是怎么回事。

孙子楚不过是见了阿宝一面，便魂不守舍追随她而去，可见其性情之痴。如果当初没有见到她，也许今生另外续弦，平淡如水地过了一生吧。

仅仅是一面，便注定子楚的生命将谱写一曲传奇，正如仓央嘉措所写（此首诗存在争议，有说是无名诗人所写，托了仓央嘉措之名）：

第一最好不相见，如此便可不相恋。

第二最好不相知，如此便可不相思。

第三最好不相伴，如此便可不相欠。

第四最好不相惜，如此便可不相忆。

第五最好不相爱，如此便可不相弃。

第六最好不相对，如此便可不相会。

第七最好不相误，如此便可不相负。

第八最好不相许，如此便可不相续。

第九最好不相依，如此便可不相偎。

第十最好不相遇，如此便可不相聚。

但曾相见便相知，相见何如不见时。

安得与君相诀绝，免教生死作相思。

原来当初子楚见阿宝离去，心猿意马，魂梦萦绕，情不自禁地灵魂出窍觉得自己跟随美人而去，渐渐地依偎在她身边，也没有人上前呵斥。

于是和阿宝回去，坐着、躺下都依靠着她，晚上便与阿宝结为夫妇，心中十分快乐。

原来金庸《天龙八部》中虚竹和西夏公主冰窖的"梦姑"、"梦郎"并不是首创，这里孙子楚就和阿宝缠绵上了。不过问到姓名时，孙子楚倒没有说什么"梦郎"之类的，而是说自己就是孙子楚。

大陆版的《天龙八部》中关于梦姑和梦郎曾有一首《我真我爱》，其中"梦里梦生，浮云浮现，苍山苍海，烟聚烟散"，唱出了其中那种朦胧之感。

一方面子楚饿了，想回家（谁说魂魄没有感觉的，七情六欲啥都有）；另一方面阿宝做了这类梦，自然觉得奇怪，可是又不敢告诉别人。

魂魄是欢喜了，可是子楚的肉身呢？还躺在家里，昏昏沉沉有三天了，呼呼地喘着粗气，好像快死了，家里人自然害怕，想起他昏迷中的那句"我在阿宝家"，希望能去阿宝家招魂。

阿宝爹其实还是蛮宽容的一个人，听到这话后笑着说，我们向来没交情，不相往来，为什么到我家来招魂。经过一番哀求后还是同意了。

要是换成别人，指不定大骂荒谬然后用笤帚将其赶将出去。而这里的阿宝爹仅仅是笑着说，也就是说他只是觉得奇怪而已，并不算是顽固分子。从这一点来说，这倒为后文两人的喜结良缘做了铺垫。

话说巫婆拿着子楚原来的衣服便来招魂了。阿宝问了缘故，大惊，不让她去别的地方，直接将她引到自己的房间，让她们去招魂。

关于招魂，黄石在《关于性的迷信与习俗》中，认为比如裤带之类，是女子贴身之物，沾有人的气息，等于那人本身。因此，我们看《梁祝》的母本《华山畿》中那男子珍藏女子的衣物便是如此。这一习俗被广泛运用于接触巫术，这里巫婆招魂便是如此。古代小说中常用招魂来带动情节发展，如《源氏物语》中六条妃子离魂的时候曾叫源氏公子将衣服前裾打个结，以便自己灵魂归体。这又是一种招魂方法的演变。

等到巫婆回到子楚家里，子楚已经在床上开始呻吟了。等他醒了，对阿宝房间里的胭脂化妆盒的颜色、名称都历说不误。阿宝听到，心里更加害怕，同时也感受到了子楚对自己的那番深情。

有人可能会问，为什么阿宝会害怕呢？这很简单，自己房间里时时刻刻存在着一个陌生男子而自己还不能感受到他的存在，仿佛就像是有个针孔摄像机在身边，能不害怕吗？

不过阿宝感受到了子楚因情而离魂这番深意，这算是两人感情的一个转折点吧。

而子楚虽然已经灵肉合体了，但还是恍恍惚惚，每天去伺察阿宝，希望可以再见她一面。

等到浴佛节，听说阿宝去水月寺烧香，子楚便早早路边等候着，真真是望眼欲穿，书中说是"目眩睛劳"。好不容易等到过了中午，阿宝才姗姗而来，从车中看见了子楚，纤手掀开帘子，目不转睛地看着他，难道是为了确定他是不是自己梦中出现的那个人吗？

而子楚自然是更加心动，跟着阿宝的车，真是"相看两不厌"。阿宝便叫仆人问子楚的名字，子楚自然是殷勤对答。

等阿宝离开后，子楚这次虽然也是心驰神往，但是魂儿还

没有被勾走，还能自己回家，只是回家后，又病了（相思病发作过于频繁），昏昏然不吃不喝，梦里就唤着阿宝的名字。

离魂一次是奇遇，离魂两次便是该过奈何桥了，不然怎么那么多孤魂野鬼？

所以子楚这招不灵了，于是心里恨自己为什么不能再次灵肉分离。这时正巧家里养的一只小鹦鹉死了，小儿子在床边玩弄。

子楚心想，要是自己是只鹦鹉便可以飞到阿宝屋里去了。正想着，忽然"愿奴胁下生两翼"，自己竟真的"我是一只小小鸟"，变成鹦鹉飘飘然飞到了阿宝卧室。

阿宝高兴地扑到它（宝钗扑蝶的模样），拴上它的腿，喂它芝麻子。不料，它竟大声说："姐姐别锁，我是孙子楚。"

阿宝自然又是大惊，解开绳子，可是鹦鹉也不飞走。此刻的阿宝已经真正动心了吧（要是再不嫁给他，说不定孙子楚又会变成什么）。阿宝祈祷说："你的深情我已经铭记在心。只是今日人鸟之别，怎么能再结为婚姻？"

子楚便答道："能留在你身边，愿望便已经达成了。"

此后，凡是别人喂鹦鹉吃东西它都不吃，只有阿宝喂它才吃。

阿宝坐，就依偎在她的膝盖上面；阿宝躺下，就靠在她的床边。这样过了三天。阿宝十分怜惜，便叫人偷偷去孙家看子楚。原来子楚已经僵死在床，断气三天了，只是心头还没凉。

于是阿宝这次是下定了决心，祝愿说："你如果能再度为人，我便誓死相从。"

仿佛"幸福来得太突然"，子楚一时接受不过来，说道："骗我！"

阿宝赌咒发誓，鹦鹉侧着眼若有所思，揣度着阿宝说话的真实性。看来是被故事开始阿宝的玩笑话作弄怕了，受伤害太严重。

过了一会儿，阿宝上床，脱下鞋放在床下，鹦鹉突然飞下来衔起一只鞋便飞走了，阿宝急忙呼唤，已经飞走了。

　　阿宝派人去探望子楚，已经醒过来了。说是家人见鹦鹉叼绣鞋来，坠地即死了，正感到奇怪，子楚却醒过来了，到处找鞋，大家不知道为什么。

　　正好阿宝派来的妪婆到了，见了子楚问鞋在哪儿。子楚便答说鞋子是阿宝给他的信物，是她亲口对我说的，我不敢忘记她的承诺。

　　于是老仆人回去告诉了阿宝，阿宝更加惊奇，让婢女将这件事偷偷泄露给母亲。

　　老夫人审查了一番，才说："这小子的才名倒也不错，只是他家徒四壁跟司马相如一样，我们选婿选了这么久挑中这样一个人，怕被显贵们笑话。"

　　而阿宝则因为鞋子的缘故发誓不嫁他人。老头老太没办法，只得依着她，立即派人告诉了子楚。看来果然是"阿宝"，捧在掌心怕摔了，含在口中怕化了，相中一人不嫁也做不出棒打鸳鸯之举，阿宝也不用学卓文君跟着子楚去开"大排档"卖酒为生。

　　子楚自然是大喜，病马上就好了。而这时候老丈人开始和女儿商量想招子楚入赘，阿宝却显露出见识，女婿不能久居岳父家，更何况子楚家本来就贫穷，待久了更会被人看不起。女儿既然答应嫁给他，即便是吃糠咽菜住茅屋也心甘情愿，无怨无悔。

　　于是自然是结秦晋之好，行周公之礼，两人相逢时的欢喜仿佛是恍如隔世。

　　此后，子楚得了嫁妆，家里也增添了不少物产，可惜子楚是个书痴，不懂得料理，其实这也说明为什么阿宝的母亲去打听会知道子楚的才名。

所幸阿宝善于经营，子楚一心只读圣贤书，过了三年家里更加富足。

眼看着日子越来越好，可是为了照应前面阿宝娘说的那句"像司马相如"，于是幸福的子楚也忽然得了糖尿病死了。

本以为可以苦尽甘来，执子之手与子偕老，没成想再刻骨的相思也抵不住死神的脚步，再缠绵的爱恋也拦不住病魔的侵袭。

阿宝哭得很伤心，原文是"泪眼不晴"，以至于绝食不眠，家里人劝她也不听，竟在半夜上吊自尽。婢女发觉了，急忙救下来，而阿宝苏醒过来还是不肯吃饭。

阿宝用自己的行为为我们上演了一出《列女传》。现在说到《列女传》，很多人会想到都是用来束缚古代女子尊崇三从四德到石化程度之类的书籍。其实，换个眼光看来，《列女传》中还是有很多动人的故事，如对一些后妃的赞扬，可能有讨庭粉饰的嫌疑，但并不排除其本身的贤惠明理；而平凡女子殉夫，除去一些与未婚夫素未谋面便为他寻死觅活的，也许有的女子是秉着爱情为之殉葬，如徐惠对李世民这种感情。

过了三天，召集亲朋说是要葬子楚了，恰在此时，听到棺材中有呻吟声，急忙打开来看，原来子楚已经复活了。

子楚自己讲述这段奇遇，说是见了阎王，本来说是念在我生平朴诚让我做部曹。忽然有人说孙部曹妻子到了，阎王一查鬼名册，说阿宝不该死。

结果有人赶紧答话，说阿宝绝食三天了。因此阎王感念阿宝的节义，让鬼卒驾着马车放我回来了。于是身体一天天好起来。

看到这儿，我们可以说故事终于可以结束了，人人欢喜的

大团圆。难道这篇故事仅仅是为了刻画一个痴傻之人吗？

太史公作《史记》，在李广、项羽身上花费笔墨最为精彩，可以说是寄予了自身悲剧英雄的理想。李广拒绝受刀笔吏之辱而自刎，霸王不堪受败亡之耻而自刎，两者都是以自我毁灭的方式演绎着悲剧。而李广的傲气，霸王的豪气，莫不是司马迁所向往的。

范晔作《后汉书》，也是以张衡来表达心中的理想人格。

同理，蒲公为了表达他内心的一种观念而刻画了孙子楚这样一个人物。

我们接着来看，这年大考，有人捉弄子楚，一起拟定了古怪的七道题目，把他引到僻静的地方，告诉他说是某家私下预告的试题，偷偷送给你。

单纯的子楚就这样相信了，开始昼夜对"考题"进行揣摩研究，制成七艺，大家不禁又暗自笑他好骗。

不料考官想到原来的题有舞弊的，便另辟蹊径，重新出题，七艺正好相符，子楚因此中了头名。第二年中了进士，进了翰林院。接下来就像是《李娃传》的大结局，皇上听说了这件事，召见了他。

纯朴的子楚便一一奏明，皇上大为高兴，又召见了阿宝，赏赐丰厚，自此故事正式落下帷幕，傻小子和富小姐一直过着幸福的生活。

蒲公在文末这样说："性格痴而意志专一，因此书呆子的文采肯定有过人，艺呆子的技艺肯定高超——世上落拓而没有成就的人都说自己不痴，可是为了嫖赌而倾家荡产，难道不是傻瓜吗？由此可知，聪明过度才是真痴，那孙子楚哪里痴啊！"

并且蒲公最后做了个小总结，归纳了十种痴（这才是真正的痴）：地窖里藏着白银却吃糠咽菜（阿凡提的地主老爷）；对

客人儿子聪明（心灵鸡汤那个告诉孩子把自己的画全部贴在墙上最后儿子默默无闻的人）；爱护儿子而不忍心教他读书（仲永他爹）；得了病害怕别人知道（不听扁鹊劝告死了的蔡桓公）；自己出钱让别人干坏事（流氓假仗义，不知图个啥）；赴宴和人赌钱挣人钱财（白吃白喝白拿钱）；请人做文章欺骗父兄（考试作弊自古至今）；父子算账太清（亲情原来也能用钱衡量）；家里使用机械（道家观点，老子"小国寡民"，不适用农用机械的主张）；喜欢家里后人擅长赌钱（赌博之风）。

纵观上面十种行为，多是赌博、爱贪小便宜、目光短浅，而像子楚这样的人，可以说是与其完全相反的。

因此，蒲公作《阿宝》此文，更多的是想表达一种"愚公移山"的观点吧。想当初桐城派代表人物归有光，为了锻炼自己的记忆力，将自己看过的书都原文默写下来，反复七次直到完全记住，才有了后来的成就；欧阳修小时候没钱读书在沙地上练习写字，后终成一代文学领袖；此外，爱迪生发明电灯实验了一千多种材料，居里夫人提炼镭进行了多少次研究等等，都是说的这个道理。

专心于一点，便是庄子在《徐无鬼》中讲的那个故事，"运斤成风"。

阿宝篇：如珠如宝，婉兮清扬

《红楼梦》中写了好几百个女子，当中最有名的几个都显露出各自性情的差异与缺陷，黛玉的爱使小性子，宝钗的深厚城府，凤姐做事的毒辣，乃至香菱的呆痴，晴雯的"暴炭"，无不是真美人方有一陋处。

然而，却有一个女子让人总是看不真切，那便是宝钗的妹妹宝琴。书中总是说她怎么美怎么好，是书中唯一去过真真国的女子，见过大世面，也深受贾母欣赏，甚至想把她配给贾宝玉，而这个女子却给人留下模糊不清的印象。

为何？因为她似乎是太完美，仿佛是没有缺点，月盈则阙，水满则溢，太过完美未免让人觉得不真实。

就像那位被搬上了神坛的孔老夫子，当看到《论语》中孔子因为自己为礼而去见南子被子路怀疑时，急忙忙地辩解，方见其性情之莞尔处。

而聊斋中也是如此，蒲公虽然对阿宝进行了百般描摹，称赞其美貌，不过总让人觉得花非花，雾非雾，看不真切。

因此，很多人对阿宝没有什么特别的印象便是如此。

而阿宝这一形象，我们可以说是蒲公塑造得最为矛盾的一个女子了。

首先我们来看阿宝的出场，当她听说孙子楚提亲之后，先是开玩笑让他去掉多余的指头，没想到子楚真的这样做了，阿宝才开始感到吃惊。

当然，仅仅只是吃惊，并没有达到所谓的心动。看到这里，不禁觉得阿宝和砍断杨过手臂时的郭芙没有什么差别，刁蛮残忍；也像《天龙八部》中残忍对待游坦之的阿紫，残酷毒辣，仗着自己的美貌（此时阿宝的美貌还仅仅限于舆论的流传中未得到实证），对无辜男子的痴心加以践踏。

后来子楚离魂相随阿宝，和阿宝上演了一出"梦姑"、"梦郎"的戏码，阿宝并没有对子楚动情，只是感受到了子楚的深情，而不单单是把他当成戏弄的对象了。

浴佛寺一节，应该是坚定了阿宝对子楚的好感，一番对答，发现他既不是呆子也不是登徒子，潜意识里开始对子楚产生了好感。

等到子楚再次失魂，化作鹦鹉，阿宝终于为他的痴心所打动，这段感情也从子楚的单向付出变成了双向对等。

最终子楚和阿宝修得圆满，结为夫妇，洞房花烛之时，恍恍惚惚，如此良辰美景怎不像隔世之恋？

有人为子楚鸣不平，说是阿宝何德何能，可以随意将子楚的痴心践踏，难道仅仅因为自己长得美吗？

这里我们可以说是没看出蒲公对子楚形象塑造的意味吧。《阿宝》突出的便是子楚的"痴"字，这便不得不牺牲了阿宝的形象，让她唱了会儿黑脸。

因此阿宝形象的矛盾便在这里出现了：一者是对子楚痴情形象的塑造，二者是对子楚所追求的阿宝究竟值不值得所给出的解答。

于是会有人说阿宝爱上子楚感觉挺突兀的，其实这倒可以理解，阿宝在外面遇到的常常是些登徒子，而家里挑选女婿应该不会有王羲之那种"东床坦腹"的例子吧。而且真正相处过的，也就子楚吧。

虽说这份感情梦幻一般。但"既真实可感，又遥不可及。让人念念不忘，渴望再次相见也是常情"。

阿宝揭开帘子看见子楚，两人默默对视的情景，不禁让人想起《大明宫词》中小太平第一次看见薛绍的情形：揭开帘子时的嫣然，正如歌曲《长相守》中所唱：

> 面具下的明媚
>
> 明媚后隐蔽的诗啊
>
> 无缘感悟
>
> 你像迎送花香的风啊
>
> 无辜而自由
>
> 我像闻到蜜香的蜂啊

这里两人都是万千情意在心中。

而且从子楚对她的情来看，阿宝衡量一下，与其嫁给一个面都没怎么见过更谈不上感情的人，还不如嫁给子楚这样一个对她真心真意而且在当地也是有才名的人。

因此，真正让人觉得转变突兀的应该是阿宝婚后的表现吧。先是贤惠无比，治家有方，而后子楚死了更是不吃不喝不眠不休追随于地府，感天动地，生死相随。

这个变化就好比是陈季常的夫人从河东狮变成了小猫咪，一时之间真让人适应不过来。

究其原因，便是我们上面所说的蒲公的矛盾点，一方面要突出子楚的"痴"，另一方面又要展现阿宝美的价值。

首先是阿宝并不仅仅是外貌美的花瓶，更是持家有道的贤妻。这也说明子楚可以从外貌的爱深入对阿宝的"才"的爱，并不是和其他男子一样停留在皮囊这一层面。更是照应了阿宝的名字，家有一妻，如有一宝。

其次并不是只有子楚"痴"，阿宝对子楚的情也不弱。真是上穷碧落下黄泉，随君生生死死，上天入地，生既相亲，死亦相随。

只可惜子楚还阳这段没有子楚离魂那段那么曲折，因此也弱化了阿宝的"痴"，将阿宝那份长相守长相思的情意一笔带过，未给人留下任何可以欷歔的地方。

倪匡替金庸写《天龙八部》时，极恨阿紫，甚至是写得阿紫被挖双眼，然后甚是得意洋洋。后来金老费尽心思帮阿紫补回了眼睛。

金老虽也不喜阿紫，却不料这个挖眼所引出的故事，以及阿紫最后的"殉情"成为了许多金迷喜欢阿紫的最大理由。

可惜蒲公在这里没能处理好阿宝形象的过度和转变，因而我们看到阿宝，往往是想到她最初对子楚的残忍和简单的花瓶形象，不能不说是一个遗憾。

四、《连琐》系列：

《连琐》：彼岸花开，幽冥相接
连琐篇：因情而生，白骨生肉

《连琐》：彼岸花开，幽冥相接

曼珠沙华，又名彼岸花，一般认为是生长在三途河边的接引之花。而花香传说有魔力，可以唤起死者生前的记忆。（其实这花算是石蒜科植物，和黄花菜类似。）

传说这种花只开在黄泉，是黄泉路上唯一的风景。远远看上去就仿佛是鲜血所铺成的地毯，又因其似火的颜色而被喻为"火照之路"，也是这寂寞黄泉路上唯一的色彩。人们就踏着这花的指引之路通向幽冥之狱。

沧月也曾用此花为题目，写过一篇《曼珠沙华》，写尽曼珠沙华的妖艳、诡异。

有人说这种花的美丽意味着不祥，可是也有人说，这世间太美的东西，都是不祥。这份不祥的美又有多少人懂得怜惜？正如有人说过，你看这花，"望向广袤的苍天，仿佛在寻找，久违的温暖，我想她不是为了寻找什么，她只是寂寞"。

又单单从曼珠沙华的寓意来看，也许是有人嫌黄泉路太清冷，不想留下，只盼有情人能相助，闯地府，闹幽冥，起死人，肉白骨，借这香气一般唤起前世记忆，于阳世厮守一世。

我们今天讲的这个故事也是和其凄冷之味有关的。

话说有个叫杨于畏的人移居到汨水岸边，书斋朝着旷野，墙外多古墓，夜晚常常听到白杨萧萧，声音如波涛翻滚。看来这人还真是符合他的名字"于畏"，书斋在旷野，又不是王维的辋川别墅，难道想赋诗《山居秋暝》？墙外多古墓，放现在不是想拍鬼片就是想交鬼友，放古代，难道是蒲公自己的写照——写《聊斋》？半夜听见屋外白杨萧萧之声，再加上乌鸦或者猫头鹰叫的话，活活成了旧版《画皮》的背景音乐。此情此景，如果不碰见一位女鬼岂非浪费？

夜深了，杨生点灯沉思，秉烛（夜读），忽然听到外面传来若有若无的声音，只听到墙外有人吟道："玄夜凄风却倒吹，流萤惹草复沾帷。"反复吟诵，声音哀怨楚楚。细细谛听，细婉如女子。

杨生觉得纳闷，第二天看墙外又没有发现有人的痕迹，只是有一条紫色的带子遗失在荆棘丛中，便捡回来放在窗台上。

和往常一样，二更天左右，又有声音吟诵像昨天。杨生把凳子搬到窗下，登上去窥探，吟诵声顿时停止了。杨生领悟到可能是鬼，但是心里却仰慕她。这正是"蒹葭苍苍，白露为霜。所谓伊人，在水一方"。

到了第三天，杨生事先埋伏在墙头上。一更天将尽，只见一女子从草丛中姗姗而来，手扶小树，低头哀吟。

此刻杨生的心情只怕是"是耶？非耶？立而望之，翩何姗姗其来迟"，而这个女子是哀婉之状又仿佛是林妹妹的幽冥版——"娴静时如娇花照水，行动处似弱柳扶风"。

杨生轻轻咳嗽，女子便忽然隐入荒草不见了。杨生于是等在墙下，听她吟诵完毕，便隔墙续诗"幽情苦绪何人见，翠袖单寒月上时"。说完半天没听见回应，杨生便进了屋准备睡觉。

而这时候美女便出现了，一边行礼一边说："您原来是风雅之士，我本来还多有畏惧。"

这联诗成情的例子倒不是瞎编，《本事诗》、《流红记》都记载过这样一个故事，说是唐僖宗时，书生于佑在宫墙外散步，在御沟的流水中洗手，恰好捡到一片题诗的红叶"流水何太急，深宫尽日闲。殷勤谢红叶，好去到人间"，而此时落魄书生也回一句"曾闻叶上题红怨，叶上题诗寄阿谁?"几年过去，这件事也不过是一个小小的插曲。而后皇帝大赦天下，放宫女出宫自行婚配，于书生便娶了位宫女，后来两人才知道这段故事，原来宫女便是题诗之人。

而这里，连琐便是因为杨生的联诗而对其动心。

杨生此时自然是很高兴，拉过连琐坐下。只见她身体单薄，怯懦，浑身发凉，身子好像禁不住衣服的压力，仿佛是汉武帝的宠姬丽娟，风一吹便倒。

杨生自然知道她是鬼，便问她家住哪里，这么久又客居何处。女子便答道，说她名叫连琐，是陇西人，随父漂流，十七岁得暴病身死，至今二十多年了。九泉荒野，孤寂如鸟，所吟诵的，是自己用来寄托幽恨的，想了很久接不下去了，承蒙杨生代为续上，九泉之下不胜欢喜。

而故事到了这里，杨生因为结识这样一个有才有貌的女子，便希望和她做一对露水夫妻。而连琐皱了皱眉头，说是阴阳相隔，如果勉强结合会有损阳寿，我不忍心祸害你。不过此时的连琐对杨生已是芳心暗许了吧。

杨生在美色和生命之间权衡了一下还是放弃了。

不过杨生还是色心不减，戏弄连琐，接着又想看她裙子下的双脚。我们前面讲青凤时也说过脚的问题，这里连琐是低着头笑着说，狂生太爱纠缠了。杨生握着连琐的脚慢慢欣赏，后来民国名人辜鸿铭常常喜欢把玩妻子的小脚作为灵感源泉，估计也是承接于此吧？

只见连琐月色锦袜系着一缕彩线，再看另一只脚，则系着紫色的带子。杨生便问道，为何不两只脚都系上带子。

连琐便说是夜里为了躲避杨生丢失了带子。杨生便答道，我来为你换上。于是拿起窗台上的带子给连琐。

连琐自然很是惊奇，问了才知道是这段因果，于是拆了彩线换了带子。这紫色袜带可以说是杨生和连琐的定情信物吧。也暗合了有缘千里一线牵之意。

人鬼殊途，长夜漫漫如何度过？《聂小倩》中小倩读佛经宁采臣看书，而这里也是如此。

连琐翻看桌上的书，忽然看见一本《连昌宫词》，便感叹地说："我活着的时候最喜欢读这个，今天看见好像是在梦里。"

杨生和连琐谈诗论文，连琐聪慧狡黠可爱，深夜在窗前谈论，"剪烛西窗"，红袖添香，如同得到了一个良友。

从此每晚只要听见轻轻的吟诗声，女子一会儿便出来了。

常常叮嘱杨生说要求保守秘密，不要告诉别人，因为自己的年纪小，胆子也小，怕受恶人欺负。杨生答应了。

两人感情如鱼水一般融洽，不是夫妻胜似夫妻，闺阁之中感情更胜过张敞画眉。连琐常常在灯下为杨生抄书，字体端庄妩媚。又自选了宫中词一百首，录下来吟诵。

接着又让杨生买来棋盘，购置了琵琶，每晚和杨生下围棋，要不就弹琵琶作"蕉窗零雨"的曲子，令人痛彻心肺。杨生常常是不忍听完，如同苏轼的侍妾王朝云每每唱到"枝上柳绵吹又少，天涯何处无芳草"便涕泪不止不能唱完。而这时候连琐便换成"晓苑莺声"的调子，杨生才顿觉心情欢畅。

晚上点着灯下棋弹琴，高兴地忘了破晓，看到窗外有曙光，才慌忙离去。

如果故事就这样结束，倒不失为一个深有意境，精神之恋的典范。

一天，薛生来访，正好赶上杨生白天睡觉。于是薛生到书房里四处转悠，看到书房的琵琶和棋盘，都不知道他平时有这方面的爱好。再一翻书，看见了宫词，而且字迹端庄秀丽，更加怀疑了。

杨生醒来，薛生便问他琵琶和棋从哪里来的，杨生便推说是自己想学。

薛生又问起抄的书，杨生便假托说是朋友的。薛生反反复复地看，只见书的最后一页有一行小字，写着"某月某日连琐书"。

薛生便说着明明是个女子的名字为何这样欺骗我？

杨生大窘，又不能说个所以然。薛生自然是苦苦追问，而杨生迫于对连锁的承诺打死了也不告诉他。

薛生便将书卷藏起来作为要挟，杨生更加窘迫，只好告诉了薛生。

薛生也是个胆大之人，希望能见连锁一面。杨生便对他说了连锁的嘱托，而薛生仰慕心切，杨生不得已只好答应了他。

半夜的时候连琐来了，杨生告诉了她薛生的事情，连琐顿时就怒了："以前怎么和你说的？你还是这么多嘴告诉别人！"杨生告诉了她实情，而连琐还是未能体谅，只说："我们的缘分可能要尽了！"

杨生反复劝解安慰，连琐依旧是闷闷不乐；起身告别，临走说："我需暂时避一避。"第二天杨生转告了薛生，薛生却怀疑杨生故意推脱，一人得享美人倾国之容。

这杨生还真是老鼠进风箱——两头受气。屋漏偏逢连绵雨，薛生不但不离开，反而傍晚还邀来两个朋友逗留在杨生书斋里，故意扰乱他，终夜喧哗，大受杨生白眼，但也无可奈何。

不过就薛生的报复手段来看，倒不失为一个风雅之人。若是为了报复见不到美人，没必要请来两个朋友在杨生书斋里吵嚷不休，今后随便给杨生使个小绊子更是让杨生吃不了兜着走。

由此来看，薛生倒真的仅仅是为了一睹佳人之容，不过这般恶作剧手法也不怕唐突佳人，真是和杜牧有得一比。

然而就这样过了几晚，众人也没见到什么踪影，便渐渐萌生了离开的念头，喧闹声也渐渐停息了。

真真是"千呼万唤始出来，犹抱琵琶半遮面"，忽地听到低吟声，众人侧耳一听，凄凉婉转欲绝。

正在发起人薛生细细倾听之际，同伴中一位王姓的武秀才捡起一块大石头向吟诗处抛去，并大喊道："装模作样不见人，那算什么好句，呜呜呀呀，叫人烦闷!"这王生还真是黑李逵的性格，莽莽撞撞便把连琐吓走了。

吟诵声便立即停止了，众人自然是埋怨他，杨生更是怒形于色，第二天大家自然悻悻而去。

而杨生独居空斋盼望连琐能来，却始终不见其踪影。过了两天，连锁忽然进门哭诉说，你招来的恶客把我吓坏了。

杨生自然是打躬作揖大加赔罪，这次连锁却没有作罢，而是匆匆离去，说："我说过你我缘分已尽，我们还是分手吧。"杨生自然是不舍，可惜却拦不住她的离开。

于是一个多月连琐没有再来，我们不禁要责怪起那坏了这份良缘的王生来。然而事情却突然发生了转机。

杨生对连琐相思成疾，形销骨立却又无可奈何。一夜正在借酒浇愁，却见连琐掀帘入室，自然是恍惚之间大喜，以为连琐可能是原谅了自己。

然而连琐却流着泪一言不发。杨生便问她，可连琐却欲言又止。最后不得已说出实情，"当日我负气离去，而今却有急事来找你，难免深感惭愧。"杨生再三问她，才说道，"不知什么地方来了一个龌龊差役，逼我为妾。顾念我一身清白，岂能屈身于恶奴之妾。可一介弱质，不能抗拒，你如果把我作为妻子，定不能让我自己去应付此事。"

杨生听了之后大怒，气愤起来表示要去拼命，但担心人鬼殊途帮不上忙。

连琐便说明晚早睡我会在梦中相邀。于是交谈至天亮方散。临去，连琐吩咐白天不要睡，等候夜间赴约。

于是到了第二天傍晚，杨生喝了点酒，和衣上床，颇有王勃饮墨而眠的风范。忽然见到连琐来了，交给他一把佩刀，拉了他就走。

到了一所院子正想关门说话，忽然听到有人拿石头敲门，连琐吃惊地说："仇人到了！"

杨生猛然拉开门，只见一人赤帽青衣，刺猬样的毛绕着嘴。这般模样，难怪连琐不愿下嫁，更何况是作妾。

杨生怒斥他，却见他横目相对，言语蛮横。此时的杨生却没有把握好机会，差点成了败给鲁提辖的镇关西，被差役的蛮横态度所激，大怒，一个箭步冲上去。

而那差役也不是个简单角色，就势借力，抓起石头就向杨生扔来，石头纷纷落下，像急雨一样，打中了他的手腕，不能握刀。

正在危急之间，远见一人，腰挂箭矢，手握弓箭。仔细一看，是王生。于是大呼救命。

这王生才配得上个及时雨之名，只见他弯弓搭箭，疾步而至，一箭出弦，射中了差役的大腿，又射了几箭才将他射死。

杨生自是高兴，赶紧向王生道谢，王生自然是问其缘故，得知情由之后，也很高兴，心想前日投石之罪可赎了，便和连琐一起进了屋。

然而连琐战战兢兢，羞缩害怕，远远站着不作声。只见书案上放着一把小刀，仅一尺来长，装以金玉，拔刀出匣，"光芒鉴影"。王生一边赞叹一边爱不释手，和杨生略略说了几句，见连琐吓成那样便出门告辞。

这样看来王生也算是体贴之人，不仅是个武痴，也懂得惜花之理，和与林冲称兄道弟，对林娘子尊敬有加的鲁智深有得一比。

杨生转身回房，越过墙趴倒下，于是惊醒了，听到村里鸡已经叫了。微觉手腕疼得厉害，天明一看，皮肉尽肿。

中午王生来，说起梦中的奇遇，杨生便问："梦里射人了吗？"王生觉得奇怪，杨生便伸出手来给他看，并讲明了缘由。

于是王生回忆起梦里看见连琐的容貌，未能真切见到，深感遗憾。同时又庆幸自己对这件事有功，希望能见一见连琐。

这梦中杀人的故事倒不是第一次见，《西游记》中泾河龙王因降雨之罪问斩，向李世民求情，希望李世民拖延魏征的时间让他斩不了自己。只可惜，魏征在和李世民下棋间隙午睡斩了龙王，而不知情的李世民见魏征梦中大汗淋漓还为他掌扇助了他一臂之力，导致龙王孤魂夜夜在大殿哭诉。

这里的李世民倒是和故事中的王生一样，不过幸亏王生做的是救人之事，充当的是《无双传》中的古衙役的角色，否则连琐的一缕冤魂不知对何人诉说？难道地下也得做个朱淑真第二？

这份恩情连琐如不亲自前来道谢只怕是说不过去了。于是，夜里连琐来道谢。杨生说功应该归于王生，并告诉了她王生的诚意。

连琐便道："承蒙他仗义相助，死不敢忘。可看到他勇武的样子，我实在是害怕。"

过了一会儿，连琐想起王生对佩刀的喜爱，便说："他爱我的那把佩刀，刀是父亲出使粤中花百金买来的。我喜爱便要了来，缠上金丝，镶上明珠。父母可怜我早夭，便用来殉葬。如今我愿意割爱相赠，见刀如见我。"

第二天杨生转达了连锁的意思，王生自然是非常高兴。到了晚上，连琐果然把刀拿来，并说："望他好好爱护此刀，这是来自海外的珍品。"所谓宝刀赠勇士，当是如此。

自此连琐和杨生和好如初。蒲公似乎觉得这样的结局不够幸福，于是过了几个月，忽然灯下笑对杨生，似有话说，可是脸红着说不出口。杨生起身抱着她问，连琐才说道："承蒙长久相爱，我因受了生人气，又食了人间烟火，地下的白骨有了重生之意。但需要生人的精血才能复活。"

这自然是杨生求之不得的，于是杨生道："是你不肯，不是我吝惜。"

连琐说一夜之后你肯定会大病数日，然而用药便可以痊愈。于是得成夫妇，接着连琐穿衣起身道："还需要一点生人血液，能忍痛相割吗？"

杨生毫不犹豫，取了利刃，刺臂出血，连琐仰卧在床上，让杨生把血滴到她的肚脐中。

完事之后连琐才起来说："我不来了。你要记着一百天的日期，看到我坟前树梢上有青鸟叫，就赶快掀开坟墓。"杨生自然是应允。

这段复活的过程看上去既像是外科手术，又像是复活巫术的一种。而借生人精血的说法在中国古代鬼魂说里面是相当盛行的，我们推展一下，上帝用亚当的一根肋骨造了夏娃估计也是和这种说法有着一定渊源吧。

临走出门，连琐又嘱咐说，千万要记得，或早或晚都不可以。说完才离开了。连琐临行这番话更是为我们点破了中外故事中破解类似咒语复活成功与否的一个关键问题——时辰。

《野天鹅》中公主的最后一个哥哥留下一只手臂没有复原，便是因为公主织的菎麻衣差了一只袖子。而这里连琐的话更是说明了复活的艰难性——白骨生肉要是那么简单，那么地府早就清仓了。

过了十多天，杨生果然病了，腹胀得要死。医生给他吃了药，泻下许多像泥一样的秽物，第十二天就好了。难道是因为尸骨长眠地下，鬼魂都有泥土气息？

杨生算好了日子，让家人扛着荷锄等着。日薄西山，临近傍晚，果然见到一双青鸟在树上叫着。杨生高兴地说："可以动手了。"

于是铲掉荆棘，扒开坟，见棺木已经腐烂，可连琐模样像活的一样。抚摸身上，微有温度。盖上衣服抬回来，放到暖和处，微微有气，细如悬丝。渐渐的喂进了汤，半夜，苏醒过来了。对杨说："二十年像做梦一样啊！"

"人海之中找到了你，一切变得有情意。从今心中就找到了你，找到了痴爱所依。"二十年来恍如隔世，对于连琐而言，不仅是重生，更是收获了一份值得相守的爱情吧。但愿从此与他，执手偕老，安守这份现世的安好。

连琐篇：因情而生，白骨生肉

《牡丹亭》中杜丽娘因情而死，《连琐》中连琐却因情而生。说到连琐，人们往往想到的是"蒲松龄塑造连琐的形象时，

怀着深沉的忧伤，让爱和祝福来慰抚灵魂，让天堂的憧憬替代了炼狱的苦难。使连琐在伟大爱情的感召下，死而复生"。

去掉连琐身上的那层鬼气，不过就是个邻家女孩的形象。首先是连琐的出场，蒲公又是用了一招"未见其人先闻其声"，在白杨萧萧寂寞凄凉的日子里听见女子吟诗。

大凡古代小说中的男主角都是有着怜香惜玉之心之人，如此戚戚婉婉之音怎不打动人心？

连琐吟诗，只是因为自己心有所发，纾解胸臆。按照西方经典童话的模式，鬼魂应该在自己坟头上活动；而中国古代小说中游魂野鬼也应该是只能在自己去世的地方或者墓地附近活动，杨生将书斋搬到坟墓旁边，也许潜意识里有着鬼魂夜访，红袖添香夜读书的心理作用吧。

朱淑真作《断肠词》，只是希望逢着一个知心人，可以和自己谈词论文，闲敲棋子。而连琐反复吟诵"玄夜凄风却倒吹，流萤惹草复沾帷"，也正如连琐自己所说，希望能续上。

栖身荒野，如同孤鹜，漂泊无依之感，只盼望可以有人能与自己说说心里话。黄泉路太孤单，冥河太寒冷，希望有个伴可以作为慰藉。哪怕，只是阴阳相隔，但正如常人所说"一言救世界"，因此有个可以说说话的对象总是好的。

然而，逢着这样一个人哪里有说得那么简单呢？正如张爱玲所说的，不早不晚，赶巧遇上了，道一声，呵，原来你也在这里。

《四月物语》中终于考上大学的女主角再一次在书店"偶遇"男主人公时说，好巧啊。然后暗自舒了一口气。

《挪威的森林》中绿子逢着渡边，可以一起迷茫一起快乐，一起说别人无法理解的事情。

《天龙八部》中，当阿朱在崖边对萧峰说出，从今以后你不再是一个人，会有一个人敬你、爱你、懂你，萧峰因此而感念一生。

而到了故事中的杨生和连琐，他们最大的障碍便是跨越阴阳。因此，连琐能够说出，"好巧啊，原来你也在这里"可不是那么简简单单的。

首先这个人要胆大，敢到墓地旁边小住。同时也是为后文解救连琐做好铺垫；其次，这个人还得通文墨，能赋诗得句。

刚好杨生这两条最基本的条件都符合，其他的，对于连琐来说，也许不是那么重要了吧。轻薄之行，可以慢慢调教；闺房之戏，可以慢慢相处。

重要的是，从今以后自己可以不那么孤单害怕。

因此，当杨生第一次出现时，连琐是仓皇而逃，而当听到杨生的续诗便真身出现。

然而，也许真的是在地下待久了吧，连琐总是那么胆小，怕见生人。一点点风吹草动，便可以让她吓破胆。

曾有人说不喜欢那种见到老鼠蟑螂什么就惊声尖叫的女生，好像是为了唤起别人的怜惜之心而故作此态。

看过连琐之后我才开始改变这种看法，也许有的女生真的是那种非常胆小容易害怕的类型，就像有的心理疾病患者有着蜂巢恐惧症或者密集体恐惧症一样。这种害怕应该是在某种特定情境下养成的吧，就像有人被蜜蜂蛰了，便可以患上蜂巢恐惧症一样。

而连琐的这种胆小，如果我们这样来看便可以理解了。幼年跟随父亲来到异乡，十七岁却客死他乡，孤身一人埋葬在一捧黄土之下。

因此她对王生的害怕我们也可以解释得通了。

而后文龌龊衙役强纳连琐为妾的情节可以说是唐传奇《无

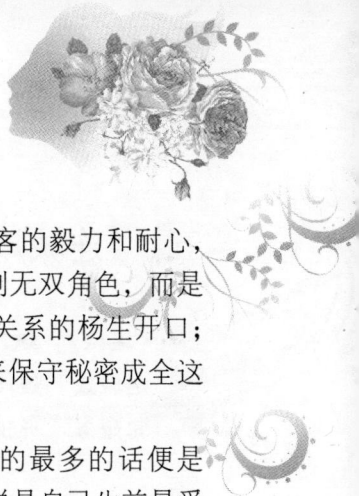

双传》的一个模仿。只是这杨生不同于王仙客的毅力和耐心，有的是勇气；连琐也不简单是个任人摆布的刘无双角色，而是为了自己的命运四处求援，哪怕是向闹僵了关系的杨生开口；王生也不用如同古衙役一样砍掉自己的头颅来保守秘密成全这对鸳鸯。

纵观《连琐》全篇，对于连琐而言，说的最多的话便是"犹如做梦"。见到杨生案上的《连昌宫词》说是自己生前最爱之读物，复活成功，也是常常说二十年来如同一场梦。

第一次见到自己生前最爱之书，连琐应该是欣喜不已吧，因此才说犹如做梦。而复活之后，二十年来如同一场梦，也许是说自己二十年来的墓地生活混混沌沌终于有了个结束吧。

睁眼而见，第一眼便是杨生的面庞，看着这熟悉而又陌生的画面，冥冥中唤醒着封印的思念。

杨生此刻怕是和如同"人面桃花"中的崔护一样吧，呼着，我在这里，我在这里。

也许，连琐笑了，经历那么多的波折，终于守得一心人，"白首不相离"。套用童话中最喜欢的结尾，从此公主和王子幸福地生活在了一起。

而连琐为鬼时的那份胆怯，对于今后在治家上是否是障碍，那便不是我们应该操心的问题了。毕竟，连琐不至于是《救风尘》中那个缝被子会把自己缝进去的宋引章吧。

五、《连城》系列:

《连城》:娥眉一笑,知己之恋
连城篇:她比烟花更寂寞
宾娘篇:听说爱情好像存在过

《连城》:娥眉一笑,知己之恋

有人说:"爱,预备着去死。情不知所起,一往而深,为情而肯縈于生死之间。情之至,生可以死,死可以生。"

汤显祖的《牡丹亭》更是刻画了一个可以为爱情生生死死的杜丽娘,而为聊斋评论家王渔阳所赞可以和《牡丹亭》描写生死之恋相伯仲的便是《连城》。

乔大年,晋宁人,少时扬名,可惜二十多岁了也未能得志。(难道是蒲公自我写照?)然而他为人真诚,颇有肝胆之心。首先是这名字便昭示着乔生不平凡的形象。"乔"即乔木,高大伟岸之意,更有丝罗愿托乔木意味。

乔生与顾生交好,顾生死后他便时时周济他的妻儿。当时的县令因乔生的文采而器重乔生,然而自己却不幸死在任上,家属流落无法归乡。乔生便倾家荡产将县令的灵柩运回了老家,往返两千多里,颇有李白千里葬好友的义气。

因此士林界更加敬重乔生,但乔家却因此而渐渐衰落了。

从这里我们可以看到一个可以为知己赴汤蹈火的义士形象。

士为知己者死，烘托出一个高大完美的乔生来。

男大当婚，这时史孝廉家有一女儿字连城待字闺中，擅长刺绣，通晓文墨，父亲是百般娇宠。（单从这"连城"二字便可看出其在蒲公心中的地位。）

《射雕英雄传》中穆念慈略通武功，于是杨铁心为她搞了个比武招亲，这里史孝廉也利用连城的特长希望能帮她觅得一个好夫婿。于是拿出连城所刺的《倦绣图》，征集少年题诗作词，想要借此挑女婿。

乔生献诗一首："慵鬟高髻绿婆娑，早向兰窗绣碧荷。刺到鸳鸯魂欲断，暗停针线蹙双蛾。"同时还有诗来赞美刺绣的精美，"绣线挑来似写生，幅中花鸟自天成。当年织锦非长技，幸把回文感圣明。"

连城看到这首诗非常高兴，对父亲称赞不已，然而史孝廉却嫌弃乔家贫穷。自此连城是到处夸奖乔生，并且暗地里要女佣以父亲的名义送钱给乔生，资助他。

看到这里我们可以说连城是一个对爱情有着自己执著追求的女子，不管贫富贵贱，只因为他懂得了她的心，便不离不弃。"愿得一心人，白首不相离"，说的便是如此吧。逢人说项，舍去了女儿家的羞涩与矜持，只是觉得他好，只是希望父亲可以就此将自己许配给他。

乔生知道后，也不禁感叹道："连城是我的知己！"

因此倾想怀念，如饥似渴。原来我们前面说娇娜这样的女子可以解颐疗饥，在这里也是如此。

"自牧归荑，
洵美且异。
匪女之为美，
美人之贻。"

——《诗经·静女》

并不是贪慕她赠给的银子，而是感叹她不仅读懂了自己的才情，更是读懂了自己诗里的情意。

然而，不久，史孝廉将连城许配给了盐商的儿子王化成，乔生才终于绝望。然而梦魂中依然对连城充满敬佩和感激。

并不是说乔生梦魂萦绕，再次日有所思夜有所梦，成了孙子楚第二。那样《聊斋志异》的经典之名来得也太便宜了吧。

没过多久，连城便患了痨病，病势严重，终于卧床不起。古时候的痨病可以说是绝症了，《红楼梦》中王夫人将晴雯赶出贾府，晴雯便最终因女儿痨而死。

然而这时候来了个西域头陀，自称能治好连城的病。（古代小说中的西域头陀比江湖郎中还管用，难道是因为人们自古以来的西域情结？）病是能治，关键是需要一钱药引。

你猜这药引是什么？竟是男子胸前的一钱肉，捣合成药方能治病。这方子不仅残忍且古怪，正如鲁迅先生说的原配的蟋蟀之类，不知是胡诌还是真有此理。

而在《连城》里，胸口之肉，只怕是个象征吧。心上人，心头肉。

史孝廉病笃乱投医，自然是派人到王家告诉准女婿。不料准女婿嘲笑道："蠢老头，想挖去我心头肉？"

于是无功而返，史孝廉便放出话来，谁要是能割肉救连城，自己就将连城许配给他。

于是乔生听说，立即前往，白刀子进红刀子出，割肉给和尚。鲜血流满衣裤，和尚为他敷药止痛。

于是将人肉合成药丸三粒，分三天服下，病果然好了。

我们常说，对待知己，报之以身。现在流行的神怪爱情故事中，常常是修行多年的女精灵舍弃自己的道行来救助男

主角，或者漂泊无依的女鬼牺牲还阳的机会帮助男主角，即使是自己魂飞湮灭也不要紧。

这样的故事常常看得我们热泪盈眶，而这里，乔生为了连城，可以挖却心头肉。

同时，乔生对连城，不仅仅是爱慕之意，更是他自己所说的"知己"。燕太子丹为荆轲断美人之手，取千里马之肝，感动得荆轲一塌糊涂，以为自己遇上了知己，于是"风萧萧兮易水寒"，为他踏上了刺秦之路。

而这里，乔生因为连城是自己的知己，便不惜为她取心头之肉。

史孝廉还是为着自己的女儿着想，准备履行诺言，于是先派人告诉了王家。没成想，王家大怒，说是要告到官府。

有钱人咱惹不起，只好摆平那穷书生了。于是史孝廉设宴款待乔生，准备上演一出莺莺母亲的好戏码。

只可惜史孝廉学到的只是设宴款待恩人一节，没学会让连城一声"哥哥"断了乔生的念想的手段。

史孝廉拿出一千两白银摆在桌上，意思是今天我们是吃银子不是吃翁婿饭，并说"辜负了你的大德，打算用这个表示酬谢。"并且告知了不得已违背诺言的缘故。

事情到了这一步，史孝廉考虑的不仅仅是女儿的幸福归宿了，而是自己会不会因此吃官司。

于是乔生索性撕破脸皮，道："我之所以不爱惜自己胸前肉，只是为了报答知己，难道是为了卖身上的肉吗?"说罢拂袖而去。

连城知道后，自然是十分难过。于是又拜托女佣去安慰乔生，说："以你的才华，决计不会被长期埋没。天涯何处无芳草?我做梦大大不吉利，三年之内必死，不必和他人争这个死鬼吧。"

真真只能是还君明珠双泪垂，恨不相逢体泰时。

乔生告诉女佣说："'士为知己者死'，我并不是为了美色。只怕连城也未必真正知我，倘若她真的知我，不能结为连理又有何关系？"

女佣自然是代连城发誓，说明连城的一片真心。

于是乔生便说，如果是这样，那么请她相逢时为我一笑，那么我也虽死无憾了。

女佣去后，过了几天，乔生偶然外出，正巧连城从叔父家回去。乔生看见她，她对乔生含情脉脉，嫣然一笑（秋波转顾，启齿嫣然）。

乔生大喜，道："连城真是我的知己啊！"

乔生并未见过连城的容貌，只是看过她的刺绣，读过她的诗句，明白了她的寂寞。这些，都无关乎面容。

他懂得了她那颗寂寞而渴望爱情的心灵，她明白了他的知己之心，彼此相知、相许，这便足够了。

人生起起伏伏，并没有那么多的如意之事。"执子之手，与子偕老"只是最顺畅之时许下的诺言，如若兑现，关乎现实，关乎时间。

对于乔生而言，一生得一知己足矣。

当王家来商谈婚事日期时，连城旧病复发，拖了几个月终于死去。乔生前往史家悼唁，哭死过去，史家急忙把他抬回家中。

《十日谈》中有一女子因情夫死去而过度悲伤，悲恸哀鸣一声而死去。而这里，乔生因为连城之死也哭死相随。真真是"问世间情为何物，只教生死相许"。

乔生知道自己已经死了，但并不悲伤，走出村庄，只希望

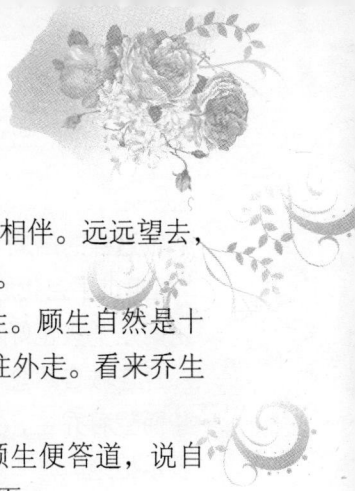

可以见到连城。生不得为夫妻，但愿死后能常相伴。远远望去，只见从南至北，路上行人多如蚁，就挤了进去。

一会儿到了一所官署中，居然遇到了顾生。顾生自然是十分诧异，"你怎么来了这里？"说罢拉着乔生往外走。看来乔生还有还阳的机会。

乔生却不领情，说自己还有心愿未了。顾生便答道，说自己在地府是主管文书之职，可以帮乔生达成心愿。

于是乔生便问连城在何处，顾生带着他转了几个地方，终于发现连城和一个白衣女子，愁眉苦脸，含着眼泪，坐在走廊角上。

连城看见乔生便站了起来，得见知己，好像有些高兴，便问乔生是怎么来的。乔生答道："你死了，我怎敢独自存活？"

连城自然是感动不已，更是流泪说："我这种负义之人，你应该早唾弃才是，为何以身相殉？不过，我今生不能嫁给你，但愿来世如意。"

乔生便对顾生说，如果有事你先去忙吧。我乐死不愿生。但烦劳你查一下连城将投生到何处，我要和她一起去。

这一对璧人，一个愿意约定来世相守，一个乐死不愿生，果然是相知相许。

顾生自然是应声而去。这时白衣女子问起乔生是什么人，连城便一一告诉了她，女子听后欷歔不已。不知是感叹自己没有这样的生死之恋还是感叹连城与乔生二人不易。

连城又为乔生介绍说，这女子和自己同姓，名宾娘，是长沙史太守的女儿。一路上互相照应，互相同情。

乔生见宾娘情态惹人怜爱，正想问她什么之时顾生回来了。

顾生向乔生贺喜说："我为你查明事实，已经处理好了。就请连城姑娘和你一起还魂好吗？"

这样的结局自然是皆大欢喜。正要辞别时，宾娘大哭说："姐姐走了，我怎么办呢？请可怜可怜我，救救我吧，哪怕是做姐姐是丫头也好。"

　　连城自然念及姐妹情分十分难过，可是又没有办法。宾娘转而望着乔生，乔生只得哀求顾生，顾生也万分为难，严正地表示拒绝。

　　乔生求他不妨试试，顾生又去了大概一顿饭的工夫回来还是摇手说办不到。宾娘听后号啕大哭，依在连城身边，生怕她离开了自己。大家面面相觑，默默无言，看着宾娘一枝梨花春带雨的可怜状，都不忍心。

　　最后还是顾生下了决心，对乔生说，带着宾娘离开吧，如果降罪下来，由我一人承担罢了。

　　宾娘自然是高兴地跟着乔生走，而乔生担心长沙路远，没有人作伴。宾娘说："我跟着你去，不愿意回家。"

　　乔生诧异道："真是傻啊！不回去，怎么能复活？他日我到湖南来，你不躲开我，就万幸了。"

　　这时，正好有两个老太婆带着公文出差长沙，乔生殷勤相托，洒泪分手。

　　路上，连城和乔生都走得很慢，走一里多路就坐下休息。难道是因为怕复活再生变故因而在路上互诉衷肠吗？

　　休息了十多次才到了家门。连城说，恐怕再生反复，最好你回去要回我的尸骨，我在你家复活，应该没有反悔的。

　　乔生觉得有理便一起去了乔家。连城却举步艰难，乔生便在旁耐心等待。连城说："我手脚发抖，无心无主，前途可能不妙，应当好好考虑。不然重生仍不得自由。"

　　于是两人一同进入厢房，沉默片刻，连城突然笑着说："你不喜欢我吗？"乔生便问是什么意思，连城红着脸说："我怕事情不如意，太对不起你。愿意在做鬼的时候先和你结为夫妻。"

乔生自然是大喜，于是两人结为夫妇。在厢房停留了三天，连城说："丑媳妇终须见公婆，在这里并非长久之计。"便催乔生进室中。

于是乔生刚到灵堂便醒了，家人自然十分惊异。

乔生便派人到史家索求连城的尸骨，说是能让连城复活。史孝廉自然是万分欢喜，便照乔生说的办理。于是连城的尸体刚抬进乔家便苏醒了过来。

连城对父亲说："孩儿已经委身于乔郎了，更没有回去的道理。如果有所变动，那么我只有一死！"

史孝廉终究还是明白女儿更重要，于是派了个丫鬟来侍奉连城。王家还真是脸比城墙厚，听说连城复活，便一纸状书告上官府。县官受贿，自然是判归王家。

真是秀才遇到兵，有理说不清。乔生气得要命却也无计可施。而连城到了王家，不吃不喝，只求速死，没人的时候就上吊。第二天便奄奄一息。王家没有办法，怕弄出人命，只得送回史家，而史家又抬到乔家。王化成只好放弃娶这美娇娘的打算。

而连城起床后，时常想那宾娘，打算派人去湖南问讯，可是又因路远而拿不定主意。恰在这时，一天家人来报外面有车马。

两人去看，宾娘已到了庭院。彼此相见，可以用弘一法师的遗言来形容：悲欣交集。

史太守亲自送女儿，说："小女全仗先生才能复活，她立誓不嫁他人，如今顺从她的意愿吧。"

乔生叩头谢过，而这时孝廉也来了，两位岳父共叙同宗之好。

连城：她比烟花寂寞

电影《狂恋大提琴》中，擅长长笛的姐姐希拉瑞最终放弃了音乐，准备和深爱的丈夫在乡下厮守一生，内心平静而幸福。而妹妹杰奎琳背负着大提琴家的名誉，"夜以继日，她奔波在一个又一个城市，如烟花一次次绽放在舞台。台上的灯光不断变换，映着她美好而灵动的影子"，只是"花样年华，流光飞舞，陪伴她的，却始终只有那把大提琴。她闭上眼，投入而忘我的演奏，拥有万千宠爱与夺目的神采，却把生命，站成一个如此美丽而寂寞的姿势"。

而反观《连城》，乔生和连城彼此认定对方是自己的知己，究竟凭借的是什么？

知己，究竟知的是哪一部分？是他的义气、才气，还是他的理想、抱负？是她的聪慧、灵巧，还是她的美貌？

好像都不是，应该说，他读懂了她刺绣中的那份落寞。就如同电影中的杰奎琳，对大提琴的忘我与热爱，皆是因为内心太寂寞，渴望借此获得更多的爱，获得足够的安全感。

史孝廉拿出《倦绣图》时，乔生读出了连城心中那份女儿家的寂寞。正如《牡丹亭》中所唱："原来姹紫嫣红都开遍，都赋予这断井残垣"，"良辰美景奈何天，看得这韶光贱"，于是他信笔写下了"慵鬟高髻绿婆娑，早向兰窗绣碧荷。刺到鸳鸯魂欲断，暗停针线蹙双蛾"。

有人曾这样分析连城读这首诗的心情："总是忍不住揣想连城读到那首绝句时的心情。总觉得应该是在春日的黄昏，捧着一张素笺凭窗而吟吧。那种心里头暖暖的感觉，好像缓缓穿过春风、阳光和花香。原来终是有人懂的，懂得她《倦绣图》中包容的无限意蕴，懂得她的苦闷，她的忧伤，她如烟絮般的轻愁。"

　　而连城正是因为乔生读懂了她的心事，才禁不住向父亲说起乔生的优点，不顾流言飞语四处夸奖乔生，又赠金助灯火。

　　伤心岂独是小青，既然他能读懂一个小女子最大的心事，那么这样的人，应该也是一个可以依靠的男子吧。

　　他为她割却心头之肉，她为他不顾流言飞语，这些，甚至不单单只是爱情，更关乎相知。

　　明明知道此生也许不能结合，仍然无怨无悔，因为彼此都知道，是为"知己"二字而已。甚至，如果没有顾生的相助，也许今生今世或者来生来世他们都不太可能结为夫妇。

　　故事中说连城配给王化成之后不久便得了痨病，但我总觉得也许连城之前身体就不太好吧，疾病总是小患积起的吧。

　　曾经看过这样一段分析连城的文字，看过之后很是动容："她怕自己活不到爱情来临的那一天，她怕自己寂寞凄凉地死去，她怕那时候除了亲人之外竟没有一个爱人为自己流泪。在她死前他终于来了，他爱她，他了解她，他甚至愿意为她赴死。她一直渴望爱情，她得到了他的爱情，求仁得仁，她很幸福。"

　　因此，读连城时，总是想故事如果在连城犯病死去，乔生生死相随时结束，那便是于现实中最好的结局吧。

　　她得到了渴望的爱情，他得到了苦苦寻觅的知己，正如乔生所说，连城如果真的了解他，那么就算不能结为夫妇也可以。

　　就这样怀着一份知己之心的幸福双双死去，那么对于这对现实中的男女，应该是最好的结局吧。

　　换成薄伽丘来写，也许故事的结尾便是如此吧。他那部充满了嘲讽之味的《十日谈》中，最过悲伤的便是那个和安徒生《玫瑰花精》类似的刀萝花童谣与前文提及的悲鸣至死的女子吧。

蒲公作此篇，并不简简单单是为了讲这么一个爱情故事，更深的，他是希望可以描摹一种知己的情态。

正如如姬为信陵君窃符，侯生为信陵君自刎，都是为了报答其知己之意。乔生因为和顾生的深厚情谊，可以周济他的妻儿；因为和知县的相知，可以倾家荡产送其灵柩返乡；因为连城对自己的相知，可以割肉为其治病。

反过来，顾生因为和乔生的交情，可以不顾惩罚，为了给他一个完满的结局；连城可以给他娥眉一笑，与他约定来世。

因此，蒲公才会在文末道出知己的可贵，报答知己义气的可嘉，田横五百死士更应该算得上贤人豪杰。

关于如姬为信陵君窃符，后世八卦者甚少，更多的人是感念如姬的义气。然而，到了《连城》里，连城与乔生，不仅有爱情，更有知己之情。

反观历史上那对著名的举案齐眉，每每读到，总是感到故事背后的一股凉意。孟光初嫁，盛装打扮，梁鸿便道自己娶的是一位可以与自己荆布钗裙的妻子，不是这样一个爱打扮的女子。孟光不漂亮，可是，作为新嫁娘，打扮自己总是无可厚非的吧？

每日送饭，孟光举案到自己眉间以示敬重，真真是相敬如宾，未知是否是"相敬如冰"？

这样的夫妻，不知相伴良久会不会白首如新？因此，乔生的"如果真的相知又何必在意是否能结为夫妇"读来颇令人感动。

他不想让她觉得对自己有所愧疚，只要她记得他为她做过一首诗，为她治过病，而他会永远记得她的情谊，她的倾城笑容，此生便足够，何必再有所奢求？

桐花万里，与君相伴

电视剧《恋香》中曾经有这样一段台词，承天对香之说："你有没有听说过一种鱼叫腔棘鱼，一种活化石，四亿年了，所有的古生物，该进化的都进化了，该绝种的都绝种了，只有它保持原来的样子。我知道它很寂寞。它那些朋友，恐龙海龟什么的，一个个慢慢都不见了，只剩下它，坚持原来的形貌活着，我了解那种孤独的心情……"

正如我们前面说过的，连城怕自己活不到爱情到来的那一天，而乔生读懂了她刺绣背后深深的落寞，于是两人相知相许。

在很多聊斋女子中，连城终归是我比较敬重的一个，她聪明坚强又不乏理智，有与真爱相守的勇气，有下一世相随的坚贞。

当发现属于自己的爱情时，迫不及待地想要抓住；当受到父亲的逼迫与现实的残酷不能完成心愿时，可以与知己相约来生。

这样的女子，独立、自尊，有成全父亲颜面的孝心，有坚守真爱的勇气，她活得很现实很理智，但又不缺乏诗情。

她有她的落寞，可以温婉蕴藉像空谷幽兰；她也有她的顾忌，因而形象更加真实而不是虚无。

电视剧《聊斋奇女子》中连城是由范文芳饰演的，范文芳的古装扮相在现在的古装剧中也许算不上最好看的，不过在《连城》中却正好体现出了连城的风味：知书达理，如空谷幽兰，温柔而善解人意。

书中并没有对连城的外貌进行任何刻画，神态也仅仅是在乔生和连城相知后的娥眉一笑而已。也许对于知己而已，外貌如何已不是最重要的，重要的是关乎内心。又或者连城的外貌算得上是美人，但还不至于达到了倾国倾城的地步。

而在对乔生的感情上，连城并不是含羞如连琐一样担惊受怕。

从最开始读到乔生的诗后，连城惊喜，并向父亲赞赏乔生，也就是暗示乔生才是自己的如意归宿。

逢人夸奖乔生，是为了让别人都知道自己属意乔生，不顾流言飞语。

托女佣以父亲的名义赠金给乔生助其灯火，是为了和乔生互通心意。

托梦给乔生，是不希望他为自己伤心难过，自己会记得彼此这份情意。

而那嫣然一笑，更是两人心意相通的讯息。

等到死去重见乔生，先是愧疚自己不能和乔生相守而死去，辜负了乔生的情意。那么立即表述希望来世和乔生结为夫妇。

可见连城和宾娘一路结伴时就已经想好这个问题了。

重返阳间，在复活之际，连城考虑周到，先是让乔生先复活，要回自己的尸骨，自己在乔家复活，那么王家就不能反悔了。

之后，又怕还是不能如意，便希望以鬼之身先和乔生结为夫妇。厢房三日，如同新婚三天，正值欢乐之时连城却明白不能再耽误了，不然两家一旦下葬那么复生的机会便没有了，因而催促乔生。

正如闫红在分析柳如是和钱谦益之时说，"柳如是没有沉迷于她的新恋情里""是一场小病阻止了她的脚步，还是她懂得见好就收，如灰姑娘在十二点之前隐遁？"

连城亦是如此，不紧不慢地控制住了爱情的节奏，细水长流，来日方长，总不能做一世鬼夫妻吧？

至于还阳之后的意外，王化成的再度抢亲，既然是死过一次的人，那么还有什么好害怕的，知道自己不会死，只是在王家吓唬着玩儿，有何不可？

希腊神话中，擅长弹奏竖琴的奥菲斯，企图在冥府带回自己的妻子，然而却在最后关头忘记了劝诫而回头造成自己与妻子天人永隔，悔不当初。

而在《连城》中，连城无疑是幸运的，乔生凭着义气带回了自己，两人顺利还阳。然而成功之路的最后一块砖还是连城自己盖上的。

饶是她以为可以在乔家复活王家就无可奈何了，不料王化成要赖至此，只好在王家上演一番寻死觅活的戏码啰。

按故事的叙述，自此应该是圆圆满满，皆大欢喜。那么也许连城老后，会时不时拿出当日自己的那幅《倦绣图》和乔生的题诗，细细把玩，若不是当日他的相知与自己的勇敢，也许就没有这样一个传奇的人生了。

宾娘篇：听说爱情好像存在过

《连城》中连城与乔生，相知相许，生死相随，最终可以结为夫妇，可谓是皆大欢喜。可是蒲公似乎有些喜欢"买一赠一"的戏码，这男子不错，那再"奖励"他一个佳人好了。

于是乎，《连城》最后便莫名其妙多出来一位"宾娘"。我们看着觉得这是败笔，甚至蒲公自己也明白这一点，于是连姓也不用多想，干脆就和连城一样好了，至于名字嘛，就用"宾娘"好了，外来作客之人。

而最最委屈的，应该还是宾娘自己吧。倘若真的可以有书中颜如玉的话，那么估计宾娘会跳出来，梨花带雨哭诉自己的尴尬吧。

其实宾娘可以看做是之前落寞的连城的一个翻版吧。

自己与连城一路相伴，互相同情。当见到乔生，听说连城和乔生这段曲折的爱情故事后，宾娘歆歆不已，且非常悲伤。

同样是亡魂，可是至少她生前还有一个人为她题诗解她的心结，为她不顾生死治过病，为她的死而悲痛欲绝，而自己呢，也许爱情这种事物，只是听说过还没有经历过吧。

没有像崔莺莺一样有张君瑞一样的人物为自己题诗一首，没有像步飞烟一样有一个至死不渝的对象，甚至也不像霍小玉初见李益，可以有一个人，让自己时时诵读他的诗句。只是在花样年华，便芳魂永归于土，遗憾不已，却又无可奈何。而归于地府，没成想又徒徒做了一场连城和乔生生死之恋的见证人。

她不是小周后，连城也不是周娥皇，她无意破坏他们的那份传奇，只是希望自己可以参与进去，而不仅仅是作为一个旁观者。

蒲公写宾娘第一次出场，是一位"白衣女郎"。她单纯，落寞，就像一张白纸，渴望有很多温暖和爱，渴望自己的生活多姿多彩，哪怕是用孩子气般的手法，也要留在他们身边。

当听闻连城和乔生可以复活之后，宾娘大哭，不舍得他们的离开。宾娘第一句话是："姐姐走了，我怎么办呢？"而后更是依偎着连城，深怕她离开自己。

可以说这个时候她心里最在意的并不是乔生——这个只见过一次面的男子，不知此时是否让她有托付终身的冲动。她在意的是，一路上和她相伴照顾她的姐姐要离开她了，那么地府便再次只剩下她孤苦伶仃一个人。

而从后文史太守不远千里亲自送女儿出嫁，可以看出宾娘在家里也是一个被宠溺惯了的女孩子，她说什么爹娘都顺从她的心意。因此，这样一个金闺花柳质，孤独一人待在地府，自

然是担惊受怕。

乃至后来知道可以还阳之时想跟着乔生走，不愿意回家。跟着他，就可以三个人在一块儿，那么姐姐可以照顾自己，自己也可以经历一场传奇了吧？也许宾娘就这样笃定。

这时，突然想起《西厢记》中的红娘（不是《会真记》中的那位），她总是竭心尽力希望能成全这对鸳鸯，可惜戏里却没有人考虑过红娘的感受，经过"拷红"的伤痛，最后只是见到了崔莺莺和张君瑞的花好月圆。

而这里，蒲公将宾娘塞给了乔生。他第一眼见她，是她愁容双泪垂，于是再次发挥他的侠义之气想救助她脱离苦海，只是将她当做自己的妹妹般怜爱。而不是如曹丕第一次见甄洛，于她蓬头垢面中相中她的国色天香，非她不娶。

我常常在想，如果故事的结尾，乔生与宾娘演的是一出"赵太祖千里送京娘"的戏。我会更感动一点。

而蒲公最后偏偏安上了个宾娘非乔生不嫁的结局，不禁有些失望。

六、《商三官》系列：

《商三官》：刀尖上的道德

商三官篇：小女子的Ａ计划

《商三官》：刀尖上的道德

《聊斋志异》中常常有女侠一类的人物出现，在《商三官》中，蒲公将商三官称为是比荆轲还要义气的"女豫让"，那么这究竟是怎样一个女子？

话说有个叫诸葛城的地方（四川凉山彝族自治州冕宁县东南的一个山寨小城），有个读书人叫商士禹，因为喝醉酒，估计是作了几首"敢笑豪强不丈夫"的打油诗，激怒了当地的土豪，被土豪唆使家奴一顿乱棍打伤，抬回家就死了。

商士禹有两个儿子，分别叫做商臣、商礼，还有个小女儿名唤商三官。此时商三官方才十六岁，准备出嫁，而面临这桩天降之灾，只好推迟了婚事。

没成想，两个哥哥出面打官司，打来打去，可惜消息是石沉大海，连个结果都没有。

而这时女婿家也不怕惹官司，还托人向商三官的母亲提出完婚，从女婿家来看，倒是无可厚非。只是从人伦道德来看，未免太驳情悖理。商三官的母亲本来准备答应了，可是三官却说："哪有父亲尸骨未寒，女儿却举行婚礼的？他家里难道没有父母吗？"

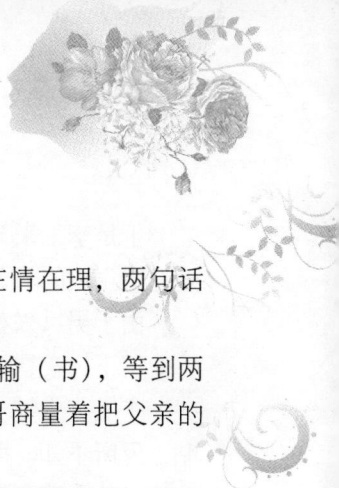

婆家听了这话，便感到惭愧不再催促。

这是三官第一次出场，语言犀利，却又在情在理，两句话勾勒出一个义节之女的形象。

不久，商家的官司是孔夫子搬家——尽是输（书），等到两个哥哥回来，一家人又悲又气。同时两个哥哥商量着把父亲的尸体留下来不葬，以便作为证据再去告状。

三官便道："人都死了，官司却不受理，事情明摆着，还有什么好说的。老天爷也不会专门为你们兄弟二人生出一个阎罗包青天。父亲的尸体老放在那里，做子女的于心何忍！还是安葬吧。"于是两位哥哥听从了她有话，把父亲下葬。

我们来看三官这段话，包含着三层意思。一者，三官已经看破官府为虎作伥的真面目，这是现状、是我们无法改变的；二者，指望有青天大老爷为自己家做主是不现实的；三者，既然正规途径无法鸣冤，那么保存父亲的尸体作为证据也就无从说起。

因此，我们可以说三官对事情的利害关系已经思考得十分明确了，而自己该用怎样的手段进行复仇也考虑得比较清楚了。

于是我们看到，丧事完毕，三官夜里就失踪了。母亲深怕女婿家知道，走漏了风声，只是叫两个儿子暗中寻访，不料近半年也没有音信。

然而这时呢，正赶上土豪家过生日，大摆生日宴，招来戏班唱戏。戏班班主孙淳带着两个徒弟来拜寿，一个叫王成，相貌平平，唱功都不错，博得了大家称赞；还有个叫李玉，长得十分标致，简直胜过美女子，可是要他唱歌他却不会，强迫他唱吧，唱的都是些民间土调，惹得听者纷纷喝倒彩。

于是班主自然是万分惭愧，对土豪说，这孩子刚来不久，还未学会唱戏，只能先带来陪老爷们喝喝酒，请别见怪。说罢便让他为客人斟酒。

于是李玉来来去去，招待客人，尤其是对主人分外殷勤，处处看主人的眼色行事，深得土豪喜爱。

由于男风兴盛，于是散席客归后，主人将李玉认作娈童，将他留下过夜，纾解自己的龙阳之性。

李玉将床铺整理妥帖，代土豪脱靴，将他扶上床，温柔体贴，无所不知。而喝得醉醺醺的土豪当着仆人的面，用言语调戏他，他含笑不答。

纪晓岚的《阅微草堂笔记》中记载豪强官吏家盛行豢养娈童，并且在娈童小时候就当着他们的面调戏其他娈童或歌妓，原来所言不虚。

看见李玉这般温婉的情态，土豪更为他所迷恋，于是把其他仆人都打发出去，单独留他在房中。李玉见仆人已走，立即把门关上，上了锁。

此时正如林俊杰的歌曲《杀手》中所唱：

绝对完美一双手

不流汗也不发抖

交叉在微笑的背后

暗藏危险的轮廓

在你最放松的时候

绝不带着任何感情就下手

从来不回头

仆人在别处喝酒听到主人房间格格声响，一个仆人去偷看，只见房内一片漆黑，没有声息。正准备转身，忽地一声像是悬挂东西的绳子断了，忙问怎么回事，而屋内没有应答声。

这场景，要是放在《名侦探柯南》中，肯定就知道已经有人死了。于是仆人叫来大伙打开门一看，主人已经被砍下了脑袋，而李玉也上吊自尽了，房梁上还留着一段绳子。

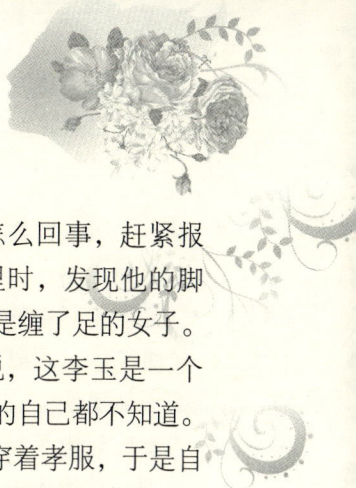

大伙自然是非常惶恐，可是又不知道是怎么回事，赶紧报告了土豪的家属。当把李玉的尸体抬到院子里时，发现他的脚下鞋袜空空洞洞好像没有脚，解开一看，原来是缠了足的女子。

喊来孙老头，班主自然更是吓坏了，只说，这李玉是一个多月以前才来拜师的，要求到主人家祝寿，别的自己都不知道。

大家再看已死去的女子身上，原来里面还穿着孝服，于是自然怀疑是商家派来的刺客。而我们则可以确定这便是商三官了。

删减版的一些聊斋故事中，故事到这里便结束了，因为后面的情节涉及所谓的封建糟粕和鬼神迷信。在这里我们还是保留完整版吧，一起来看看蒲公是怎样将三官神化的。

便暂时派了两个人守尸。

而此时三官虽死，可是面容如生，并且还稍有体温，这两个丧心病狂的家伙居然有冰恋情结，企图奸尸。

于是灵异的事件发生了：一个人抱着她正准备解开她的裤子，忽然脑部似乎被重物击伤，口吐鲜血而死，另一个跑去告诉其他人。

于是大家对女尸恭恭敬敬，看做神明。

最后上告官府，传问商家两兄弟，都说不知。但妹妹离家出走已经半年了。等他们赶去一看，果然是三官。

于是，终于在死了四个人之后，官府觉得这件事甚为奇怪，便判商家兄弟将三官的尸体领回去安葬，并晓谕土豪家不许寻仇。

三官终于用自己的智慧、谋略和勇气为父报了仇，用自己锋利的刀口填补了缺位的司法机构和空白的道德。

可惜灵异事件那段略显多余，而且蒲公也没有《死神来了》的灵感和创意，于是白白削弱了故事的抗争性（虽说是为了强调三官对节义的至死维护和对三官形象的神化）。

《聊斋志异》中还有一个类似的故事——《庚娘》，说的是庚娘随丈夫一道出行，半路上遭遇了唐僧俗世的爹娘一样的灾难，而庚娘面不改色心不跳，与歹徒调笑，最后手刃仇人并留书跳河自尽。

唐传奇中的《谢小娥》一篇也与《庚娘》类似，最后小娥复仇完毕，看破红尘。

关于侠女，《聊斋志异》中还有专门一篇《侠女》，说的是侠女等到男子母亲去世，为恩人诞下孩子之后才敢无牵无挂地手刃杀父仇人。

这些侠女们，为亲人报仇，不顾个人安危，有勇有谋，不连累他人，凭一己之力，手刃仇雠，不能不说是令一些自称男子汉大丈夫之流羞愧。

不过蒲公写这些侠女，总是不可避免地会有败笔，这是一个非常奇怪的地方。如此篇中三官死后的鬼魂灵异事件；《庚娘》中最后庚娘和丈夫都没有真正死去而是被人救活，并且丈夫还有了个双美结局；《侠女》中男主角也是个断袖爱好者，而蒲公对该篇的解读是家里有了像侠女一般的人物才可以放心地养娈童，完全脱离了男主角与侠女的感情路线和故事的主旨。

这样看下来，似乎家有侠女一类的人物，男子都是跟着沾光的，不知这算不算是蒲公的一个思想局限？

就像李贽赞巾帼英雄一样，说这些侠女如同男子一样厉害。而李贽本身是同意男女平等说的，这里依旧是前后矛盾。更何况蒲公思想还未解放到这种程度？

商三官篇：小女子的 A 计划

网上曾见过一篇《商三官》的改编版，用的是第一人称叙述，类似王家卫一样的语言，并将其命名为《商三官：A 计划》，很是精彩。

而我们来看商三官的复仇经过，真真是无愧于"女豫让"

之名。

首先是商三官的名字，"三官"，网上有很多种解释，而这里我觉得和蒲公命名的含义最贴近的应该有这两种。

一者是指古代的三种官，特别是有一说法出自《礼记·王制》："大司徒、大司马、大司空斋戒受质，百官各以其成，质於三官。"是指大司徒、大司马、大司空。因为商家，商三官的父亲名士禹，是希望像大禹一样贤德建立一番功业；而三官的两个哥哥一个名"臣"，一个名"礼"，而"三官"也代表了一家人所尊崇的儒家思想。

二者，"三官"指道家所信奉的神，即天官、地官、水官，也就是我们常说的三官大帝或者三元大帝。

原始先民对天地水有着极高的崇拜，如《仪礼·觐礼》所记载："祭天燔柴，祭山川陵升，祭川沉，祭地瘞。"

再来看"三官"的作用：天官赐福、地官赦罪、水官解厄。因此，蒲公为这样一个奇女子定名为"三官"，不能不说是用意深远。

我们来看商三官复仇的过程。第一次出场是为了推迟婚礼，表明三官的孝义人伦，义正词严。这时候我们可以看出三官的正气凛然。

第二次是为了将父亲的尸骨下葬，两个哥哥还想留着父亲的尸体作为证据，而三官却已经看透了官府的黑暗，决定将父亲入土为安。这里我们可以看出三官的果断、分析问题丝丝入扣的性格特点。

这时候不禁想起众多女娲补天故事的其中一个版本：杞县镇首有三儿一女，分别是共工、祝融和气人，还有女娲。一天共工和祝融为了争一个天鹅蛋而打起来，最后祝融胜利，共工逃跑时撞破了天，气人吓跑了。只剩下女娲为了百姓的生存采五色石补天。

这个故事里镇首的三个儿子，两个好惹是生非，为了争一个天鹅蛋便祸国殃民，还有一个胆小怕事，只剩下小女儿智勇双全，补天济世。

而《商三官》中，三官的哥哥同样也应该感到羞愧。一者对官府的盲目信从和天真，官司一直没有消息以至最后失败都还想着以暴尸作证据；二者处事手段并不高明，从后文三官失踪半年也没有任何音讯便可以想见。

三官的复仇呢，我们看到她是借去土豪家拜寿之机完成的。而从后面班主之口，三官只是一个多月以前才到戏班的。但此时三官已经是失踪半年了，那么除了在戏班那一个多月，其他的时候三官到哪儿去了？

这个，我们无从得知。只能说，三官是一直谋划主意，伺机行刺。

也许她想过学张良，在路上来个"博浪沙刺客案"，只可惜还没等到她的那一戟，她发现近土豪的身是如此困难；也许她想学传说中的唐伯虎入华府卖身为奴，再伺机复仇，只可惜她发现进土豪家是如此困难；也许她想学专诸练好一手厨艺，再来个"鱼肠剑"或者菜中投毒，只可惜土豪家有人试菜也不让厨师登场。

然而，她终于等到这样一个消息，土豪快要过生日了，可能会请这个戏班去唱戏。于是她女扮男装，前去戏班拜师学艺，要去土豪家拜寿。

女扮男装，不是都为了寻找自己的那个梁山伯，这里的三官即使是花容月貌，而一颗心早就付诸熊熊的仇恨之火中。

没有了崔莺莺"隔墙花影动，疑是玉人来"的风月旖旎，没有了梁祝私许配的花前月下，没有了杜丽娘"生生死死"的在梅边，形单影只，背一柄复仇之剑，向复仇女神美杜莎祈祷，将自己的爱情与生命作为祭品，希望能报父仇。

三官肯定是已经调查过土豪有龙阳之癖，不然她就不会以男装出现在众人眼前。本是年华正好，霁月光风，恰将配得才貌佳郎，而父亲的横死阻断了这一切。

三官没有曹操行刺董卓时的七星宝刀，唯一可以凭借的也许就是自己的美貌；也没有可以让她全身而退的良驹，或者说从一开始三官就打定主意功成之后自尽来使家人免受牵连。

于是，三官抱定了必死的决心，利用土豪的弱点，终于成功复仇。

正像相关文章所分析的："因复仇者的立志甚坚，行动刚烈，其结局往往惊天地泣鬼神，又容易被涂上一层又一层侠义的光辉"，同时官府职能的缺失，私人复仇中人们越来越渴望侠的出现。

而蒲公自然对这样的行为是持赞赏态度的，甚至聊斋评论家但明伦也说："其才其识，足愧须眉。"

蒲公将三官称为"女豫让"，豫让曾说出过"士为知己者死，女为悦己者容"的名言，而他本人，为了复仇，不惜吞炭使自己的嗓子变调，涂漆毁掉自己的容貌。至于三官，为了复仇，不惜牺牲自己最宝贵的生命。

豫让行刺多次还是未能成功，连那位名动天下的刺客之星荆轲也是壮志未酬，而三官，凭一己之力，得以告慰父亲在天之灵。

于是，蒲公也说出："三官之为人，即萧萧易水，亦将羞而不流，况碌碌与世沉浮者耶！"这样的话，甚至是将三官的地位抬至和关公一样。说希望天下的女子都卖丝来为三官绣像，那样的价值堪比供奉关云长。

三官的死去可以用一段话加以评论："死亡，不是绝望，而是凤凰浴火的涅槃，重生后将获得新的生命。她相信她的青春不悔是毫无意义的轻掷，只是这个时刻必须用死亡去证明信念与生命的价值。"

为父报仇不惜深入虎穴，事成之后害怕连累家人因而自尽，三官的生命不能不说是一颗流星划过夜空般绚烂。

七、《翩翩》系列：

《翩翩》：此处安心是吾乡
翩翩篇：临行密密缝，为君添衣裳
花城娘子篇：花影霓裳，丽影翩跹

《翩翩》：此处安心是吾乡

古龙小说《多情剑客无情剑》中，孙小红是最后陪伴在李寻欢身边的女子，她温柔恬静，与世无争，是李寻欢的情感归宿。

而《聊斋志异》中，蒲公也塑造了这样一个女子，那便是翩翩。

罗子浮，不知取这个名是代表着他为人轻浮，还是说明后来的富贵荣华都是浮云？这个陕西邠州人，由于父母亲早逝，于是七八岁的时候依靠着叔父大业长大。真有"茕茕孑立，形影相吊"之感。

而叔父大业在国子监供职，家境富有，却没有儿子，因此将子浮看做亲身骨肉般对待。就像有人常说的，有钱并不代表拥有幸福，子浮十四岁的时候被坏人教唆开始嫖妓，成为只会唱"一个蚊子哼哼哼"的薛蟠式的人物。

当时遇上了金陵妓女，子浮对其爱恋乃至入迷。等到女子回金陵，子浮便偷偷跟着她走。估计是携款离家出走，因此还能在金陵妓院中住了半年。等到钱花光了，便开始受到姑娘们的歧视。

虽说子浮遇上的不是苏三更不是李娃，不过这些妓女也没有突然和他断绝关系。可是不久子浮身上又长出毒疮，溃烂玷污床席，于是便被赶出来，在市面上行乞。

子浮又没有《李娃传》中荥阳公子唱哀歌的本领，再加上一身病毒，市民见到他，唯恐避之不及。

而子浮自己呢？也怕客死异乡，于是一边乞讨一边向西走，每天三四十里，渐渐到达了邠州境内。但想到自己一身污秽，实在没脸再见人了，于是便在附近的县城徘徊。

傍晚想找个山庙安身，却遇到一个女子，"容貌若仙"。女子走近他搭讪，问他到哪里去。

子浮此时也没有什么颜面可以死撑了，于是一一告诉了女子。女子便说："我是个出家人，住在山洞里。洞里有地方可以让你住下，也不必害怕野兽。"

子浮自然是求之不得，于是高高兴兴地跟着女子走了。

陶渊明的《桃花源记》是这样写的：

"林尽水源，便得一山，山有小口，仿佛若有光，便舍船从口入。"

"复行数十步，豁然开朗。土地平旷，屋舍俨然，有良田美池桑竹之属。阡陌交通，鸡犬相闻。"

而这里，子浮跟着这个神秘的女子到了深山，看见一个洞，洞前有一条溪水，溪上架着石桥。离桥几步远，便有两间石屋。进屋，光线充足，不需要蜡烛。

这里无污染，环保，清幽，采光好，还真是个适合隐居的地方，和小龙女绝情谷山崖下的住所有得一比。

接着女子便叫子浮脱去身上的破烂衣裳。书上说是"命生

解悬鹑”，鹑衣百结，可见子浮已经狼狈到了何种程度。让他到溪中洗澡，并说洗完澡，身上的疮便好了。然后又掀开幛子，打扫床铺催促去就寝，并且还说："睡吧，我会为你缝制裤子。"于是取过像芭蕉的树叶，剪成衣裳。子浮躺在床上看着她，不一会儿，都做好了，折叠好放在床头，嘱咐明早穿上这些新衣。做好这些后，便到对面的床上躺下。

此时的子浮不知道自己是遇到了女神仙，还是脑筋不太正常的美女，只是觉得洗完澡后疮已经不再痛了。早上醒来一摸，已经结痂了。原来这溪水比恒河的药效还神奇。早晨起来，怀疑芭蕉叶不能穿。可是拿过来一看居然是碧绿色的锦缎，平滑发光。

更神奇的还在后面。等到吃早饭，女子剪树叶作饼，吃的时候真是饼。接着又剪了鸡、鱼，煮熟后和真鸡真鱼一样美味可口。真不知道这算不算是素食。

墙角还有一瓮好酒，随时可以取来喝。少了的话就舀溪水灌进去。这可比现在的工业酒精加水醇正得多。

小龙女还得靠蜂蜜过活，而这洞中的女子剪树叶就可以变出美味珍馐来，看来并不仅仅是出家人那么简单吧。应该是散居修行的仙子。

人说"饱暖思淫欲"，果然，子浮几天后病好了，便缠着女子希望和她结为夫妇。女子说："轻薄儿！才得到安身，便生妄想。"

子浮道："为了报答你的恩德。"这个逻辑只是在《十日谈》中见过一次。于是两人便结为夫妇。

这子浮连个翩翩浊世佳公子都算不上，就这样结交到了一位仙子，运气真是比那刘晨、阮肇还好。

如果仅仅是两个人的故事便结束了，那么就没有后面的情

节了，而所谓的对子浮的教化也没有了。《桃花源记》中还有位误入桃花源的武陵人，这里便有了一位花城娘子。

一天，一个少妇笑着进来说："翩翩，你这个小鬼头真快活，薛姑子的好梦什么时候做得？"完全是闺中蜜友的调笑之语。

女子也起身来迎接，道："花城娘子久不光临，今天南风吹得紧，把你吹来了。小哥子抱来了吗？"

花城娘子答道："又是一个丫头。"

翩翩笑道："花娘子真是只生女儿，为什么不带她来？"

花城娘子抱怨道："好不容易才把她哄睡着了。"

于是大家坐下一起饮酒，花城娘子看了看子浮，对他说："小郎君真是烧了好香才修得这样的福气。"

这两个女子互相打趣调笑，没成想子浮那副花花心肠又开始打起小九九了。眼瞧着这花城娘子也不过二十三四岁，风姿绰约，姿态妍丽（"绰有余妍"），不禁心生爱慕。

这时水果不小心跌落在地上，子浮便趁弯腰去拾之际，暗暗捏了一下她的脚尖。

我们看前面的女子是怎样的反应。青凤是缩回自己的脚，没有斥责，因为对耿生有情；连琐是笑骂，因为对杨生芳心暗许。而这里的花城娘子呢，是望着子浮笑，却装作不知。

一者是顾忌翩翩的面子，二来是知道翩翩有方法治得了子浮。

于是子浮在失神之间，顿时觉得自己身上衣裤冰冷，已变成了树叶，吓得要命。赶紧收起私心杂念，端坐着，衣服才慢慢又变了回去。子浮还暗自侥幸没有被翩翩和花城娘子看见。

不一会儿，等到劝酒之际，又偷偷用手指挠花城娘子的手，而花城娘子坦然说笑，仿佛没有感觉到。

子浮的小心肝跳了跳，衣服又变成了树叶，许久才恢复原状。于是子浮再也不敢胡思乱动了。

此时花城笑道："你家的小郎君，太不规矩。要不是你这醋葫芦娘子，恐怕早就跳上天了。"

翩翩微微冷笑着说："薄幸儿，活该让他冻死！"

于是两人齐鼓掌。

翩翩惩治子浮的方法很高妙，不用一哭二闹，也不用罚他跪洗衣板，仅仅是让他不要忘了自己曾经的狼狈。

换到现在，要是有这种衣服出售，恐怕刚出市场就脱销了吧。

花城离席说："小丫头醒来，恐怕已经哭断了肠子。"

翩翩也站起来送客，同时也不忘回击一番，"只顾着勾引别人的老公，还记得起小江城哭吗？"

等到花城娘子离开，子浮却没有悔意，只是担心怕被翩翩责骂。然而翩翩好像跟没事儿人一样，还是和平时一样对待他。不知道应该说翩翩大度，还是应该说其实子浮在她心中并没有什么分量。

没过多久，秋风飒飒，树叶纷飞，换了政治家兼多愁善感的诗人曹丕，可能会来一句"秋风萧瑟天气凉，草木零落露为霜"；换了大文豪杜甫，可能也会来一句"无边落木萧萧下，不尽长江滚滚来"，然而我们这里讲的是日常生活，没有那么诗情画意。

这里翩翩忙着收集落叶，准备过冬。然而风嗖嗖地吹着，翩翩看见子浮冷得缩身耸肩，就拿着包袱拾掇着洞口的白云做成棉絮给他缝棉袄。穿上身，哈，暖和和，而且轻软得像新绵。

小时候第一次看《翩翩》的时候特别喜欢这个情节，感觉这是《聊斋志异》中最生活化的一个故事。没有所谓的才子出来题诗，也没有那些佳人出来赏花。只有一个误入歧途的官家

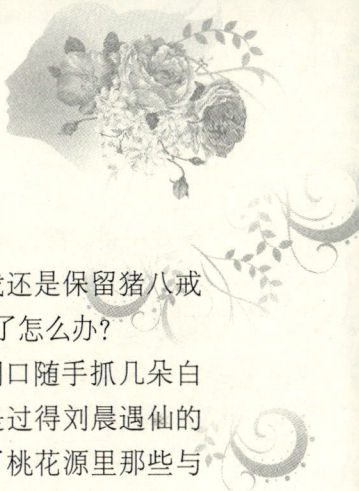

子弟，一个给他缝制衣裳的所谓的"仙子"。

芭蕉叶做成饼或者鸡鱼之类的就算了，我还是保留猪八戒的观点，这些东西能吃吗？万一吃下去变回来了怎么办？

芭蕉叶做成衣裤就不错，嗯，天冷了，洞口随手抓几朵白云缝进衣裳里就成棉袄了。本来前半截好像是过得刘晨遇仙的故事，然而那个缝棉花一下子就让我们想到了桃花源里那些与世无争的农家生活。

可能是我冬天比较怕冷吧，于是特别向往那白云做的棉袄：软绵绵，暖和和，穿在身上肯定比那些羽绒衣还强。（白云自白：不是被做成棉花糖就是被做成棉袄，我冤不冤啊。）

翩翩她明明是仙子，而到了秋天，还是得忙着收集树叶准备过冬，颇有农妇之感。

这样一边过着与世无争、闲情逸致的修道生活，一边还跟锅碗瓢盆五谷杂粮打交道的仙子，貌似看过的故事里面不多。

想来巫山神女瑶姬可以算一个。一面播种五谷药材救治百姓，一面在三峡过着自己自由自在的生活。

因此每次看到这个故事都觉得很神奇。没有了那些传奇中所谓《游仙窟》之类的艳情，更多的是一种生活化的情趣。

转眼过了一年，翩翩生下了一个男孩。很聪明，夫妻俩天天在洞里逗孩子玩儿。妻贤子慧，这时候子浮不免时常思念起家乡，便请求和翩翩一道回家。

可是翩翩却说："我不能回去。要去，你自己去。"感觉与现在那些凤凰男和孔雀女的状况非常相似。

而放在翩翩身上我们可以理解，洞外花花世界，子浮便是一去不复返了。

翩翩缺乏安全感，对子浮可以抵制住外界的诱惑没有十足的把握。在洞内，可以逗逗孩子，等花城来串串门，互相调笑游戏一番。然而等他出了洞呢？也许，一去，便回不了头了。

因此，翩翩在子浮身上总是显得那么淡泊，情浅，好像一切都是随缘。

又过了两三年，孩子也渐渐长大了，便和花城娘子结为了亲家。日复一日，子浮挂念着叔父年老，又萌生了离开的想法。

这时，翩翩又道："叔叔虽然老了，可是身体还算强健，不必记挂。等到保儿成婚后，去留都随你。"

翩翩不仅是位贤妻，使子浮改过自新重新做人，更是一位好母亲。她效仿欧阳修的母亲在洞中时常用树叶写字教儿子读书，儿子也是聪明异常，都是过目成诵，跟黄蓉的母亲差不多。

翩翩自然也是欣喜，便说："这个儿子有福相，把他放在尘世上，不怕不做大官。"会读书就一定能做大官吗？翩翩终究还是太天真或者说没能看破，就如同鱼幼薇游崇真观南楼时，遗憾自己身为女子，不然就该金榜题名了一样，甚至是题诗寄托怨恨：

> 云峰满目放春晴，历历银钩指下生。
>
> 自恨罗衣掩诗句，举头空羡榜中名。

> ——《游崇真观南楼，睹新及第题名处》

等儿子长到十四岁，花城亲自送女儿来完婚。儿媳妇容光照人，穿着艳丽的衣服，格外好看。

夫妻俩自然是大为欢喜，于是全家举行宴会。翩翩拔下金钗，打着拍子唱歌：

> "我有佳儿，不羡贵官。
>
> 我有佳妇，不羡绮纨。
>
> 今夕聚首，皆当喜欢。
>
> 为君行酒，劝君加餐。"

诗句中蕴涵着翩翩此时的感情，儿子聪颖敏捷，媳妇美貌

动人，至于那些俗世的功名利禄，华服丝薄，都是浮云罢了。今天大家欢聚一堂，自然是其乐融融，欢喜异常。而自己也知道丈夫终究还是要离开自己的，那么只好反用《饮马长城窟行》中的"努力加餐饭"来劝慰他了。

于是宴会结束，花城娘子回去了，儿子媳妇住在对面的石屋中。（难道是挖的窑洞，冬暖夏凉？）

儿媳也很孝顺，和亲生女儿一样。子女绕膝，佳儿贤妇，子浮不禁又开始想起了家乡。

翩翩便对他说："你骨子里过于庸俗，缺乏仙人的素质。儿子也是富贵中人，可以带去，免得耽误了他。"

唐传奇《杜子春》（后被芥川龙之介改编）中，最具有人文情怀的便是杜子春为了报答仙人的恩德，答应不说话帮助他成仙。于是自己即使是受尽万般痛苦也不开口，终于在自己转世为女子而孩子被人害死之际脱口而出了一个"啊！"字。

即使是最后杜子春没有修炼成仙，但这个故事还是打动了我。七情六欲，天理人伦，怎么可以说放弃就轻言放弃呢？

其实子浮只是惦记着年老的叔父，天伦之情罢了，离开家乡十五年之久，叔父对自己的生死未明，老无所依，为何说是庸俗呢？还是翩翩怕子浮眷恋红尘，不肯回来？

说到要离开，媳妇请求与母亲告辞，正说着，花城便来了。于是小两口依恋母亲，眼眶含泪。两个做母亲的便安慰道："暂时去吧，以后还可以回来。"

于是翩翩又剪树叶做成驴子，让他们三人骑着回家。

子浮的叔父大业已经老了，辞官隐居在家。以为侄子已经死了，却突然看见他带着孙子和美丽的孙媳回来，自然是如获至宝。

一进门，神奇的事情再次发生了，子浮他们穿的衣服都变回成了芭蕉叶，一扯开，里面的棉絮像云朵一样，冉冉飞上空中。真真是取之从何，去之从何，还真是环保循环利用。于是赶紧给他们换了衣服。

后来，子浮还是放不下翩翩，便和儿子一起进山寻访，然而到了那里，好比是贾岛的诗《寻隐者不遇》。只见那里黄叶遍地，洞已经看不见了，于是不得不含泪回家。

桃花源只能误入一次，仙子也只能是因机缘逢着，也许翩翩从一开始只是想教化子浮，使他改过自新，当这个任务完成之后，那么她也该隐退了。

挥一挥衣袖，她不过是那白云深处的一个仙子罢了，留给子浮的却是永远的感恩与怀念。

翩翩篇：临行密密缝，为君添衣裳

小时候第一次看到这个故事的时候，特别喜欢翩翩这个名字，仙风道骨，不拘于俗，仿佛和她居住的白云山洞合为了一体，有着脱离俗世之感。原文中结尾的"黄叶满径"，不禁让人想起，"碧云天，黄叶地"，秋叶纷纷落下，如蝴蝶翩翩起舞的画面。

翩翩端庄美丽，且心地善良。当她第一次看见子浮的时候，没有嫌弃他、看不起他，只是想帮助他。

《李娃传》中，李娃为了帮助荥阳公子恢复过去的荣耀，把他从街上捡回来，照料他的饮食起居，为他提供衣食住行，督促他读书获取功名，是因为自己对公子有愧，自己良心过意不去。

而这里呢，翩翩与子浮非亲非故，却将他领回自己的洞府，治好他的恶疮，给他衣穿，给他饭吃，甚至是嫁给他过起了小夫妻的日子。

看到这里，总是想起歌曲《杜十娘》里唱的：

郎君啊

你是不是饿得慌

如果你饿得慌

对我十娘讲

十娘我给你做面汤

郎君啊

你是不是冻得慌

你要是冻得慌

对我十娘讲

十娘我给你做衣裳

啊……

郎君啊

你是不是闷得慌

你要是闷得慌

对我十娘讲

十娘我为你解忧伤

翩翩莫不是如此。然而不同于杜十娘的是，虽然两者都是找到一个品行不好的男子，但是杜十娘彻彻底底发现真相后，便毅然决然离开李甲，宁为玉碎不为瓦全。而翩翩却恰恰相反，她第一次遇见子浮的时候，便是见到他穿着破烂，不成人样，再看他身上的恶疮，难道还猜不出这究竟是怎样的一个男子吗？

然而翩翩没有丝毫的计较，只是用自己的美德去感化他，用自己的温柔去治疗他的创伤。如果说子浮因为年幼无知因而受人引诱误入歧途，接着又流落街头看尽了人间冷暖，那么翩翩的出现无异于是一个救赎女神的现身。

而子浮有没有拯救的必要或者可能呢？首先来说，他是年少受坏人教唆，然后流连于烟花柳巷，乃至身染恶疾，对于这样一个"问题少年"，还是有帮助的必要的。

其次，子浮流浪街头后害怕客死异乡，便想靠乞讨回去找叔父，然而好不容易快到家了，可是却"近乡情更怯"，恰若宋之问当年带罪潜逃的心理一样，于是只敢在县城附近徘徊。子浮觉得没有脸见人，可以说其实他还是意识到了自己做了不好的事情，有悔过之心了。人贵有知耻之心，因此这样看来，子浮还不算无可救药之人。

可以说在翩翩温柔的照料下，子浮算是恢复了"翩翩浊世佳公子"的形象吧。然而当看到花城娘子的时候，子浮却旧态复萌。

面对这一情景，翩翩没有苛责子浮，而是在不损伤他自尊心的前提下对他进行教化。大度而宽厚。

因此看到这里，总觉得翩翩身上更多是一层人间的烟火气，而不是仙子的脱离俗世之味。对于翩翩，蒲公在她身上更多的是融合进了一种母性的特质吧。

就像全天下的母亲，可以给孩子饭吃，给孩子衣穿，无论孩子做错了什么，或是败家，或是倒霉，都对其不离不弃，不计较自己的付出，无怨无悔。

而这里的翩翩也是如此，对罗子浮，始终是使他一心向善。这样的翩翩，让人感受到的，是白云加身般的温暖。

等儿子出生后，翩翩是相夫教子，为了儿子的前途，答应子浮的离开。考虑到叔父老无所依，子浮带着保儿回去才是延续香火的办法，于是翩翩选择了"为君行酒，劝君加餐"，就这样与子浮别离。

翩翩的出场，正如她的名字，翩翩而来，然而当她使子浮重新做人，并帮他延续子嗣之后又翩翩而去，正是"挥一挥衣袖，不带走一片云彩"。

有人说，翩翩的形象其实来源于以色相度化众生的救赎女神，因此翩翩才会在故事的开始说自己是出家人。

救赎女神在佛经中被称为的救度菩萨，而后在《续玄怪录》、《太平广记》中都有记载，并且演化出鱼篮观音、延州妇、锁骨菩萨等传说，说的都是慈悲女性以色相"慷慨施予当成行善度人、催人猛省的手段，来拯救陷入红尘欲海中的男性迷途者，而以慈悲为怀却不齿于人的施与者也终于完成自身使命"。

救度菩萨其实是佛教文化中佛妓的一个象征，宗教文化中的献身女子也都源于此。甚至是现在在地中海一些地方的宗庙中还存在着这样的献身文化。

而翩翩的形象来源于此，却又升华了一层：她并不仅仅是用所谓的色相度化罗子浮，而是用自己的温柔、淡泊去感化子浮，且相夫教子十五年未曾改变。

那句以"子有俗骨，终非仙品"放手让子浮离去，我们何不可以看做是翩翩找的一个借口呢？明明知道自己留不住他，或者说自己已经让他脱胎换骨，那么可以让他离开继续好好生活了。

灿若昙花，淡如浮云

罗浮山是道教的名山，未知罗子浮的名字是否也是来源于此？而翩翩在故事的一开始便告诉子浮自己是出家人，此外翩翩住在山洞，远离尘世，更有道家返璞归真的情怀。

翩翩生活在山洞中，剪芭蕉叶为衣裤，取洞口白云做棉絮，饿了剪树叶做饼和鸡鱼，渴了取溪水为酒，病了用溪水沐浴治病，这种生活态度完全是符合道家提倡的不役于物，与自然化为一体。

再看她在儿子成婚之际所唱的歌：

我有佳儿，不羡贵官。

我有佳妇，不羡绮纨。

今夕聚首，皆当喜欢。

为君行酒，劝君加餐。

这首歌充分反映出翩翩那种视功名如浮云、淡泊的心性。

故事中对翩翩的容貌没有过多的描绘，只是说了一句"容貌若仙"，也许"唇不点而丹，眉不画而翠"，更能显露出翩翩那种山中高士的形象吧。

很多人会喜欢上这个故事，大概是源于每个人心中都有一个桃花源却可遇而不可求吧。同时，《翩翩》在同类的遇仙的故事中是读来最让人受心灵净化的。

《神仙传》中，郑交甫江边遇仙女，得到仙子所赠的两颗明珠，然而转眼之间，仙子不见了，明珠也遗失了，令人怅惘不已。

唐传奇中的刘晨、阮肇遇仙，以及牛僧孺遇绿珠，张鷟的《游仙窟》等，乃至相同时期的朝鲜传奇《双红记》，都讲的是男子的艳遇。

而这里翩翩的形象不仅仅是停留在了艳遇之上，更是充当着救助罗子浮的仙子。

因此故事中发生的那些神奇的现象，读来也是可以接受的，仿佛是在看道教的神仙故事。同时，在这个仙境中，这些半真半假的事物也充当着救助罗子浮的角色。

溪水可以用来沐浴，是为了治疗身上的恶疮；芭蕉叶可以做衣裤保暖，也可以在子浮动了歪念头的时候进行小小的"警告"；溪水放进瓮中可以变成美酒，但是也不会导致滥饮和浪费。

可以说生活在这样的环境中，简单，朴素，对于习惯了忙忙碌碌现代生活的人们来说是何等向往。很多人奋斗到身心疲惫之后才会想起平平淡淡才是真。

对于我们而言，当终于奋斗到了一套属于自己的"蜗居"甚至是"蚁居"时，才会开始想念如果在山水之间建一个小草屋，"小舟从此逝，沧海寄余生"是何等惬意；当身体因为长期缺乏锻炼时，才会开始想念每天清晨跑步呼吸新鲜空气的欢愉；当在错综复杂的人际关系中如履薄冰之后，才会开始想念儿时和玩伴一起追追打打嬉笑玩乐的日子……

就像亚历山大会羡慕在酒桶中无拘无束晒太阳的第欧根尼却不希望自己变成他一样，我们总是渴望生活在别处，然而当我们真正拥有了那些所谓的单纯朴素的生活又怎样呢？

也许日子一久，我们便会感到单调，乏味，渴望离开。哪怕是所谓的美好的乌托邦或者儒家大同世界或者文学上构造出的桃花源，也开始留不住我们的脚步。

因此，我们会周末的时候去钓钓鱼，空闲的时候去种种花，喂喂鸟，但是没有多少人会去做第二个严子陵或者海子。

面朝大海，春暖花开，从明天开始，牧马、劈柴，读起来很美，可是真正实践起来又谈何容易？

因此这才是我们羡慕子浮的另一个原因吧：毕竟他曾经经历过这样一场美好的桃源之行。

蒲公不是后来改编版的"格林兄弟们"，他的故事不会停留在"王子和公主从此幸福地生活在了一起"。因此，看到子浮回到人间，却又寻翩翩不遇，才是真正让我们遗憾的吧。

如果故事的结尾是子浮就这样和翩翩一直相守在了一起，可能我们会合上书页，感叹又是一个虚构的故事，然后转瞬忘记这个故事。可是结尾是子浮寻翩翩不遇，我们也许会欷歔并感叹桃花源的美好。

因此，对于翩翩的喜爱便是如此。她美丽端庄，她不会逼迫你做任何你不愿意的事情或者给你任何压力，她会把家里照顾得井井有条（虽然显得子浮很有吃白饭的嫌疑），面对你做出的错事，她不会责怪你只是暗暗督促你改正。

但就像我们前面所说的，隐居山野只是一时之趣，之后谁不想回到花花世界？于是翩翩便选择放手让子浮离开。

有人说，爱情最弥足珍贵的莫过于"未得到"和"已失去"。因此，当子浮带着儿子再次去寻找翩翩而不得时，会是含泪而归。

遇到翩翩之时，是自己最落魄最无助的时候；和翩翩在一起，是最惬意最无忧无虑的时候。

子浮对于翩翩也许有的更多是一种依赖吧，当离开翩翩再也找寻不得，那些美好的时光通通都成为了追忆似水年华。

有人说翩翩是神女，因此可以有情爱，但却寡淡，并不会痴迷。正如书中所描述的，当看到子浮偷偷调戏花城娘子的时候，翩翩并没有特别吃醋的表现，甚至是那个活该把他冻死的话也是和花城娘子调笑着说的，玩笑性质居大。

因此有的时候看翩翩未免有些太淡泊，太潇洒，"从未将儿女私情略萦心上"。于是有的人就此认为翩翩不够可爱，缺了些人气。

就像现在那些热恋中的男女，如若是任何一方对于恋人和某位异性特别亲密而没有任何吃醋的表示话，那么恋人也许不禁会纳闷：在他（她）的心中是否我的分量还不够重？

就像故事里的翩翩，她未免太过洒脱，甚至是在子浮离开到家后，身上的棉絮又变成白云冉冉升天，连一份可以留给子浮作为念想的信物都没有。

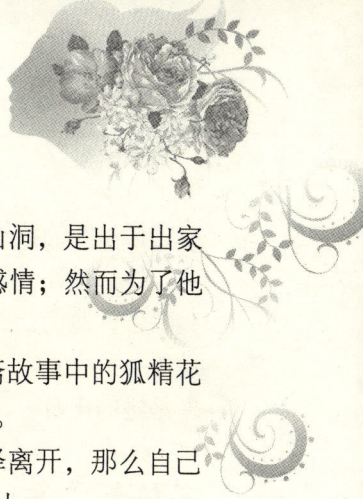

那么我们不妨换个角度来想：救子浮回山洞，是出于出家人的恻隐之心；为他生儿育子，是对他有了感情；然而为了他和儿子的前途，便毅然斩断情丝让他离开。

翩翩已然是个少妇，自然不会像其他聊斋故事中的狐精花精，灵动妩媚。一味装憨作痴，未免不惹人嫌。

又或者翩翩已经料到，子浮改正后会选择离开，那么自己的感情便不会投入那么多那么深，但也不能否认。

于是我们也像子浮一样，想着她曾经的十指纤纤做羹汤，念着她离开时的诗意与不食烟火之气。

也许，对于子浮，遇见翩翩，仿佛是进入了童话的世界。离开，便已经游离在了童话的边缘。然而，那些彼此曾经的故事里那些幸福的画面，又何尝不是忽隐又忽现？

她的一颦一笑，即使是远在天边，即使是再也不能见到，也丝毫不能影响她在自己的记忆中的形象——不会随时光的流逝而加以变化。

有人说，男儿有泪不轻弹。可是呢，和保儿去寻找你却未能完成这个愿望之时，我的泪珠还是不禁在眼眶里打转，也许此时的眼泪是那么卑微，尤其是在你选择离开我的这个时刻。还是怕被你看见我的软弱吧，于是我强忍着不让眼泪流下，可是眼前却浮现出我们相处的那些日子。

第一眼见到你，如同乌云满天中透露出的一缕阳光，你对着我笑说收留我，那样的笑容即使是乌云密布也不能遮掩；第一晚你让我去睡觉然后为我缝制衣裤，进入梦乡的最后一眼是看见你将新衣裤放在床头，温柔地让我第二早换上；保儿完婚那天，你拔下金钗，唱着歌，让我恍惚觉得你才是最美的新娘……

我会用我的余生记得你，哪怕是我已经白发苍苍，我还是会告诉保儿的孩子，他们的奶奶，是那么善良那么温柔的人。

他们也许会问，为什么奶奶不在爷爷的身边，我想我会微笑着告诉他们：他们的奶奶是一位偶然降落于世的仙子，在帮助了爷爷之后天帝又把她召回天上去了。那天上飘浮的白云，便是她的化身。

花城娘子篇：花影霓裳，丽影翩跹

《翩翩》中，翩翩充当着一个有着人间烟火气息又不乏仙风道骨的世外之人，而同样具有这样一个形象的便是她的手帕交花城娘子。

花城娘子在故事中协助翩翩完成了对子浮的拯救。当子浮第一眼看见花城娘子之际，仅是一眼便确定她的年龄在二十三四岁，都说女子的年龄最难猜，而子浮一猜就中，我们可以看出其实在这个时候子浮的花花肠子依旧是没多大改变的。

看见这么美丽的花城娘子，便忘记了身边的翩翩，并借捡水果之机偷偷捏了一下花城娘子的脚尖。这个动作我们前面已经分析过很多次了，而子浮这个属于最不可原谅的一种。

都说"朋友妻，不可欺"，而花城娘子作为自己妻子的好朋友，他居然也好意思不要脸地加以调戏，还是当着翩翩的面。

更何况花城娘子对他并没有什么好感，这样无耻的嘴脸可见子浮是何等轻薄浪荡之人。

然而花城娘子却只是望着他笑，装作不知。花城应该是知道翩翩有办法惩治子浮吧，这个笑既是笑子浮这样做的后果，也是照顾翩翩的颜面。

因此每次看见文中这个"笑"总是有种凤姐看见贾瑞的感觉，替子浮不寒而栗，怪不得后来花城告辞后他会显得特别害怕。

此后衣裤变成了树叶，子浮大惊也大窘，只好赶快屏息凝神。

等到衣裤恢复成原样，于是再次色向胆边生，趁着劝酒之际又开始不老实，偷偷去挠花城的手掌。

于是衣裤再次变成树叶，吓坏了子浮。

可以说这个时候的子浮，还是当初那个青楼薄幸儿，看见漂亮女子便想法设法去搭讪。而翩翩对他的态度却是不争不吵不闹，只是暗中略加小惩，让他自觉改正，同时也不拆穿他，保留他的自尊。

就像我们看小说或者电视剧，里面的主人公明白恋人的情深意重时，往往是由另一个不相干或者利益完全冲突的人说出，正所谓当局者迷旁观者清，这样我们才会更加觉得感人吧。

正如《倚天屠龙记》中纪晓芙对杨逍的感情，是借她们的女儿杨不悔之口才让人觉得更加感动吧。

于是正当子浮为自己两次准备逾越雷池却没受到惩罚，翩翩不知而感到庆幸时，花城却戳穿了事实的真相：不是你家娘子是白痴，只是她没有那么小肚鸡肠，为你维护自尊心罢了。

这样一来，子浮自然对翩翩是爱而加敬，不再拈花惹草。

随着孩子的出生和长大，子浮也渐渐沉稳起来，这也可以说明翩翩的伟大，她帮助子浮从不成熟走向了沉稳。

人不轻狂枉少年，年少之时，男孩子们总是有这样那样的梦想，希望游历天下，结交江湖豪杰；希望策马西风，游走塞外，圆一场浪子侠客梦；希望青楼一梦，赢得三变之名。

然而，人总是要长大的，三十而立，娶妻生子，过上安稳的日子，没有了那么多的花花肠子。

此时的子浮，有了贤惠温柔的妻子，有了聪明的儿子，便希望可以回去看望孤独的叔父，自然也是人之常情。

当儿子长大，也需要娶媳妇了，因此便和花城结成了亲家。

因此，可以说，蒲公没有将这个故事安排成为既爱深红也爱浅红的双美结局，而是用最简单的人物关系勾勒出了社会上最普遍的夫妻、朋友、情人、母子、父子、婆媳以及儿女姻亲等种种关系。

因此故事中对花城娘子的丈夫没有一丝一毫的透露，因为他对情节的发展没有什么作用。

可以说花城对于翩翩两夫妇，就像《挪威森林》中直子对渡边君说的一样：是充当着和外界沟通的纽带。

因此我们看花城，她虽然常常和翩翩来往，却并不长居在这个山洞中，客观上成为山洞与外界进行拟社会化交往的唯一线索。

接着我们再来看花城和翩翩拉家常的样子，剥去那层仙子的外衣，完全是两个少妇在互相打趣，闲话家常。

首先是花城娘子的未见其人先闻其声，一声"翩翩小鬼头"，足见其与翩翩的关系亲密，而这句佯怒实则打趣翩翩的话也不禁让人想起凤姐。

倒不是说凤姐第一次出场迎接黛玉的那句"贵客远到，我来迟了"，充满了在整个贾府的凤辣子味道，而是在送茶叶给了黛玉之后在众人跟前打趣她，说她吃过我们家的茶想做我们家的媳妇，可没那么容易呢。

这时候的凤姐，没有了弄权争宠时候的霸气刁蛮，更多的是身为二十来岁的少妇的青春气息，热情，活泼，疼爱弟弟妹妹，爱惜宝玉，怜惜黛玉，不禁让人觉得可亲。

这里的花城也是如此，与翩翩开开玩笑，互相取笑一番。我们且来看看她们的话题：

花城一来便是恭喜翩翩成婚，有了一丝好姐妹见色忘友的

嗔怪之意。而翩翩赶紧客套了一句，风紧来贵客。

接着翩翩问及花城娘子的孩子，花城道又是一个女儿，翩翩便将刚才的笑话说回来，笑花城娘子是个瓦窑。

古时人们把生儿子叫做是"弄璋之喜"，把生女儿唤做是"弄瓦之喜"，而这里花城娘子老是生女儿，因此翩翩便打趣她是瓦窑。

花城娘子可以说是一个很好的闺蜜。闺蜜是什么？是在你笑的时候陪你一起拉家常谈八卦，在你哭的时候给你一个拥抱的人。

有人说，闺蜜也许会在你最不经意的时候背地里给你使上一刀子，而故事中的花城娘子绝对不是这样的人。

在知道翩翩嫁人后，来到翩翩的洞府，仔细看了看子浮，算是替翩翩把把关，就像现在有的女生谈恋爱，背后总有一帮闺蜜充当军师。

而相过子浮后，花城便对子浮说，你是上辈子烧了好香才修得这样的福气。

面对酒席上子浮的骚扰，花城娘子只是装作不知道，还和子浮客套，只是为了照顾翩翩的颜面，并且也相信翩翩能处理好这样的事情。

然而在子浮终于不敢胡思乱想之际，自己开口道出翩翩的大度，让子浮明白翩翩的苦心。同时也借女儿睡醒自己要回家带孩子为由告辞，是为了给翩翩留下处理自家夫妻之间的事情的契机。

说到花城娘子，不禁想起唐嫣代言的《梦幻西游》中的花弄影一角，花影翩跹，绝世丽人，想来花城娘子比之也不差分毫。花弄影媚影动人，而子浮仅仅是见过花城娘子一面，便对她心生爱慕，可见其容颜之姣好。

而花城娘子的美丽，却没有成为她和翩翩深厚友情的障碍。现在有的女生也许抱怨自己充当着自己漂亮闺蜜的陪衬，而花城却并没有利用她的美丽去破坏翩翩的婚姻家庭，而是帮助翩翩极力去维护。也没有说自己的一个不经意造成翩翩和子浮云散高唐，上演了一出古代版的《花与爱丽丝》。

　　我们在小的时候或多或少都会有一些发小吧，对于男生而言，也许就是铁哥们好兄弟，出了事闯了祸，大家一起扛，颇有《英雄本色》的味道；而女生呢，常常沉迷于玩过家家的游戏，甚至是许下以后嫁人了你的孩子要认我做干妈的诺言，我们要一起长大，一起美丽，一起变老，一起看着儿女成家立业……

　　只是这样的愿望在最后总是或多或少会成空，因此回过头来看花城娘子和翩翩，我们不禁有些羡慕，她们可以互相调笑，一起饮酒谈欢。

　　对于翩翩，花城应该算是她的"娘家人"吧。看翩翩在保儿完婚宴席上唱的那首歌，有佳儿，有佳妇，劝慰丈夫，大家今日欢聚一堂心里特别开心，唯独没有提到花城。

　　是翩翩忘了吗？不尽然吧，应该说花城和她已经是彼此相知，到了相忘。

　　可以想象，子浮他们三人离开后，会常常来陪伴翩翩的，还是花城吧。陪她没事儿的时候捡捡树叶，拾掇拾掇白云，偶尔小酌几许，谈天说地，相忘于洞中岁月。

　　可以说，得花城这样一个闺蜜，是翩翩之幸哉。

八、《辛十四娘》系列:

《辛十四娘》: 韶华逝去,我爱的是你那沧桑的容颜
辛十四娘篇: 佳人如玉,至善至贤
丫鬟篇: 美人如玉剑如虹

《辛十四娘》: 韶华逝去,我爱的是你那沧桑的容颜

当恋爱还在甜蜜期的时候,女子总会问男子你最爱我的什么。男子也许会回答性格好、温柔体贴或者活泼开朗,但心里未尝不会冒出句:喜欢你的如花容颜,虽说并不是所有的人都是"外貌协会"成员,但是姣好的容颜无疑会对当事人起锦上添花的作用。

正如柳如是嫁给了钱谦益,两人的互相调笑中,钱谦益会说:"我爱你乌般头发雪个肉",而蕶芜君则脱口而出:"我爱你雪般头发乌个肉",除了柳如是的才气豪情,她的容颜也充当了两人生活中的调味剂。

有人说爱情久了会变成亲情,那么有没有一种爱情是可以跨越岁月的痕迹呢?

《倾城之恋》中张爱玲借范柳原之口道出:"死生契阔,与子相悦,执子之手,与子偕老""我看那是最悲哀的一首诗,生与死与离别,都是大事,不由我们支配的。比起外界的力量,

我们人是多么小，多么小！可是我们偏要说：'我永远和你在一起；我们一生一世都别离开。'——好像我们自己做得了主似的！"

因此，想起杜拉斯在《情人》开篇所写的："我已经老了。有一天，在一处公共场所的大厅里，有一个男人向我走来，他主动介绍自己，他对我说："我认识你，我永远记得你。那时候，你还很年轻，人人都说你很美，现在，我是特为来告诉你，对我来说，我觉得你比年轻时还要美，那时你是年轻女人，与你年轻时相比，我更爱你现在备受摧残的容貌。"此后感情一泻而下，缠绵不尽。

正像杜拉斯和她的小情人雅恩，女的从容，男的痴情，爱得轰轰烈烈。

曾几何时，秦淮八艳之一的马湘兰正感叹自己已经容颜老去之时，那名少年来到她的门前，说是要和她厮守下半生，可惜马湘兰却犹豫了，而后少年被老师强行带回了家。

这些女子为何即使是容颜苍老，韶华逝去，依然有年轻男子对其不离不弃？那便是我们常常说的内在气质吧。

六十岁的杜拉斯凭着自己的地位、声望和才华征服了二十七岁的雅恩。即使是离家出走，雅恩也会很快回来："我又能去哪儿呢？我哪儿也不能去。我爱您胜过世上的一切。"

这样的感情中，雅恩对杜拉斯不仅仅是爱，更是敬，更是极度的崇拜。想来那位少年对马湘兰也莫不是如此。

这样的爱洗净了铅华，也洗净了浮躁与世俗，洗净了人生的波折与坎坷，满是云淡风轻，方见其真。

而蒲公同样也在他的笔下为我们塑造了这样一个女子，那便是辛十四娘。

话说河北广平有个姓冯的书生，年少轻佻，纵情饮酒。这

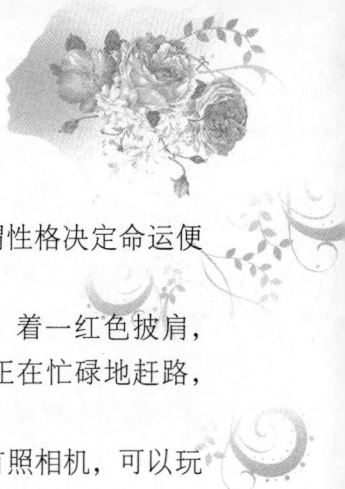

样的形象也为他后面的遭遇埋下了伏笔，所谓性格决定命运便是如此。

这天天刚亮，偶然外出，遇见一位少女，着一红色披肩，容貌姣好，后面跟着一个小仆人，踏着露水正在忙碌地赶路，鞋袜都被露水湿透了。

于是冯生自然是心生爱慕，只恨自己没有照相机，可以玩一把街拍美女。

等到日薄西山，冯生又喝得酩酊大醉准备回去，正巧路边有座寺院，荒废已久。结果看见一个女子从里面走了出来，原来就是早上看到的那位美人。忽然看到冯生，便立即转身进去。

这样的情况下冯生自然是好奇：怎么那位美人会出现在寺院里面？既不是妙玉，难道是崔莺莺？

于是便把驴子系在门外，进去探个究竟。到了院内，之间零零落落地有着几堵断墙，台阶上细草铺的像碧绿色的毯子，真是"苔痕上阶绿，草色入帘青"。

正在徘徊之时，一个穿戴整洁的白发老头出来问冯生从哪里来。

冯生自然找了个借口说是偶经此古刹，进来瞻仰一番。也顺口问老头为何在此。

老头便说自己流浪在外，只好暂借此处安顿老小，相逢即是有缘，恭请冯生进去喝杯茶，以茶代酒。

这还真是想睡觉就有人递枕头，冯生自然是求之不得。到了殿后，只见一院落里一条光洁的石板路直通那里，再不是荆棘丛生的荒凉寺院了，这户人家还真会收拾。

等到了室内，里面的门帘床幕更是散发着芬芳的香味。坐下来客套一番，互通姓氏，老头便说自己姓辛。

而冯生呢，则借着醉意匆匆问道："听说你有位女公子还没有婚配，我不揣冒昧，愿以玉镜台一方作为聘礼。"

辛家老头便笑着说自己去和自己老婆商量一下，借着这个空当，冯生便要了纸笔题诗一首：

"千金觅玉杵，殷勤手自将。

云英如有意，亲为捣玄霜。"

将自己比作是《传奇·裴航》中的裴航，希望得配仙女云英。

可不是说能写几首诗人家就一定会把女儿嫁给你的，于是辛翁也只是笑着把诗交给了侍从的仆人。

等辛翁和老太太商量了一会儿再出门帘时，便只是坐下和冯生嘻嘻哈哈，绝口不提娶亲之事。冯生终于耐不住，老先生你就来个痛快的吧。

于是辛翁道："你是个很突出的人才，我向往也很久了，只是有句心里话，不知当讲不当讲。"

冯生自然是再三请求，于是辛翁道："我家十九个女儿，已经嫁出了十二个。婚嫁的事，全凭我老伴做主，我从不过问。"真不知道这是托词还是实情。

冯生还不死心，道："我只要今天早晨那位带着个小婢女冒露而行的姑娘。"

辛翁依旧没有搭腔，于是相对默默无语。换个人的话，恐怕就该告辞了。可是这里的冯生是个轻佻之人，于是正听到帘内传来一阵柔声腻语，便趁醉掀开门帘说："既然无法缔结良缘，也当一见玉颜，以消除我心中的遗憾。"

只听帘内帷幕钩响，都惊异地站了起来，冯生此举真是唐突美人。而其中果然有一位穿红衣的女子，翻卷着双袖，蓬松着双鬟，亭亭玉立在那里舞弄着飘带（振袖倾鬟，亭亭拈带）。

看到冯生闯了进来，屋内的人自然有些张皇失措。辛老爹

自然是大怒，叫人把冯生拖了出去，何等无礼之人。晚风一吹，冯生的酒力大作，倒在荆棘丛中，碎石破瓦像雨点似的向他袭来，幸好没有打到身上，这也算是对他的无礼的一个教训吧。

冯生在荒地里躺了大约个把时辰，只听到自己的驴子还在路边吃草，连忙跨上驴背，踉踉跄跄地往回走，不知是不是酒醒了。

真是屋漏偏逢连绵雨，夜色朦胧，还走错了路，误入了一条深谷，狼奔鸱叫，吓得冯生毛骨悚然，心惊胆战。然而盘桓徘徊，向四周察看，也不知道到了什么地方，幸好没遇到鬼打墙。

正在这时，远远看见苍翠的山林中有几点灯火闪烁，心想一定是个村庄，赶紧策驴而去。果然见到一高门大院，守门的仆人问讯了一番便把冯生接进去了。

进去以后才发现，屋子很华丽，厅上灯火辉煌，看来遇到大户人家了。坐了一会儿，来了个妇人问了冯生的姓名，又过了一会儿，几个婢女扶着老太太出来，只听婢女们说："郡君来了！"看这待遇，和《红楼梦》里的贾母差不多。

于是冯生自然是站起来，恭恭敬敬地要行礼。老太太止住他问："你不是冯云子的孙儿吗？"

冯生道是。

老太太便来了个远亲相认："你应该是我的外孙啊。老身已是漏尽灯残，快要死的人了。骨肉至亲，长期隔绝，也就显得疏远了。"

冯生也不敢大意，道："我年少丧父，和祖父一起生活，十个亲戚有九个都不认得了。从来没有来拜望过，请您明白告诉我吧。"这冯生还真是个"爱迪生"学生，凡事都要弄个明白。

郡君一句你自然会知道的，冯生也不敢再问，只是坐着冥思苦想。

老太太便好奇道："你为何深夜到这里来？"

明明是喝醉了走错了路，冯生还打肿脸充胖子，炫耀了一番自己的胆量，颇有武松打虎的范儿，但还是把一天的遭遇告诉了老太太。

自古以来老太太就喜欢做红娘，乱点鸳鸯谱，这放到古代更是如此，这不，老太太便笑着说："这是一桩很好的事嘛，况且你还是一个有点名气的读书人，不会辱没姻亲的，野狐精为何这么自高自大，你不要担心，我能帮你搞定这件事。"

老太太也不怕别人的女儿已经许了人家，做下那拆散鸳鸯的混账事。

冯生自然是半信半疑也唯唯诺诺地答应了老太太的好意。难道那个红衣女子是狐狸的化身？

老太太转过去对婢女说："我不知道辛家的女儿竟长得这么好。"婢女们自然是叽叽喳喳发挥八卦的力量，告诉了郡君所有的情报："他家有十九个女儿，都长得很漂亮。不知官人所要娶的是哪一个？"

冯生便道："约莫十五岁的那一个。"

婢女们便说："这是十四娘。今年三月，她曾和她母亲来为郡君祝寿，怎么就忘了呢？"

老太太在记忆里搜索了一番，笑着说："莫非就是穿着刻有莲花瓣的高底鞋，里面装着香粉，蒙着面纱走路的那一个？"得到肯定回答后，老太太自然是乐得合不拢嘴，道："这小妮子会卖弄，会撒娇，会作媚态。但的确长得很苗条，外孙眼力不错啊。"于是让婢女派了个小丫头去把辛十四娘唤来。

这老太太还算开明，没说像王夫人看晴雯，恨不得拧断她的细柳腰。十四娘是清水芙蓉，然而略加粉饰，更显美艳。看

来这婚事八成就这样成了。

过了一会儿，果然看见辛十四娘来了，弯着腰给老太太叩头。老太太便开心道："做了我的外孙媳妇，不要再行这种婢女的礼了。"

辛十四娘起得身来，娇滴滴地袅娜娉婷地站在老太太身边，那红色的衣袖低低地垂了下来。老太太爱抚地理了一下她的鬓发，摸了摸她的耳环关怀地问道："十四娘，近来在闺中做些什么活儿？"

十四娘低声答话说是有空的时候绣些花儿鸟儿的。又回头看到了冯生，有些害羞，又有些畏缩，显得很不自在。

老太太便开口了，"这是我的外孙，他一番好意来向你求婚，为什么深更半夜把他驱逐出去，以致走错了路，整夜在深山峡谷中乱窜一气？"

十四娘低下头，一句话也不讲。老太太便发挥大人有大量的态度，继续说："我叫你来不为别的，就是想给我的外孙做个媒罢了。"

十四娘听了，还是默默无语。

不说话就表示是答应了？于是老太太乐呵呵地让婢女们打扫新房，陈设铺盖，要立即为他们举行婚礼。

而这时候辛十四娘终于开口了，她害羞道："还是请让我回去禀告父母吧！"

老太太一听不乐意了，怎的，我为你做媒，还会有什么差错吗？

辛十四娘的脾气上来了，"郡君的意旨，我父母一定不敢有违。但这么草率地成婚，我就是死，也绝不敢奉命。"

于是老太太便乐了，更加喜欢十四娘，"小丫头有主见，不能强迫她改变主意，真不愧是我的外孙媳妇啊！"

说罢从十四娘头上拔下金花一朵交给冯生让他收藏起来，作为信物，并让他回去察看历书，择一个黄道吉日，然后打发婢女把十四娘送过去。

听着远处雄鸡报晓，才让人牵了驴子送冯生出门。冯生走了几步，猛然回头一看，居然村社房屋都不见了。只见郁郁苍苍的松楸，凌凌乱乱的野草，遮蔽着一堆堆坟墓。冯生站在原地一想，原来是薛尚书的墓地。

薛尚书原是冯生祖母的弟弟，所以称冯生外孙（这关系还真是复杂），冯生这才明白自己遇见了鬼，但不知道辛十四娘究竟是什么人，嗟叹了一番，然后便骑着驴儿回去了。胡思乱想地查了一下历书，择了一个吉日，等待着婚期的到来，但心里又担心鬼神靠不住，到头来不过是黄粱一梦罢了。

抱着对辛十四娘的怀念，冯生又去那个寺院访问，只见殿宇荒凉，问问附近的老百姓呢，只是说寺院里只是常常看见些狐狸之类的。

冯生心里暗暗想，如果真能得到一个美人，即使是个狐狸也好啊。这还真是为辛十四娘的美貌折服得不浅。

到了选定的那一天，冯生便把房子和院内的走廊通道都打扫得干干净净，并且派仆人轮番到村边去眺望，一直等到半夜，还是没什么动静，冯生便觉得没什么希望了。

然而"山重水复疑无路，柳暗花明又一村"，忽然听到门外喧哗，冯生趿拉着鞋连忙跑去看，只见花轿已停在了院内，两个丫头扶着新娘坐在青布搭成的喜棚中。妆奁也没什么值钱的东西，只见两个长着长胡子的仆人抬着大瓮似的瓷罐，在房子屋角落里息肩。

冯生只高兴得到了个美丽的新嫁娘，并不因为她不是人类而有所疑惧。于是便好奇地问十四娘："老太太不过是鬼魂而已，你家为何那么服服帖帖？"

十四娘便道："薛尚书，现在做了五都循环使，这方圆几百里以内的鬼、狐都要做他的侍从，所以很少回到墓地来。"看来这绝对的权力滋生绝对的浮华还果然没错。

冯生也没忘记媒人的恩德，第二天就到墓地里去祭奠了老太太。回家却看见两个婢女拿着一方贝形花纹的古锦来祝贺他，把礼物放在小几上就走了。

冯生便将这件事告诉了十四娘，十四娘说都是郡君送来的礼物。难道冯生和辛十四娘就此过上了"王子与公主幸福生活在一起"的美好生活了吗？

当然不是如此。

县里有个楚公子，父亲在朝中做通政使，少时和冯生是同学，两人还算是发小。这时听说冯生娶了个狐狸做夫人，第三天女家来馈送食物，他也前来祝贺。过了几天，楚公子又派人来送请帖，请冯生到他家去赴宴。

辛十四娘听说了，便对冯生说："前些天楚公子来，我从避风里看到他，那人是猴眼睛，鹰鼻子，不宜和这种人长期在一起，还是不去的好。"

本来应该说十四娘是个王弗一类的贤内助，可惜冯某不比苏某。纵使是十四娘有识人之明，也不能做更多的事。

不过根据原著的楚公子有豺狼成性，《聊斋奇女子》中便把楚公子后来演变成了豺狼妖附身这倒是很有新意。

可是有的人不是你想躲就躲得掉的，就像孔子不想见阳货，可又碍于礼数不能不还礼，便专门挑他不在家的时候去回礼，结果还是在半路上遇上了。

这里冯生也是如此，第二天，楚公子登门而来，责怪冯生无故负约，并拿出自己的新作给冯生看，冯生在评论中杂以嘲笑，弄得楚公子很下不来台面，羞愧不安，弄得不欢而散。

　　冯生觉得这件事很给自己挣面子，于是把这事告诉了十四娘十娘，没成想，十四娘不禁凄惶地说："楚公子豺狼成性，是不能开玩笑的。你不听我的话，恐怕要遭到重大的打击的。"

　　冯生此时还能听进妻子的话，于是笑着向十四娘表示谢意。后来每次看见楚公子，就恭维他，好像是那些不愉快的事都涣然冰释了。然后矛盾不解决只是潜在压制，恐怕爆发的结果更严重。

　　正好碰上学台大人来考试秀才，楚公子中了第一名，冯生屈居第二。楚公子自然沾沾自喜，打发使者去邀请冯生赴宴，冯生婉言辞谢了；可是禁不住再三的邀请还是不得不去。

　　其实冯生这种先是推辞不去而后还是赴宴的做法只会导致两个后果：楚公子轻视冯生，请你你不来，还端架子，最后还不是耐不住寂寞来了，小样儿；二种更为严重的是楚公子就此和冯生结下的梁子越来越深，请你来不不来，给脸不要脸，跟我作对，当心以后吃不了兜着走。

　　可惜冯生并未想明这层利害关系，还是去了。去了才知道是楚公子的生日，宾客满座，筵席甚丰。作为发小，事先未能准备好礼物还能谅解，不过等到席上，楚公子拿出试卷来给冯生看，亲友们都围了上来，无不欣赏赞叹，冯生未作任何评价。

　　酒过数巡，堂上奏起了音乐，吹打的声音很粗俗很嘈杂，然而宾主都感到很高兴，楚公子也是个得意忘形之人，便忽然对冯生说："常言道：'场中莫论文。'这句话今天看来才晓得是荒谬的。我之所以排名在你之前，完全是因为文章的开头几句比你略高一筹罢了。"

　　楚公子的话一出口，满座的宾客无不交口称赞。冯生此时已有些醉意，都说酒后吐真言，冯生便大笑，"你到现在还认为

是你的文章做得好才取得了第一名的吗?"

这又是冯生的一大错,如果说楚公子是值得结交下去的朋友,那么这种话只可私下当着楚公子说,台面上自然是讲不得的;如果说十四娘所言的楚公子不是个善类,那么这种话更是不能讲,最多假意笑笑,讪讪而过,楚公子买的不过是个面子罢了。

而冯生这话就好比是当着人家大厨的面,吃了别人的招牌菜,然后剔着牙说,其实你跟老板关系不错吧,不然这大厨的位子早就是我的囊中之物了。

当着一大群人的面说这话不存心是让人下不来台嘛,就像是杨过当众拒绝郭靖的提亲,连郭靖这种出了名的好脾气老实人也会震怒。

就连当初那疆场上叱咤风云的娄师德在武则天当政时也只好关起门来大讲唾面自干的道理,冯生偏偏去惹下这样一个祸事。

等到冯生讲完之后,在座的客人无不大惊失色,楚公子更是羞愧满面,气得说不出话来。心里肯定会想:"好,冯生,我今天算是认识你了,以后咱们走着瞧。别犯在我手里,否则让你死都死得不痛快。"

于是客人们渐渐地散了,冯生也乘醉溜了回去。

等到酒醒了,知道后悔了,于是赶紧把这事告诉了娘子,希望能出个主意。

十四娘一听,很不高兴,"你真是个乡里的轻薄人!这种轻薄的态度,去对待修养很好的人,那就是缺德;去对待品德很坏的人,那就是要招祸。看来你的大祸就要临头了,我不忍心看你到处流落,还是请允许我离开你吧。"

难道真是夫妻本是同林鸟,大难临头各自飞吗?非也,辛十四娘此举只是为了激起冯生改过的决心,正如当初袭人赌气实则是为了让宝玉改掉吃胭脂的毛病。

冯生自然是害怕妻子离开，于是留下了眼泪，并表示深切的悔意。

看样子差不多了，辛十四娘才说："你一定要我留下来，那现在我们约定：从今天起，你要闭门不出，断绝来往，不再酗酒。"冯生自然是诚恳接受。

就这样，十四娘性情洒脱，持家勤俭，每天都在纺织缝纫中讨生活。有时回家探亲，也从不在娘家过夜。有时也拿出些金银来做生意，有了些盈余便都投入自己带来的那个大瓷罐中。每天都关着门在家里，有人来访，就让老仆人托故谢绝。

按理说日子就这样平平淡淡过下去了，或者指望冯生再考得个什么功名家里后天强过了楚公子，那么到时候冯生与楚公子不过是得势后的范雎和须贾的翻版罢了。

可是这天楚公子又送信来，十四娘便偷偷把信给烧了，不让冯生知道。要是《天龙八部》里马大元早把汪剑通那份遗信烧了也没有后来乔峰的众叛亲离了。

然而躲得过初一躲不过十五，冯生一天去城里吊丧，正好遇上楚公子也在丧主家里。于是楚公子拉住冯生的手，苦苦邀请冯生，冯生还是借故推辞。最后依然是拗不过，楚公子让马夫牵着他的马，簇拥着拖拉着冯生去了楚家。

一到楚家，楚公子是马上摆出酒宴为冯生洗尘，冯生急着要回家，楚公子自然是百般阻拦，唤出家里的歌姬弹筝助兴。

《武林外传》的台词是"人在江湖飘啊，哪能不挨刀"，而这里呢，应该是人在社会混，应该有禁得起诱惑的能力。

可惜冯生又是个禁不起诱惑的人，素来放荡不羁惯了，再加上好久都被关在家里，确实是很烦闷。忽然碰上这么个狂欢畅饮的场合，立即兴致勃勃，一时间忘乎所以，将十四娘的话抛诸脑后，又一次喝得酩酊大醉，没精打采地趴在桌上睡了。

酗酒是不好的行为，而喝得酩酊大醉更是一件很不安全的行为，尤其是在和自己有过节的人家里喝得酩酊大醉而没熟人照料。

话说楚公子的老婆阮氏，非常悍妒，家里的姨太太和婢女们都不敢浓妆艳抹，估计是和隋文帝的皇后独孤氏是一个醋罐级别的。这天前有个婢女到了楚公子的书房里，被阮氏抓住了，用一根粗棍猛打婢女的脑袋，一下子便打得头破血流而死。

而楚公子因为冯生曾经嘲笑和辱骂了他，怀恨在心，正好赶上这时候。于是便先把冯生灌得烂醉如泥，然后把婢女的尸体扛到床上，关着门径自去了。

到了五更天，冯生就醒了，发现自己睡在桌上，便起来想找个床铺去睡，发现床上有个很细腻很潮润的东西绊了他一下。一摸，呵，是个人，还以为是楚公子打发来陪他的，真是酒后白日梦。

再一踢，不动；扶起来已经僵了。冯生大为害怕，跑出去狂呼乱叫。于是群众演员都起来了，点上灯，看见女尸，便抓住冯生大闹起来。总导演楚公子假意检验了一下尸体，便诬陷冯生逼奸杀婢，捆起来送到广平府去。

隔了一天，十四娘才听到了消息，于是泪流满面地说："早已料到了有今天的大祸了。"便按日把冯生所需的生活费送了去。而冯生在知府面前，没有申辩的余地，日夜拷打，早就已是皮开肉绽。

十四娘亲自到监狱里去探问，冯生见了，悲愤填膺，气得一句话也说不出来。十四娘深知楚公子设计陷害的阴谋很周密，于是便劝冯生暂时招了诬陷的罪状，以免再受皮肉之苦，冯生便流着眼泪答应了。

眼看着冯生就快成了杨乃武第二，十五贯的现实版，十四娘要怎样才能救出冯生并还他一个清白呢？

十四娘来来往往去探监，即使近在咫尺，人们也看不见。可是每次探监回来之后，十四娘总是唉声叹气，突然把她的贴身丫鬟打发走了，一个人孤苦伶仃地过了几天，又突然托媒婆买了个名叫禄儿的良家女子，年龄才十五六岁，长得十分漂亮。十四娘与她同吃同住，十分爱护，对她的恩情与对待别的侍婢不一样。

冯生正值生死关头，十四娘这些做法是为何？

然而自从冯生被屈打成招后，便被判处了绞刑。老仆得到确信后赶紧把消息告诉了十四娘，悲恸得泣不成声。

而十四娘呢，听了之后非常坦然，好像无所谓似的。难道十四娘已经有了什么好的方法？

过了一段日子，就要秋后行刑了，十四娘才开始显得惶惶不安，每天昼出晚归，忙个不停。难道是这个时候才开始探亲访友，寻求外援？

而十四娘常常在寂静无人的地方，一个人独自郁闷悲伤，以至于食不甘味，寝不安席，眼看着比以前消瘦得多了。

然而等到天快黑的时候，被打发走的丫鬟忽然又回来了。十四娘立即起来，引着她到屏风后面密谈。谈完出来之时，笑容满面，又像平常一样料理家务了。

第二天，老仆人探监回来，将冯生要求妻子前去作最后一次诀别的话告诉了她，可是十四娘只是漫不经心地应了一声，也没有忧戚的样子，根本不当回事。

见此情景，家里的人纷纷在背后议论十四娘太过狠心了。

然而忽然间，只听大街上人来人往，盛传那个楚通政被革职了，平阳府的道台大人奉到朝廷的特旨，前来复审冯生的冤案。

老仆在大街上听到这些传言，高兴地回来告诉十四娘，十四娘自然也是非常高兴，立即派人到府里去探望，冯生已被无罪开释了。

此时当然是主仆相见，悲喜交集。不久，又把楚公子逮捕到案，一经审讯，没了后台的支持，楚公子便自然是竹筒倒豆子，很快便弄清了所谓的"逼奸杀人"的全部冤情。

冯生被释回来，见了妻子，不禁是泫然流涕，十四娘也不胜凄怆悲恸，不久便又转悲为喜，但冯生还不知道他的冤情为什么被朝廷知道了。

这时十四娘便指着自己的贴身丫鬟说："这就是你的功臣。"

冯生很是惊异，询问缘由。原来，十四娘打发丫鬟到燕都去，想到宫中亲自向朝廷申述冯生的冤情，不料宫中有门神守护，她在御沟旁徘徊盘桓，过了几个月都没有机会进宫。

于是丫鬟怕误了大事，正想回来再另作谋划，忽然听说皇上将到山西大同去巡视，她便预先到了那里，扮作流窜江湖的妓女。

而皇上到了妓院，她也自然而然地受到了皇帝的宠爱，并且皇帝还怀疑她不像一个风尘中的妓女，她便低下头来呜呜咽咽地哭了。

皇帝自然询问她是否有什么冤苦。丫鬟便自述道："我原籍直隶广平，是冯秀才的女儿。父亲被人诬陷，问成死罪，于是把我卖到妓院里。"

皇帝听了也很悲伤，便赏了她黄金百两。临走之时又详细询问了这个冤案的始末，并用纸笔记下了有关人员的姓名，还对她说："愿跟你共享富贵。"

丫鬟便用骨肉团聚胜过荣华富贵为由脱身了。皇上点了点头，这才离开了那里。于是她把洗雪冤案的经过告诉了冯生，冯生站起来拜谢，双眼挂满了泪花。

又过了没多久，十四娘忽然对冯生说："我要不是为了儿女之情所累，哪会有这么多的烦恼？你被捕入狱时，我找遍了亲友，并无一人替我们想一点办法。当时那种辛酸苦衷，的确没有地方可以倾诉。我已看透了世态人情，厌倦了红尘世界，已经为你培育了一个很好的对象，让我们从此分手吧。"

冯生哪里肯依，哭着伏在地上不肯起来，十四娘便从此也不提这件事了。只是晚上打发禄儿去陪伴丈夫，冯生拒不接纳。

然而第二天看到十四娘，忽然容光大减；过了个把月，渐渐显出衰老的样子；半年之后，变得又黑又瘦，像个乡下的老太婆。

但冯生对她的爱恋之情，始终没有改变。这也许就是我们所说的不以你的容颜作为爱意的变化吧。

可是，一天，十四娘却突然对冯生提出告别，并说："你已经有了很好的伴侣，要我这个又老又丑的'鸠盘荼'干什么？"

而冯生依旧是悲哀哭泣和以前一样。又过了一个月，十四娘忽然得了暴病，不吃不喝，气息奄奄地卧病在床，冯生煎药奉汤，好像服侍父母一样。

可惜仍是药石无灵，十四娘依然是去世了，冯生自然是悲痛欲绝，就拿了皇上赏赐给丫鬟的金银，给她办了丧事。

几天之后，婢女也走了，这样冯生才娶了禄儿为妻，一年之后生了个男孩。

可惜日子永远不是那么一帆风顺，连年的水旱导致家业更加破落，夫妻没有办法，只好对着影子发愁。

冯生突然想起十四娘以前常常把钱丢在屋子角落的那个瓷罐里，不知瓷罐还在那里么。走近一看，只见粮缸、盐碗什么的堆了一地，一件件挪开，用筷子扎到罐里去探取，发现根本

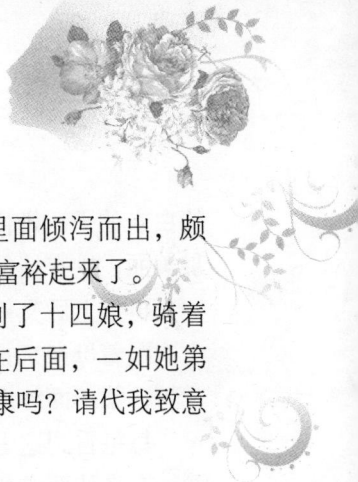

扎不进去，于是把罐子打碎了，只见金钱从里面倾泻而出，颇有阿里巴巴进了山洞的感觉，从此冯家又渐渐富裕起来了。

然而有一天，老仆人到了太华，竟然遇到了十四娘，骑着一头青骡，原来那个丫鬟，骑着一头毛驴跟在后面，一如她第一次出场，十四娘看见老仆，便问："冯郎健康吗？请代我致意冯郎，我已成仙了。"

说罢，十四娘便消失不见了。

也许故事就是这么神奇，对于冯生和辛十四娘来说，只不过是彼此的黄粱一梦罢了。梦里，她是那个屡屡助他度过劫难的贤惠女子，当他得享太平，过上了柴米夫妻的生活之时，也是她的离去之时；他是她修道成仙的一个劫数，通过他，她阅尽人间百态，最终得以超脱。

自此，他过他的平凡小日子，她逍遥她的自由自在，彼此相忘于江湖，方是最好。

辛十四娘篇：佳人如玉，至善至贤

根据《辛十四娘》改编的电视剧很多，最出名的便是 TVB 版《聊斋 2》中的梁小冰和大陆版《聊斋奇女子》中的刘诗诗所扮演的辛十四娘了吧。只不过，梁小冰版塑造的是一位身着红衣，艳丽动人的花仙；刘诗诗版是一位身披白衣，出尘不染的修道狐精。那么真正的十四娘应该是什么样的呢？

原书中十四娘第一次出场，是身披红色披肩，踏着露水忙忙碌碌地赶路，连鞋袜都被露水打湿了。

一袭红衣，总是不禁想到妩媚，决绝。这般妖娆，便是在《东方不败之风云再起》中王祖贤扮演的雪千寻身上得到了最佳体现。红色是一种媚惑，也是一种决断，这身红衣便是十四娘性格的最佳写照：她不是那些所谓的冰清玉骨，不是人间烟火的白衣仙子，她懂得用最鲜亮的颜色装扮自己，让自己显得更加美丽；她有情但果断，懂得在最适合的时候选择放手。

再加上后文婢女们给老太太提示时，老太太想起来，说是上次跟着母亲来祝寿那个穿着刻有莲花瓣的高跟鞋，里面装着香粉，蒙着面纱走路的女子。

每每看到这一段，总是不禁想去电影《青蛇》中小青蒙着面纱在许仙面前扭着腰肢的情景，艳丽，也有着小女孩般不通世情而故作成熟之态。

而这踏露而行的情景，仿佛是《诗经·野有蔓草》中所描述的：

野有蔓草，零露溥兮。

有美一人，清扬婉兮。

邂逅相遇，适我愿兮。

野有蔓草，零露瀼瀼。

有美一人，婉如清扬。

邂逅相遇，与子偕臧。

郡君夸她是会卖弄，会撒娇，会作媚态，抛去狐狸这一层因素，这样的女子怎不像一个简简单单的小女生？

她天生丽质，她会装扮自己，她用自己的小性子讨好着郡君，这都是她的本性吧，因而读来是那么可爱。

正如电影《洛丽塔》中，汉博第一次见到洛丽塔，是在她家的院中：阳光明媚，喷头的水柱四处倾洒，浇灌着院中的青草，青草地上水珠映着阳光的照射反射着点点碎金，而洛丽塔便在这草地正中读着书，她的笑靥，她的漫不经心，扣动了汉博的心弦。反观这里冯生对于鞋袜沾湿的十四娘也是如此吧。

而这样一个女子，蒲公花这么大的笔墨，仅仅是为了写她的美貌吗？答案当然是否定的。而后十四娘的拒婚我们便可以

看出。

郡君为十四娘做媒，十四娘没有表示反对也没有表示赞同，只是默默不语。许是在思考，许是对冯生有情在害羞犹豫。

然而当郡君开始自作主张让婢女打扫新房准备即刻为十四娘和冯生举行婚礼时，十四娘便说先让自己回去禀告父母。

遭到老太太的问询后，十四娘说，有郡君的旨意，父母不敢违背，只是婚姻大事不能草率，否则死也不能奉命。

婚姻是女子一生的事，哪个女子不希望自己的婚礼是庄重严肃的呢？也可以说，未来的丈夫对婚礼的筹备态度便反映着他对女子的态度吧。因此十四娘有自己的主见，即使是郡君用强权也不能改变她的志愿。

有人说"辛十四娘"的名字暗含了"心识士娘"之意，是说十四娘有识人之明。由文中观之，确是如此。

也许她看见冯生有过心动，但是她也看到了冯生身上那种轻佻的品行，因而对于郡君提出的婚事表示了犹豫。

这样来看十四娘，也许就和一些平时看起来很理智的女子一样吧。当爱情来临时，她们的第一反应不是我们说的感性应对，而是理性思考。最终的结果仍然是感情大过了理智，十四娘还是选择了嫁给冯生。

就如同很多女子未嫁之时总是想：也许我嫁给他之后，他这些毛病都改了吧？

可惜老话告诉我们，江山易改，禀性难移。既然选择嫁给一个人或者爱一个人，就应该懂得包容他的缺点。

十四娘后来应该也意识到了这样的问题，于是她想即使不能让冯生改掉这些毛病，也要尽量帮助他摆脱祸事。

对于楚公子，十四娘更是体现出了识人之明。从楚公子自知道冯生娶亲再三邀请冯生夫妇前去赴宴，十四娘在壁缝看见了楚公子，便认定楚公子不是个好人。

人们常说：相由心生，而楚公子猴眼睛，鹰鼻子也是他内心的阴险的一个反映吧。常常说相面，便是依据于此。

因此训练空姐时，便时常衔着一根筷子在口中，长此以往，练习微笑，因而可以轻易露出标志的八颗牙。

当知道冯生在酒席上醉酒所说的轻薄话之后，十四娘便流着泪用激将法逼迫冯生待在家里以免招惹祸端、

此后更是持家勤俭，勤于缝纫，做做小生意，把日子过得还算是红红火火，可见十四娘更是冯生的贤内助。

看到这里我们可以说十四娘有识人之明，也会勤俭持家，而往后看我们更会发现十四娘还有着对官场黑暗的清醒认识。

当冯生被捕入狱后，遭到日夜拷打，已是皮开肉绽，十四娘去探问后，明白楚公子阴谋的周密，便劝冯生暂时招了诬陷的罪状，以免再受皮肉之苦，可见此时的十四娘一来是怕冯生受更多的苦，且自己对楚公子的阴谋已经了解清楚，明白不能轻易翻案；二来十四娘心里已经考虑好了营救冯生的办法和计划。

这里我们可以看出十四娘的冷静、果断，然而我们还应该看到她对冯生的信任。

即使说十四娘对楚公子的为人看得很清楚，可面对冯生"逼奸杀人"的罪状，十四娘没有任何怀疑吗？

正如电影《第九区》中，男主角不小心沾上了"大虾"的原料因而发生变异，而地球同胞为了抓到他，甚至是他的岳父都不惜捏造因为他和"女大虾"偷情因而身体发生变异。因此，当主角打电话想向妻子倾诉衷肠时，妻子泣不成声地说自己现在很迷茫，不知道应该相信谁。因而男主角继续着他的流浪生涯，片尾男主角已经完全变成了"大虾"，在怀念和妻子团聚的幻想中继续着自己的等待，令人欷歔不已。

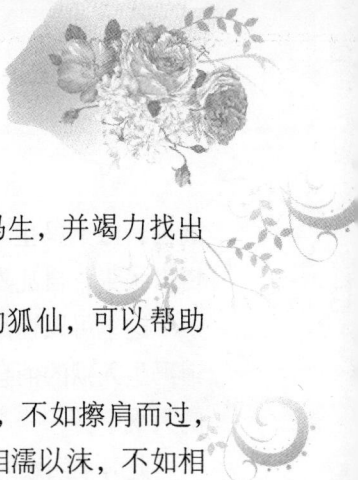

而这里，十四娘选择了义无反顾地相信冯生，并竭力找出办法帮他脱罪。

因此，真真如蒲公所说，有十四娘这样的狐仙，可以帮助冯生脱离困境，获得第二次生命。

"生命如河，我们如鱼，与其羁绊中干涸，不如擦肩而过，相忘于江湖，尚可有些许缅怀。"庄子说："相濡以沫，不如相忘于江湖。与其誉尧而非桀也，不如两忘而化其道。"

湖泊干涸，鱼儿被困车辙，彼此以口中的湿气存活，当天空降下大雨，又可以在广阔的海底自由自在时，鱼儿选择了分离，彼此相忘，回归自然，这对鱼儿来说是最好的选择吧。同样，放在冯生和十四娘身上也莫不是如此。

可以说十四娘从来没有对冯生动心过吗？不能吧。面对郡君的提亲，十四娘没有严词拒绝，也许此时的她，对冯生是抱有一点点好感的。

十四娘和冯生之间的感情，有些像是婚后慢慢地培养的，时间是一味酒，可以让感情越来越醇厚，让人与人之间心灵越来越近。

第一眼看见她，是喜欢上了她那绝美的容颜，即使她是异类也不在意；婚后，喜欢的是她洒脱的性格，她每日纺织度日，灯下陪读，红袖添香；她持家勤俭，家里的事情从不用他操心，就这样执子之手、与子偕老该有多好。

然而呢，好梦不长，祸事不断，最终是含冤入狱。

而十四娘呢，冷静果断，先是劝丈夫暂时招了罪状免受更多的皮肉之苦；接着呢，打发贴身丫鬟去暗中告御状；然后买来一名良家女子，为自己做好了退路。

都说夫妻本是同林鸟，大难临头各自飞。然而她没有转眼离去，撇下冯生不管不问；也不似那些没有主见的女子，遇事慌慌张张，自乱阵脚。

这里可以说是十四娘对冯生感情最集中的体现了吧。当知道冯生入狱的消息时，十四娘泪流满面道："早已料到会有今天的大祸了。"

此时十四娘的心情想来是又悔又恨且痛心不已吧：悔的是自己终究还是没能帮助冯生避免这场祸端；恨楚公子阴谋筹划周密，不能轻易救出冯生；想到冯生在监狱中受尽折磨，更是伤心。

当知道冯生入狱后，十四娘自然是多方面想办法，然而呢，寻遍亲友，却没有一个可以仗义帮忙的，只怕是自己有柳如是的赴死之心也不能挽救什么。此时的十四娘才明白，原来人心是这么不可靠，那自己当初何苦来这世间受这般折磨？

不是没想过就这样离开，抛下这烂摊子，重回那山野之间，和姐姐妹妹爹娘一块儿，游遍群山，赏遍好水，过那逍遥自由的日子，那该多好。

然而呢，心里开始系着一个他，一切都变得那么不一样起来。为他的笑而笑，为他受苦而哭。原来快乐和辛酸可以变得这样不同。

原来人们常说"多情却似总无情，唯觉君前笑不成"，现在也才开始懂得。总以为自己的感情也那般淡淡的，没成想自己却还是有这么为儿女之情所累的一天。

看那诗集中"打起黄莺儿，莫教枝上啼。啼时惊妾梦，不得到辽西"，本是笑那女子又痴又傻，没成想，自己夜夜梦魂萦绕的便是那深陷大牢中的冯生，日日记挂着要怎样才可以将他营救出狱。

没有人可以帮着想办法出主意，只得一个人偷偷唉声叹气，好不容易想到一个办法，便派走了自己的贴身丫鬟，于是也就越发孤苦伶仃，没有人可以分担这份伤痛。

怕冯生孤单，熬不过这场苦痛，利用狐狸的身份来来往往去探望他；怕冯生分心担忧，只敢一个人在房中唉声叹气；没有人可以提供援手，一切都只有靠自己，孤单、难过，丫鬟走后，更是连音讯都没有，不知道计划进行得如何。

再不是当初那个穿着刻有莲花瓣的高底鞋，还费心往里面装香粉，蒙着面纱走路的那个灵巧的小狐精了。历经人世，才开始明白人世间是那么复杂，心也开始感到疲惫，就这样停住吧。

"相濡以沫，不如相忘于江湖"，帮他摆脱这次大难就离开吧，于是开始谋划着买来了一个良家女子禄儿。

不是没有人怀疑过质疑过的，当听说冯生被判绞刑后，老仆悲恸得泣不成声，而这时候自己能轻易哭泣吗？

现在身为一家之主，如果自己带头倒下，那么这个家便是树倒猢狲散，冯生也没有机会回来了。只能在人前显得坦然，哪怕仆人们在背后议论自己狠心。而自己呢，只会在一个寂静无人的地方郁闷悲伤，凄凄惨惨戚戚，甚至是食不甘味，寝不安席。

然而这些酸楚能告诉谁呢？都不能，因为自己还要把冯生营救出来。于是昼出晚归，忙个不停。

等到丫鬟回来在屏风后面谈了很久之后，确切地知道冯生已经脱险了，于是笑容满面，轻松不已。

最终冯生安然归来，举家欢喜。然而这样自己也可以无牵无挂地离开了吧。

于是看透世态人情，厌倦了这红尘世界，还是回那山野之间去吧。

而冯生却不答应，一再用眼泪来挽留自己。不想伤害他，或者说也不舍就这样离开他，既然他最初是因为看见自己的容貌而娶了自己，那么容颜苍老冯生就会改变了吧。

于是，渐渐地，容光大减，慢慢地，又黑又丑，他可以放弃自己了吧。然而，冯生的爱恋之情却始终没有改变。

你的容颜因为我而苍老，皮囊已经不是我们相恋最重要的因素了，无论你的容貌怎样改变，你永远是我爱的那个辛十四娘，时间可以改变，然而爱情，是不会的。对吗？

容貌不能改变，那么生离死别总可以了吧。于是得了暴病，即使是冯生侍奉有加，还是暴毙而去。

纵使知道他悲恸欲绝，然而已经下定了决心，就不能回头了，还是借此别过吧。

"悄悄的我走了，正如我悄悄的来，我挥一挥衣袖，不带走一片云彩"，与其彼此相守时每日担惊受怕，倒不如选择离开，想来经过这次大难，你的脾气也有所收敛，而那恶毒如楚公子也已抓捕归案，此后当是没有祸事了。

就这样分别吧，你好好过那世俗的日子，我重归属于我的山野荒寺，如果可以人生若只如初见，那么彼此就那样相逢在晨露晶莹的道路旁吧，然后擦肩而过。

那么她依旧是那时山野间骑着小毛驴，身着红衣，艳丽无比的女子；他是个放荡不羁，颇有才名，娶得一个好媳妇，陪伴爱妻身边的男子。

这样，她就不用每日为他终将面临大祸而担惊受怕；他也不用在她选择离开的时候涕泪不止，肝肠寸断。

然而，终究还是忍不住吧，即使是不忍再见他一面，还是选择"巧遇"那个老仆，向他问起冯生的健康，然而怕他还是那么难过，只好告诉老仆，让他致意冯生，说自己已成仙了。

相濡以沫，不如相忘于江湖，有过这样一段情，便是足够了吧。

丫鬟篇：美人如玉剑如虹

"美人如玉剑如虹，善当推崇恶当刑。随是婀娜女儿家，琴心侠气也从容。"冯生含冤入狱，十四娘独自悲伤，而将营救冯生的希望寄托在了贴身丫鬟身上，可见其对丫鬟能力与智慧的信任与托付。

本来十四娘是打发丫鬟到燕都去面见皇上，告御状的。可惜十四娘还是太过天真，没想到宫闱森严，有着门神的守护，异类怎能轻易闯入？就连那九尾狐的妲己做了个娘娘也依然忌怕比干的桃木剑，更何况是这小小的贴身丫鬟？

于是乎，小丫头在御沟旁徘徊盘桓了几个月，连个借着红叶题诗好进宫的机会都没有。然而呢，小丫鬟也知道傻等下去不是办法，要是误了时辰，只怕冯生性命难保。

本想着先回来和十四娘回合再作打算从长计议。忽然间听说皇帝要到山西大同去巡视，便计上心来，预先到达那里，扮作是流窜江湖的妓女，然后等到皇上到了妓院，凭借着狐媚，自然是得到了皇上的宠爱。

这段听着感觉怪像《康熙微服私访记》之类的情节，或者说大家就相信这样的情节吧，同治帝都能说是花柳病去世的，宋徽宗都能在皇宫下面挖个通道直达李师师的醉杏楼，这里这位皇上逛逛妓院，宠爱了个小丫鬟有什么不可能的？

后来倒是很多《辛十四娘》的改编版里，将故事的时代背景换到了正德年间，而这位皇上也自然成了那位不良少年，下江南，借海棠花戏李凤姐，四处建豹房的朱厚照。

借着欢好的契机，皇上表示怀疑丫鬟不像是个风尘中的妓女，这样丫鬟便有机会像皇上陈诉冤情了，上演了一部女版的《九品芝麻官》。

这陈诉冤情也有个方法，总不能在皇上一来的时候就跪下去告诉他，皇上民女有冤。举一个最简单的例子：《还珠格格》中，紫薇和丫鬟金锁拦轿喊冤就差点被打死街头。

于是得先和皇上攀攀交情，要想拦轿喊冤，吃几十棍杀威棒是通行规则，因此丫鬟便换了个思路，埋伏在妓院中，守株待兔。

等到皇上和自己关系融洽后，由皇上自己发现丫鬟不像个风尘女子，这便是一个契机。然而就这样直诉冤情肯定不利于皇上的判断：你刻意接近我究竟是刺客还是另有所求？不然这皇上就成了《书剑恩仇录》里的乾隆皇帝，莫名其妙，一顿花酒就进了陈家洛等人设下的圈套中。

于是丫鬟便低下头呜呜咽咽地哭了。古龙在小说中常常说温柔是最厉害的武器，因此一枝梨花春带雨自然是让皇上好奇不已："你有什么冤苦？"

接下来事情便顺理成章：我原籍直隶广平，是冯秀才的女儿，只因父亲被诬入狱，便被卖到妓院里。

皇上听了也感到悲伤，便赏了丫鬟黄金百两，临走还详细问了冤案的始末，用纸笔记下了有关人员的姓名。

因此，冯生的冤情终于得以昭雪。丫鬟也可以开心地回来给十四娘报信了。

可以说，丫鬟算是冯生冤案平反中的最大功臣，然而她所求是何呢？只是希望十四娘可以和冯生再度团聚吧？

皇上临走之时对丫鬟说："愿意和你共享富贵。"可惜丫鬟以愿得亲人团聚为由推辞了。不慕荣华富贵，只盼十四娘一家团圆，可以说，丫鬟身上有着侠女风范吧。

而蒲公却吝惜到连一个名字都舍不得给这位丫鬟，什么梅香春兰或者阿朱阿碧都没有，直接就是十四娘的贴身丫鬟，连

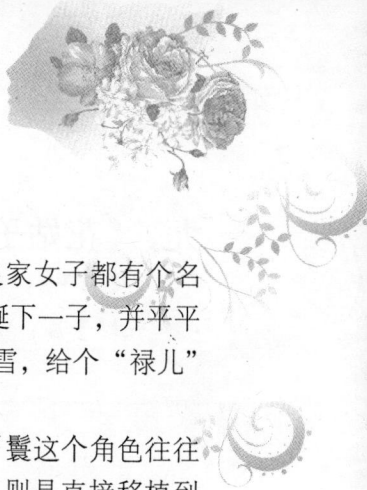

个陪嫁身份都不算不上。

甚至是十四娘买来准备为冯生做媳妇的良家女子都有个名字"禄儿"，恐怕是为了预示后来禄儿为冯生诞下一子，并平平安安地度过了一生吧。而这丫鬟为冯生沉冤昭雪，给个"禄儿"的名字也不算委屈，偏偏让她成了个无名氏。

而那些《辛十四娘》的改编电视剧中，丫鬟这个角色往往是省略了的，至于那个向皇上告御状的情节，则是直接移植到了十四娘身上，这样一位颇有主见侠义之心的女子就从观众视线中抹去了。

丫鬟的年纪应该是比较小的，从她冒充是冯生的女儿可以看出，因而不禁从她身上看到小郭襄的样子：金钗救贫妇，金钗沽酒，不顾安危祭拜鲁有脚，为了挽留杨过不惜纵深跳下绝情谷……而丫鬟不顾安危向皇上告御状，终得全身而退，莫不是如此。

文中丫鬟出场一共两次，一次便是出面救助冯生，一次便是十四娘走后在太华遇见老仆，丫鬟还跟在十四娘身后，两人游历世间。

小丫鬟的感情归宿文中没有任何交代，我们总不能下揣摩。总不至于像《越女剑》里那样说是像暗恋范蠡一样暗恋冯生，那多无凭无据。我情愿相信她是本着一颗侠义心肠为了自己家的小姐，帮助冯生。

皇上对她说愿荣华共享她却加以拒绝，不是没有过感动吧。只是正如十四娘，历经种种磨难，才发现原来是为情所累，既然如此，那么不如趁早斩断情丝，早早随了十四娘重返那鸟鸣花香山野之间。看透了人世间的悲欢与缘起缘灭，宁愿自己置身世外，云淡风轻，重回那无忧无虑，采菊南山的生活，方是最好。

九、《花姑子》系列：

《花姑子》：世间万般悲愁苦，都莫过生死与别离

花姑子篇：眉黛敛，泪珠凝，离别多少情

《花姑子》：世间万般悲愁苦，都莫过生死与别离

张庭版的电视剧《花姑子》片头曲唱着：

　　"风雪路上少年郎，

　　找我梦想。

　　是谁月下正梳妆，

　　让我回头望。

　　来共我，

　　梦一场，醉一场，舞飞飏。

　　喜也好，悲也好，永不忘。"

剧中人物爱意幽深，令人唏嘘不已。借着对野姜花香味的执著，安幼舆和花姑子之间分分离离，难舍难分。

面对别离，纵是万般不舍，又能如何？欧阳詹是长跪哀泣而绝；华山畿的女子是盛装而出裂棺而入；韩凭夫妇是死而化作相思树，枝叶相缠绕，这些恋人们，都是选择以死亡来抗争离别。

而在《聊斋志异》里，蒲公却说有种人可以在分别的时候将深情寄托在淡漠之外，然后彼此不再执著，好好过活，这便是花姑子了。

话说陕西省有个拔贡叫安幼舆，为人是疏财仗义，有点黑宋江的味道。而同时呢，他还是个动物爱好者，喜欢放生，看到猎人捕到了鸟兽，便不惜花大价钱买来放了。

其实现在有的放生活动对野生动物的伤害更大，如林清玄在一篇散文中写的，说是游客花钱买了寺院门口的乌龟来放生，将自己的名字刻在龟壳上记录下自己的功德。然而一只乌龟背上往往有许多名字，因为这些放生龟每次被"放生"后又被捉回来供下一批游客"放生"。这当然是题外话，想来安幼舆放生的这些动物是真放生了，不然就不会有下文了。

这天安幼舆碰上舅舅家在办丧事，便去送葬，等到傍晚才回来。路过华山，迷了路，在山谷里瞎走了一阵，估计碰上了鬼打墙，心里十分害怕。

正在这时，忽见一箭之外闪耀着一点灯火，于是赶紧加快了脚步心里默念往生咒或者哼着小调跑了过去。

可是呢，走了几步，又忽然看见了一个老头，弯着腰拄着杖，在弯弯曲曲的小路上快步走了过来。

于是安幼舆自然停下脚步向老人问路。可是这老先生奇怪得很，却先问起了安幼舆是什么人。

安幼舆只好告诉他自己迷路了，便顺道告诉老头，前面那一点灯光应该是个村庄吧，自己准备去那里投宿。

老头叹气道："那可不是个安乐乡啊，幸亏我来了，你不妨跟着我回家，还有间草屋可以安宿。"

这荒山野林的哪来的人家，还这么巧夜里来山里巡游？山里的伐木工人都不至于吧。不过生平不做亏心事，应该还是好人有好报的。

安幼舆此时当然是十分欢喜，随了老头走了里把路，看到了个小村庄。

老头敲了敲柴门，里面走出来个老婆婆，开了门道："郎君来了吗？"

老头答："是。"

这俩老人还真是默契，难道老太太早就知道老头是去接安幼舆的？

进了房子，只见屋内又潮又湿，老头点起灯来，敦促安生坐下，便吩咐家里准备酒菜，把家里所有的吃的都拿出来。老先生还真是热情好客。

接着老头又对老婆婆说："这不是别人，是我的恩公啊！你腿脚不太方便，可以把花姑子叫出来斟酒。"

于是过了一会儿，只见一个女子端着饭菜进来，站在老头旁边，斜着眼睛打量着安生（"秋波斜盼"）。

安生自然是仔细端详了这女子的相貌，只见她明眸皓齿，宛若天仙。

老头便转过头来叫花姑子去烫酒。花姑子便走进屋里西边角，拨开了火。

安生自然是好奇，"这位女子是您的什么人？"

老头乐呵呵地道："老夫姓章，七十岁了，只有这么个女儿。庄稼汉没有丫环仆人，您又不是别人，才敢让老妻幼女出来见您，请不要见笑啊。"一番话客气又亲切，足见老汉的诚恳。

安生便接着问："贤婿是哪里人？"

当得到确切回答原来还没有许给人家，安生便一个劲儿地夸奖花姑子贤惠又美丽，称赞个没完没了，明显想让老汉把女儿许给他嘛。

可是不知道章老汉是没听懂还是不在意，只是一再地谦虚。

正在谦虚之间，只听见花姑子吃惊地大叫起来，章老头急忙跑进房去，只见酒沸了溢了出来，火苗窜得老高。

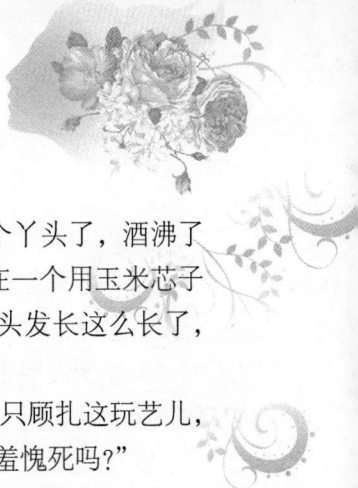

章老头灭了火，训斥花姑子说："这个大个丫头了，酒沸了也不知道吗？"回过头来看，原来煤炉旁边放在一个用玉米芯子做的紫姑还没完工，于是老头接着教训道："头发长这么长了，还像个小孩一样淘气。"

　　说着，还拿着花姑子扎的紫姑对安生说："只顾扎这玩艺儿，让酒沸了，溢了出来，承蒙您夸奖，难道不该羞愧死吗？"

　　章老头还真是实诚，好比我们现在去别人家作客，主人家的小孩闯了祸，主人家自然讪讪地问客人："这孩子这么调皮，您还夸她聪明伶俐，难道不该感到羞愧吗？"其实呢，心里对自家闺女是爱之深宠之切的，这里的章老头也不例外，不过也还是把自己的闺女当成了个贪玩的小女孩，长不大一般。

　　而安生拿起那紫姑一看，只见那紫姑眉峰眼波，上袍下裙，无不是制作得精巧细致，于是又不禁赞叹道："虽是孩子们的玩艺儿，却也可以看出她的心灵手巧来。"

　　喝了点酒，花姑子也不断来添酒，嫣然含笑，大大方方，而没有一点羞涩的小家子气。

　　安生看着，不由得动了情。

　　由最初的天仙般的外貌的吸引，然后是心灵手巧的技艺带来的会心一笑，最后是大大方方的端庄气质，安生不觉地痴了。

　　这时忽然听到老婆婆在里面呼唤，老头便去了。而安生见屋内没人，便对花姑子说："见了你仙子般的容貌，使我像丢了魂一样，想请媒人来求婚，又怕这事办不成，怎么办呢？"

　　这话问得好生无礼，喜欢这女子想提亲又怕丢了面子，踢了包袱给这女子：您究竟是想她给她父亲撒撒娇，"女大留不住"，还是想和她先行了夫妻之实？或者说万一这女子对你丁点情意都没有呢？

　　真不知这安生到底是酒后吐真言，还是让酒精烧坏了脑子。

而花姑子只是抱着酒壶，对着炉火，却一声不响，好像没有听见，"垆边人似月，皓腕凝霜雪"，安生问了她几次，也不答话。

　　安生便慢慢走进房内，花姑子估计也猜到了安生不怀好意，便站起来，厉声说："狂郎入屋，想干什么?"

　　安生便可耻地跪在地上哀求，花姑子想夺门而出，安生猛然站起来拦住了她，涎皮嬉脸地想要和花姑子亲嘴，好像视章老头和老太太不存在似的。

　　花姑子气得声音都发了抖，高声喊叫，章老头便跑了进来，安生只好放手出去，心里感到惭愧。

　　却听见花姑子不慌不忙地对父亲说："刚才酒又沸了，要不是郎君来，只怕连酒壶都要烧熔了。"

　　安生听了这话，心里才感到稍稍安定下来，于是心里自然更是感激花姑子，以至于到了神魂颠倒，忘乎所以的地步。便假装喝醉了酒，离开了筵席，花姑子也走了。

　　老头铺上被盖，关着门出去了。此时的安生哪里还睡得着，天还没亮就打了个招呼告别走了。

　　回到家里，安生便请他的好友到老头家去求婚，看来这安生是真心想和花姑子结为夫妇了。却没成想，一天便打转了，竟然找不到章老头的住处。

　　安生不信这个邪，带了仆人，骑了马，寻找着回来时走过的那条路，亲自去找。

　　只见巉崖绝壁，并没有一个村庄，访问附近的村子，也没有什么姓章的，一切仿佛都只是安生的一个梦而已，梦该醒了，不过是黄粱一梦，阮肇遇仙罢了，哪有那如花似玉的花姑子?

　　于是安生失望地回来了，饭也不想吃，觉也不想睡，因此相思病、肠胃病数症并发，落得头昏眼花，勉强喝点稀饭，就要搅肠翻胃吐出来。

而昏迷中却仍然不断地呼唤着"花姑子"，家里人也不明白是什么意思，只好整夜围着他守护着，看看病势已经很危险了。

这番行为，和他先前的表现比起来真不知该说什么好。眼看着这安生病入膏肓，就快化作蝴蝶翩翩而去之际，这天晚上，守夜的人却都疲倦得睡着了。

而安生却迷迷糊糊地觉得有人在轻轻地捶着他、摇着他，便略微睁开眼，居然看见花姑子站在床前，梦乎？仙乎？安生只觉得甚至立刻清醒了许多。

花姑子目不转睛地看着他，眼泪潸然而下。套用《红楼梦》的说法，两只眼睛肿得像桃儿一般。

真真是纪伯伦在《泪与笑》中所说："那虽只是一瞬，却将人生的醉与醒截然划分；那是第一道光芒，将心的各个角落都照亮；那是在第一根心弦上啊，发出的第一声神奇的音响。"

花姑子来看望安生的表现，已经充分说明了她对安生的感情深厚。

看见安生神志清醒了些，花姑子便歪着头笑着说："傻子！怎么到了这个地步呀？"说罢便爬上床来，坐在安生的腿上，用两只手给他按摩太阳穴。

安生只觉得好像有股樟脑麝香的气味，穿过鼻孔，侵入骨髓。按摩了片刻工夫，安生觉得额头大汗淋漓，慢慢地全身都沁出汗来，花姑子的物理治疗法还真是有效。

花姑子见此情形，便轻轻道："屋子里的人很多，我不便在这里就留。到第三天再来看望你吧。"说着又在绣花的袖子里掏出几块蒸饼放在床头，悄悄地走了。

安生到了半夜出过汗后想吃点东西，摸过蒸饼来吃，不知道里面放了什么作料，非常香甜，一连吃了三个。

接着又拿衣服把剩下的饼给盖起来，迷迷糊糊睡得好香甜，直到日上三竿才醒了过来，顿时觉得身上轻快多了。

心下惦记着花姑子，担心花姑子进不来门，便偷偷走进书房，把所有的门闩都打开了。

没多久，花姑子果然如约而至，笑着说："傻郎君，不该谢谢神医吗？"纪伯伦说微笑是妇女最好的面纱，花姑子的一颦一笑都牵动人心，她的心灵手巧，善良单纯更是令人心动不已。

安生于是依旧把持不住自己，搂着花姑子和她亲热起来，恩爱异常。

而过了一会儿花姑子却说："我冒着风险，蒙受耻辱来和你相好，就是为了来报答你的大恩啊！然而实在是不能结成永久的夫妻，还是请你早作别的打算吧。"

安生默默沉思了好久，才问道："我俩从不相识，什么时候和你家有过交往，实在记不起来了。"

花姑子不吱声，只说："你自己好好想想吧。"

安生坚持希望和花姑子永远相好，花姑子却说："夜夜私会，本来就于理不合；永为夫妻，也不可能。"

安生听了不禁闷闷不乐，不觉悲从中来，花姑子不是明摆着在暗示他：很快彼此就会分离了。

而这时花姑子却突然说："如果一定要永结同心，那么明晚请到我家里去吧。"安生这才止住悲伤，高兴起来。同时也感到疑惑："路途遥远，你那纤纤的三寸金莲，怎么能走到这儿来？"

花姑子便道："我本来没有回去，东头的聋妈妈是我的姨母，为了你，我一直留在她家里。再待下去，恐怕家里要怀疑了。"

这话说的，安生曾亲自上门去提亲却没有找到路，花姑子怎么那么顺利就找到安生家了？第一次来的时候还正好家里人都睡着了，门也打开着，这未免也太巧了吧。不过安生倒是没

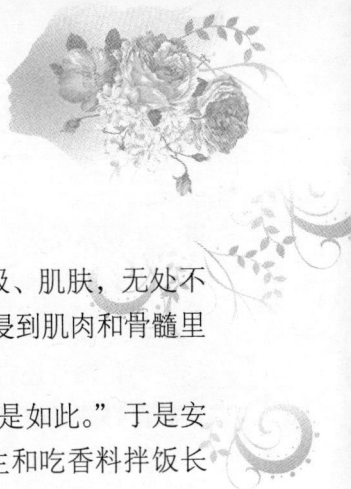

考虑那么多，所谓当局者迷。

安生和花姑子同衾共枕，只觉得她的呼吸、肌肤，无处不香，便好奇地问道："你熏的是什么香？竟然浸到肌肉和骨髓里去了。"

花姑子道："哪里有什么熏香，我生来便是如此。"于是安生更加惊奇了，这比那吃花瓣长大的香香公主和吃香料拌饭长大的李师师更加神奇。

花姑子天一亮便起身要走，安生担心自己找不到路，花姑子便约定在路上等候。于是安生到了傍晚便急急忙忙地赶了去，花姑子果然在路旁等。

来到原来的住所，章老头和老婆婆自然又是高高兴兴地来迎接，酒菜没有什么佳肴珍味，只是各式各样的蔬菜，然而醉翁之意不在酒，安生之意在乎花姑子罢了。

过了一会儿，老头便请安生就寝，而花姑子却不怎么照看他，安生心里不免猜疑起来。等到夜深了，花姑子才来，说是父母絮絮叨叨一直没有睡，让安生久等了。

于是两人欢好，而花姑子却告诉安生："今晚的欢会，乃是永远的离别啊。"安生大惊，自然问是何缘故，花姑子便道："老父觉得这村子太过孤寂，准备远迁。与你欢好，也只能是今晚了。"

安生舍不得放开花姑子，便和她相依相偎，正在你悲我伤之际，天也逐渐亮了，老头忽然闯了进来，骂道："丫头玷污了我这清白的家风，真叫人羞愧要死！"

花姑子大惊失色，匆匆忙忙地走了。老头也跟着出去，边走边骂，安生也是心惊胆战，无地自容，偷偷地跑了回去。

这里的情节感觉和《青凤》相似，可是细细想来，却不相同，先不说安生，花姑子的反应就很奇怪。明明花姑子先前告诉安生说永结夫妇是不可能的，然而却又告诉他如果想永结同心，那么就请到自己家去。

到了花姑子的家，安生和花姑子却都没有提及结亲之事，相反，花姑子还告诉安生这是彼此最后一次相会。然而欢好之后却正好被章老爹撞破，这也未免太过巧合了吧。

因此，这当中应该有着花姑子说的报恩的因素存在，而因为另一种因素，花姑子不能和安生结为夫妻，便委婉地编出个搬家的理由，甚至是老爹出面拆散鸳鸯。

那么安生的反应又是如何呢？是选择就此离开，然后淡忘花姑子，把这当做是一场艳遇呢，还是当做是毕生的挚爱来继续寻求？

安生几天来在房内走来走去，坐卧不安，心情非常不好。于是还想在夜里去一趟，翻过墙头，找个机会和花姑子见一面。同时又想到章老头说自己对他有大恩大德，那么即使事情败露了，也不会遭到很严厉的谴责吧。

于是乎，安生趁着天黑，便往花姑子家去。只是在山里绕来绕去，又迷失了方向，不晓得怎么个走法，心里再次感到害怕起来。

然而正当他准备寻找回家的路时，只见山谷中隐隐约约有所院子，于是安生高兴地走了过去，看到门楼壮丽，像是个官宦人家，重门为锁。于是安生便向看门人打听章家的住处，有个丫头却走了出来，问是谁深夜来问章家。

安生便说章家是自己的亲戚，自己一时迷路了，找不到章家的处所。

丫头便道："你无须去章家了。这里是他的舅母家，花姑子如今还在这里，容我去禀告一声。"

于是那丫头进去不一会儿，便出来邀请安生了。才登上台

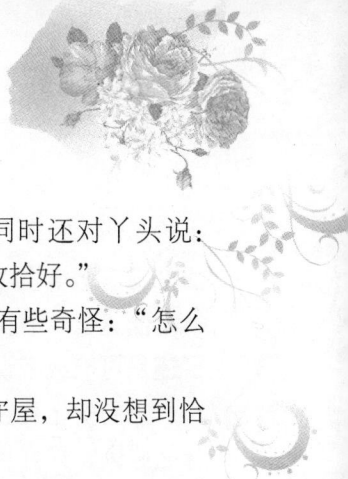

阶，步入走廊，便见花姑子跑出来迎接了，同时还对丫头说：
"安郎跑了半晚，想来很是疲倦了，快把床铺收拾好。"

过了一会儿便拉着安生的手上了床。安生有些奇怪："怎么
你舅母家没有别人呢？"

花姑子便托词说舅母出外留自己在这里守屋，却没想到恰
好和安生又相逢了，真是前世的缘分啊。

可是两人相互依偎之时，却没了花姑子先前的那股芳香味，
只剩下一股很大的腥膻气味，心里更是觉得怀疑。

正在这时候，那女子抱着安生的脖子，猛然用舌头舔他的
鼻孔，安生只觉得像一根刺穿进了他的脑子里，自然是吓得要
死，拼命想挣脱女子的手跑掉。可是呢，却只觉得身子像被粗
绳捆绑着似的，不一会儿，竟然闷得透不过气，渐渐失去了
知觉。

看来许宣还比安生幸运些，直接就给吓死了，免得像安生
一样给活活闷死。

而这边安生彻夜未归，家里人四处找寻不见，连个人影都
没有。忽然听人说傍晚在山路上碰见他，家里人便进山去寻，
结果发现他赤条条地死在了悬崖下面。

常有武侠小说里的主角通常都是后有追兵，前有悬崖，纵
身一跳，大难不死，捡得武功秘籍，得到高人指点，寻得皇室
宝藏，天下第一，最后笑傲江湖。而普通的小龙套就没那么好
的运气了，所谓同人不同命。

很多人看过《笑傲江湖》，都会同情一个人：林平之。

他年轻英俊（反正比令狐冲帅）；家世清白（祖传镖局做靠
山）；无不良嗜好，仗义有为，救助弱者；为了复仇，忍辱负
重。与令狐冲相比，没有什么相差的地方。

只可惜他不是主角，所以遇到的是岳不群，不是张三丰；

上的是华山，不是光明顶，最后落得家破人亡，终身残疾困于西湖梅庄地牢里。

而这里，值得庆幸的是，安生是故事的男主角，因此他死了还是可能或者说必然会复生的。

见到安生死在这里，大家只是感到惊怪，可是又弄不清是什么原因，只好将尸体抬了回去。

家里人正围着尸体哭泣的时候，突然有个女子前来吊唁，从门外号啕大哭着走进来，抚摸着安生的尸体，按捺着安生的鼻子，泪水像断了线的珠子一样滴进他的鼻孔里，大声呼号着："天啊，天啊！怎么糊涂到了这般田地？"

此番悔恨，不亚于窦娥在刑场上所哭诉的"地也，你不分好歹何为地？天也，你错勘贤愚妄作天"。安生糊涂，不知还有什么办法可以补救？

只见花姑子哭得嗓子都痛哑了，约摸个把时辰，才收住了眼泪。然后告诉安生家里人说："停尸七天，不要装殓。"

大家不知道花姑子是什么人，正想询问，可是她却显得很傲慢连个招呼都不打，含着眼泪走了。

难道这女子是学阮籍凭着安生的善良殒命来吊唁这逝去的生命吗？可是看她的情形似乎有救活安生的可能。

甚至是因为花姑子的突然闯入以及她的傲慢表现，大家都怀疑她是神仙下凡，便恭恭敬敬地照她的话去办。

夜里，花姑子又来了，可是还是跟昨天一样哭泣。终于到了第七天，安生忽然活了过来，翻了个身，不住地呻吟着，家人自然都感到很惊奇。

这时候，花姑子来了，和安生相对着哭泣起来，为活过来而感到庆幸。安生扬了扬手，示意家人都出去。

于是花姑子拿出一束青草，熬了一碗汤，就着床头喂安生，一会儿，安生才能说话了。

于是安生叹了一口气说："害死我的是你，救活我的也是你呀!"随即叙述了自己的遭遇。

看到这儿我们才明白安生刚才对着花姑子哭泣的原因了，并不仅仅是因为死而复生，得见花姑子，更是因为救活他的人也是花姑子。而他的心中，却没有多少对花姑子的恨意，想着的还是彼此的情意，也许这便是善良吧，无怪乎安生会放生那么多动物。

而花姑子听到这里，便说："这是蛇精冒充我的。你头一次迷路时看到的灯光，就是这家伙。"

安生更加惊奇了，"你怎么能把死人救活，让白骨生肉呢?莫非是神仙吗?"

花姑子便开始为安生揭露真相了："我早就想告诉你，只是怕引起你的惊怪，你五年前不是在华山路上向猎人买了一只活獐子放生了吗?"

安生回忆了一下，表示肯定。花姑子便接着说："这就是我爹啊。以前说你对我们有大恩大德，就是这个缘故。你前天已经转生到西村王主政家里，我和父亲到阎王那里告了状，阎王也不肯发慈悲。我父亲愿意毁掉自己多年修炼得来的成果，来赎你这条命。苦苦哀求了七天，才把事情办妥。今日相逢，实在是万幸啊。但你如今虽然活了，却一定要落得个瘫痪的结局，唯有用蛇血兑酒喝了，才能除掉病根。"

原来这便是花姑子吩咐七天不要下葬的缘故。为何偏偏是七天?明显借用了申包胥搬救兵的故事。说是申包胥在秦国痛哭七昼夜，水浆不曾到口，终于讨得秦兵，助楚昭公复国。

为报恩情，不惜毁掉自己多年的道行，由此观之，章老爹也是个德行俱佳之人或者精灵。

而安生听了花姑子的话，如果说对蛇精有仁慈之心的话，那莫过于成了宋襄公第二了。安生对蛇精恨得咬牙切齿，可是又担心没有办法可以捉到她。

　　花姑子便说："这倒不难，只是多杀了些生灵，连累我一百年也不能成仙啊。它的洞穴在老岩里，到日头快下山时，把柴草堆到崖口，放把火烧起来，外面多布置一些弓箭手，防止它逃跑，蛇妖就可以捉住了。"说完，便向安生告别说："我不能终身侍候你，实在心里也很难过。但为了你，我的道行已经损坏了七成，请怜悯和宽宥我吧。一个多月来，觉得肚子里有些小小的震动，恐怕是怀孕了。是男是女，一年以后就要捎给你的。"说罢，流着眼泪离开了。

　　过了一晚，安生觉得自己自腰以下都失去了知觉，于是就把花姑子的话告诉了家人。于是顺利射死了蛇精，可惜等到火灭以后，进洞一看，几百条大大小小的蛇都被烧焦了。

　　于是兑着蛇精的血喝了，连服了三天两腿才慢慢能挪动了。过了半年，才能下床走动。

　　只叹安生相思梦一场，章老爹自毁道行，花姑子不能独善其身，另连累数百生灵也为之殒命。不能不说是罪过一场。

　　后来，安生一个人在山谷中走，遇到一个老婆婆，用包被裹着一个婴孩交给他，说："我女儿向你问好。"

　　然而当安生正要向她打听花姑子的情况时，老婆婆已经一眨眼不见了。被包打开一看，是个男孩。于是安生将孩子抱了回去，终身未娶。

　　花姑子说自己的道行已经毁掉了七成，那么是否已经是还原成了一只小獐子？如果还能化作人身，那么何必要母亲来将孩子交给安生，只怕是不忍让安生伤心，于是就此别过。

　　对于安生而言，终身未娶，也许对他而言，已经没有心力再去爱一个人了。是否有一个妻子与他相伴生活在一起，都没有什么区别了。

因此在他的心里，只有花姑子的残影存在着。既然已经习惯了和一个残影生活在一起，那么就算是回到现实的世界里，碰到曾经心动的事重复发生，也许也不会再有感觉，这便是安生的状况吧。

记得曾有书记载，苏轼死后，子由将自己的余生限制在一间屋子中，足不出户，更不再著书立说，平平淡淡度过了一生。也许，从苏轼死的那一刻，子由的心就随着哥哥去了吧。可是只因为哥哥说过"但愿人长久，千里共婵娟"的阔达之语，子由便勉力而活着。

而凡·高的弟弟提奥，没有领悟到哥哥所说的"活的人不放弃，死的人就活着"，还是追随哥哥的脚步与他长眠于地下。

而安生也许明白了花姑子的苦心吧，她希望用孩子来勉励他活下去，不要执著于去寻找她。就让彼此成为汪洋大海中偶尔相逢的两片浮萍吧，让安生替自己的父亲好好活着，而自己和父亲也可以安心修行。

《神雕侠侣》中说杨过这个半文盲偶然间在一间客栈见到苏轼的《江城子·十年生死两茫茫》黯然无言：

"霎时之间，心中想起几句词来：'十年生死两茫茫，不思量，自难忘。千里孤坟，无处话凄凉。纵使相逢应不识，尘满面，鬓如霜。'这是苏东坡悼亡之词。

杨过一生潜心武学，读书不多，数处前在江南一家小酒店壁上偶尔见到题着这首词，但觉情深意真，随口念了几遍，这时忆及，已不记得是谁所作。

心想：'他是十年生死两茫茫，我和龙儿已相隔一十六年了。他尚有个孤坟，知道爱妻埋骨之所，而我却连妻子葬身何处也不知。'接着又想到这词的下半阙，那是作者一晚梦到亡妻的情景：'夜来幽梦忽还乡，小轩窗，正梳妆；相顾无言，惟有泪千行！料得年年肠断处，明月夜，短松冈。'不由得心中大恸：'而我，而我，三日三夜不能合眼，竟连梦也做不到一个！'"

只怕安生也是这般想的吧。安生康复后在山谷后中行行走走，应该是希望可以再次遇见花姑子吧。自从花姑子别后，再也没曾见过一面，如果说这一切都只是个梦境，那么为何不能再次入梦呢？

一天又一天，仿佛只要回到这山谷中，时间就可以冻结在过去两人相识的某一瞬间。山林中獐子散发出的香气，好像是在提醒安生，花姑子从来不曾远离，而彼此的这段故事也绝对不是黄粱一梦。

而等到老婆婆将孩子交给安生之时，安生也许终于明白了花姑子的苦心，不再寻找她，而是下决心一个人好好把孩子抚养长大。

一年又一年，也许安生依旧从事着他的放生事业，也许每每看到孩子的时候他会不禁想起花姑子，也许偶尔放生了一只獐子他会怀疑那是不是花姑子的原身。

故事就这样回到了一开头，只不过它选择了在安生的回忆中走向结束，让花姑子独自继续自己的修行。

花姑子篇：眉黛敛，泪珠凝，离别多少情

紫霞仙子说，我猜中了故事的开始，却猜不到故事的结局。而我说，我猜到了故事的开始，甚至是过程，然而结局依旧未曾预料。

至尊宝借着月光宝盒意外回到了五百年前，遇到了紫霞仙子，而你，安幼舆，因为在山间迷路又曾对父亲有救命之恩，

因而在我家彼此得以相遇。

曾经以为，即使你对我动心，但只要在我家被父亲发现，那么以后彼此都不会再有交集了吧。却未曾想你会再度入山，更没想到你会上了蛇妖的当而命丧黄泉。

让我们回到故事的最初，安生在山里"巧遇"章老爹，于是到了章老爹家见到了花姑子，因而动情。

而花姑子对安生呢，无情吗？当然不是，当安生趁着章老爹在屋外的时候调戏花姑子，花姑子又惊又怕，同时也气得直发抖，可等到父亲赶到之时，却又不慌不忙地帮安生掩盖了事实。同时，还为安生解困说酒又沸腾了，如果不是安生，只怕是酒壶都要烧熔了。

如果说此前安生是对花姑子心存好感，喜欢她的心灵手巧，那么经过了这件事，他则是完完全全爱上了花姑子为他着想的那份心意。

于是再次进山，想要聘之娶之，然而却寻之不得，思念成疾。

真是：

"蒹葭苍苍，白露为霜。所谓伊人，在水一方。

溯洄从之，道阻且长。溯游从之，宛在水中央。

蒹葭凄凄，白露未晞。所谓伊人，在水之湄。

溯洄从之，道阻且跻。溯游从之，宛在水中坻。

蒹葭采采，白露未已。所谓伊人，在水之涘。

溯洄从之，道阻且右。溯游从之，宛在水中沚。"

正在这一时刻，花姑子却来了，看他昏迷不醒，好生心疼，眼泪情不自禁地掉下来。也许此时此刻，对安生当初的无礼也因为他此刻的痴情而一笔勾销了吧。

然而看到安生清醒过来，花姑子马上换了一副调笑的口吻：

"傻子！怎么到了这个地步呀？"既是感念安生的痴情，心疼他的安危，同时也是看他清醒过来不忍再让他看见自己流泪而难过。

接着开始为安生治病。花姑子正如她的名字一般，"花骨朵儿"，为安生按摩，帮他放松神经，舒缓情绪。文中那樟脑麝香之味无不是在暗示我们花姑子的原型是只小獐子。留下蒸饼更是为了彻底治愈安生。

明明知道不能和安生结为夫妇永远相守在一起，可是看见他闷闷不乐悲愁的样子还是于心不忍，于是花姑子便想了一招借父亲之名来作为离别。

也许，花姑子以为，借着父亲的一顿责骂，她与安生的缘分就断了，今后相见，也不过是擦肩而过罢了，更不用在他面前显露真身来。

花姑子是那么单纯，以为计划已经是万无一失，甚至在父亲到来之前还告诉安生，父亲打算搬家到远处，今后两人再无见面的可能了。

就这样吧，即使是他仍在痴心不死，可是自己已经"搬家"了，他还能到哪里去寻找呢？

只可惜，没想到安生又在山中绕来绕去希望可以和自己见面，更加没料到安生会遇见蛇精因而丧命。

于是花姑子在安生的遗体前哭得昏天黑地，悔恨不已。

最后联合了父亲和自己的道行，才将安生完完全全救活。

蒲公最后评论说章老爹是有报恩之心，而花姑子先是把聪慧藏于娇憨之中，而后又把深情寄托在淡漠之外，难道不是神仙么？

因此有人说花姑子心肠太狠，明明已经救活了安生，即使是自损道行七成，但是安生并没有嫌弃她是异类，那么她可以

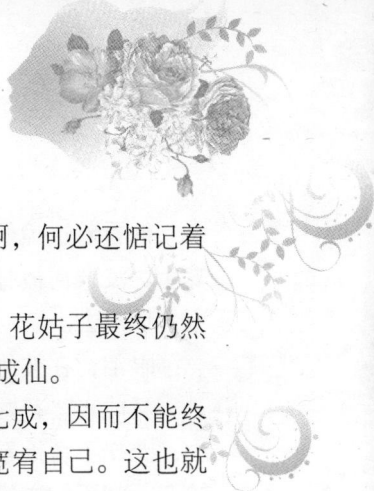

就此嫁给安生，幸福地厮守一世，和和美美啊，何必还惦记着什么百年不能成仙之类的问题呢？

我们可以对这个问题做完完全全的否定，花姑子最终仍然是决定离开安生，我想并不是所谓的为了修炼成仙。

花姑子对安生说自己的道行已经损毁了七成，因而不能终身侍奉在安生身边，因此希望安生能怜悯和宽宥自己。这也就是说花姑子是有不得已的苦衷而被迫离开安生的。

因此蒲公说花姑子是将深情寄托在淡漠之外，看似无情，然而实质上却是情深似海。故事的最后花姑子诞下一子，却是由自己的母亲交给安生的，花姑子去哪儿了呢？

是为了对安生避而不见吗？不尽然吧。若是花姑子修炼成精什么的，那么不妨像前面所讲的辛十四娘一样，"巧遇"老仆让他问候冯生不用为自己担心，因为自己已经成仙了。

因此按照前面对花姑子性格的塑造，她的聪颖，深情，最后却选择了对安生避而不见，那么只有一个解释：花姑子因为道行损毁已经被打回了原形。

不忍安生见到自己最后的模样伤心，因此选择让母亲将孩子交给安生。花姑子的情意是何等深厚？

不知安生常在山林中行走是否会再遇见花姑子？空气中，弥漫着熟悉的气息，仿佛是那晚花姑子来家里探望自己所散发出的香味。身旁的小獐子悄悄地路过，那香味仿佛是花姑子留给自己的念想和线索。

有人说，鱼的记忆只有七秒钟，七秒之后记忆便会重新开始。那么变回原形的花姑子呢？是否还记得安生，记得她与安生的这段情？

也许，安生在山谷中不小心又遇见了一个猎人捕到一只獐子，于是他想起了花姑子，重金买下这只獐子放生。

他看着这獐子，心里却无限思念着花姑子，而花姑子看见安生，没奈何被打回原形的自己已经不能开口说话，只得恋恋不舍地离去。

眼泪，在彼此心中流过，故事，却不能从头来过。

又或者，花姑子已经忘了安生，她一步一回头地走进山林中，恋恋不舍地看着这位好心将她放生的人，希望将他的模样铭记。却不知道过不了多久，那惯有的记忆力便会让她忘记了一切。

故事仿佛才刚刚开始，不管是花姑子还是安幼舆，这都只是那广阔山林里的一个小插曲。一年又一年，随着山中树木的年轮越来越多，这样的故事也越来越多。总会有那么些山谷中的小精灵恋上那步入谷中的平凡人类，只是，我们都希望这些故事都可以有个幸福的结局。哪怕是那变成海上泡沫的美人鱼，我们也和安徒生一样，希望她五百年后可以获得她梦寐以求的灵魂。

十、《伍秋月》系列：

《伍秋月》：昔曾浅笑问君知，流光明灭任是非

伍秋月篇：心较比干多一窍，病若西子胜三分

《伍秋月》：昔曾浅笑问君知，流光明灭任是非

席慕容曾说："其实我们一直都在错过，错过昨日，又错过今朝。"如若王子错过了水晶鞋，那么他便错过了灰姑娘；释迦摩尼错过了青莲花，那么他便错过了凡间的一世姻缘；卓文君错过了绿绮琴，那么她便错过了那位一直思慕的良人。

因此，雪小禅才会在文章中写道：

"在屈臣氏，三个字到处贴。

别错过。

看得我心里一惊一惊的。"

正因为对情爱说不清道不明的缘故吧，所以人们常常相信姻缘乃是天注定，只是良缘孽债本由人罢了。

要赶得那么巧那么好，别错过，否则擦肩而过也许真成了路人。

话说江苏高邮有个叫王鼎的，字仙湖。为人呢，慷慨好义，勇力过人，交游也很广。到了十八岁时，还没有结婚，未婚妻就死了。按照某些说法，这个人不是克妻命就是还没有遇到命中注定的女子。

然而这王鼎是个旅游家，每次外出游览，常常是一年半载

不回家。于是他哥哥王翯就急了，顾念兄弟情深，劝他不要在外远游了，定下心来，自己给他找个满意的对象。

可是王鼎不听，依旧是搭船到镇江去探访朋友。可惜不巧的是正逢朋友外出，便只好租了个客店的楼上住下来。

虽说是寻友不遇，可是看见窗外江水澄澈，金山在望，心里也是非常高兴。王安石备受推崇的那首词《桂枝香·金陵怀古》："千里澄江似练"讲的便是此情景吧。

等到了第二天朋友来了，邀请王鼎去他家，王鼎反而贪恋这山光水色舍不得离开，婉言谢绝了。

这王鼎还真是个有趣的人，兴之所至，亲近自然，在这里住了半个多月。

然而有天夜里，突然梦见一位女子，大约十四五岁，容貌端庄美妙，自己便与她上了合欢床，而醒过来之后竟然发现遗了精，很是奇怪，但认为不过是个偶然现象罢了。

等到了夜晚，又梦见了那位女子。就这样过了几天，王鼎心里暗暗惊奇，不是撞鬼了吧？于是不敢熄灯，身子虽然躺在床上，可是心里却提高了警惕。

刚合上眼睛，就梦见那女子来了。亲热之时忽然清醒过来，却见到一位美丽如仙的女子拥在自己怀中，见他醒来又羞愧又胆怯。而王生知道她不是个普通人，又觉得这样也挺好，便和她亲热起来。

而后王生问及女子的身世，女子便说自己名叫伍秋月，父亲是个有名的学者，精通《易》理。非常疼爱自己，可是又说自己不能长命，便不把她许配给任何人。等她活到十五岁，果然就夭折了。于是将她暂时埋在这个楼的东边，使坟和地一样平，也没有一块墓志铭，只在她的棺材旁边立了一块木头，上面刻着："女秋月，葬无冢，三十年，嫁王鼎。"而今已有三十

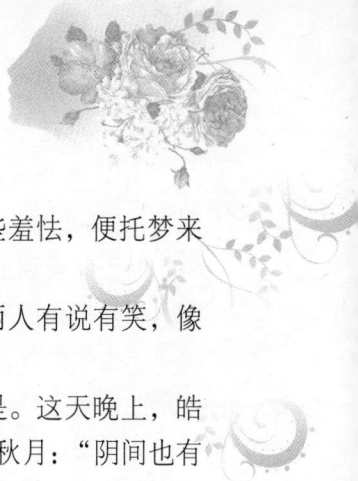

年了，正好王生来了，秋月心里高兴，又有些羞怯，便托梦来和王生相会。

王生也很高兴，于是秋月都是晚上来，两人有说有笑，像是老相识一样，过着小夫妻的生活。

故事就为了讲述王生娶鬼妻吗？自然不是。这天晚上，皓月当空，明洁如晶，两人闲庭信步，王生便问秋月："阴间也有城市吗？"

秋月答："跟阳世一样嘛。阴间的城市不在这里，离开这里有三四里路，不过它是拿黑夜当白天罢了。"

王生便好奇心便上来了，"活人能看见吗？"

得到肯定回答后，王生便请求带他去参观，秋月答应了。

于是两人乘着月色前去，之间秋月轻飘飘地像风一样快，王生跟着后面，竭力追随，没多久，终于到了一个地方，秋月便说："不远了。"

王生往四下一看，啥也没有，秋月便用唾沫涂了涂他的双眼，再睁眼一看，居然觉得自己的视力比过去好多了，看夜间的景色像白天一样。

这唾沫还真是妙用，古代鬼怪小说中常常是说人的唾沫对鬼有着威慑作用，如果鬼粘上了人的唾沫便不能幻化成其他形体，如《宋定伯捉鬼》中宋定伯便是用的这种方法捉住鬼把它卖掉。而现在的香港鬼片中往往是说人的眼睛涂上牛的眼泪便会具有阴阳眼的功能，这里便说是人眼涂上了鬼的唾沫，无怪乎大家都不能成为阴阳眼了。

话说这王生明目之后，很快便看到了城墙垛子出现在云雾迷蒙之间。而路上的行人，来来往往，就像赶集一样。一会儿，有两个差人捆绑着三四个人走了过来，最后一个像是他的哥哥。

王生赶紧走过去看，果然是他的哥哥王鼐。于是他惊异地问道："哥哥怎么来了？"

而王鼐看到王生，不禁涕泪交流，道："我也不知道为什么事，硬是把我抓来了。"

王生很生气，"我哥哥一向是守法执礼的好人，为什么要这样把他捆起来！"便请两位差人把王鼐放了。

如果说仅仅是因为差人为了办案而不愿放了王鼐，因而和王生发生了争执这倒不是最直接的导火线或者说是我们应该愤怒的地方。

差人自然不肯放了王鼐，同时态度傲慢，而王鼐劝阻说："这是官府的命令，我们应当遵守法纪。只是我手头缺钱，他们多方向我索取贿赂，真是苦恼极了。你回去后，给我筹措些钱来。"

这摆明了是桩冤案，王鼐也一定吃了不少苦头。想当初方苞作《狱中杂记》时曾说差役向犯人亲属索要贿赂，如果说是死囚，那么应该没有什么好勒索的了吧。可是呢，"值其首"，扣押死囚的头，等待家属出钱重金赎回去和身体合葬。

于是王生拉着哥哥的臂膀，恸哭失声。差人大怒，猛的用力拉着系在他哥哥脖子上的绳索，王鼐随即摔倒在地。王生见了，怒火填胸，再也控制不住了，马上拔出佩刀，一下砍下了一个差人的脑袋，另一个差人嘶着喉咙大喊大叫，王生又一刀把他砍了。

秋月见了，大吃一惊，道："杀了官府的公差，是不可饶恕的罪过。晚了就要遭殃了，赶快雇条小船，迅速北上。回到家里，不要摘掉门前的丧幡，关着门藏在家里，七天之后，就不要担心了。"

于是王生听从了秋月的话，拉着哥哥，雇了小船火速向北。到了家，见了那些吊唁哥哥的亲友没有散去，才知道哥哥果真

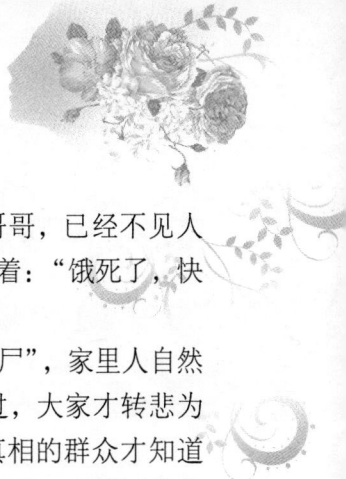

死了。关了门，落了锁，才进了家，回头看哥哥，已经不见人了。进了屋，死去的哥哥已经复活了，正在喊着："饿死了，快点拿点吃的喝的来。"

原来王鼐已经去世了两天，现在突然"诈尸"，家里人自然是被吓到了。于是王生告诉了他们全部的经过，大家才转悲为喜。过了七天，敞开大门，撤掉丧幡，不明真相的群众才知道王鼐已经复活了，于是纷纷来探问，王家便编了一套假话来应付他们。

王生是脱险了，可是秋月呢？在阴间会不会因为王生受到牵连？

王生对秋月自然也是不能忘情，等到把家里的事情处理完后，王生便转而想念秋月，想得心烦意乱，实在是耐不住了，也不管什么杀公差案发的问题，又坐船南下，住在原来的那个客店的楼房里，点上灯，等了好久，但秋月竟然没有来。

于是蒙蒙眬眬中打算就寝，却忽然来了个妇人，道："秋月小娘子让我告诉你，日前因为公差被杀，凶犯在逃，官府把小娘子捉了去，如今押在牢狱里。监守的狱卒对她很虐待。天天盼望你来，希望你想个办法。"

王生听了，又是悲伤，更是气愤，便随那妇人去了。看来这虐待囚犯的事情也不是什么新鲜事，而捉不住凶手抓了有一丝一毫牵连的人百般凌辱也早就默认为规了。

等到了城里，入了西门，那妇人指着一条门说："小娘子暂时被关在这里。"

王生走了进去，看的院内的房间很多，寄押的囚犯也不少，只是没见到秋月。又进了一点小门，小房子里点着灯火。王生靠近窗子去偷看，只见秋月坐在床上，捂着脸在啼哭。

这么示弱，岂不是更增添恶人欺负的气势吗？果然，两个狱卒站在秋月旁边，摸着她的下巴，捏着她的大腿，占便宜，调戏她，于是秋月哭得更厉害了。

甚至是一个狱卒居然搂着秋月的脖子说："已经成了罪犯，还守什么贞操？"听得王生在窗外大怒，于是顾不上说话，立马拔出佩刀冲了进来，一刀杀一个，连砍了两个狱卒，拉着秋月走了出来，幸好没有被别人发现。

刚到客店，猛然惊醒了，原来竟是梦一场。正在惊异自己做了这么凶恶的一个梦，却只见秋月泪眼盈盈地站在床边，于是王生吃惊地坐了起来，拉着她坐下，告诉了她刚才的那个恶梦。

秋月道："这是真的，不是梦呀！"

杀人容易，脱罪难，王生吃惊地说："那该怎么办呢？"

秋月叹了口气道："这也是天意。我本来应该到了月底才是复活的日子。如今已经到了这个地步，哪还能再等？赶快到我的墓上，刨出我的尸体，载着上船，一道回去。每天不断地呼唤我的名字，三天之后，便可以复活，只是还没有满三年的期限，骨软足弱，不能给你干家务活罢了。"

这里我们可以得到几条信息：一者，王生不是娶鬼为妻，而是秋月有复活之日；二来，虽然是早了时辰，可是秋月不至于像尤丽黛一样永沉冥府，让奥菲斯悔恨终身；三者，复活的过程中，需要有人不断地在耳边呼唤，仿佛是防止魂魄远离，忘记之前的记忆。

总有故事说过了奈何桥，喝了孟婆汤，便忘记了前世的记忆，所有的痛苦是，所有的欢乐，都化作一缕轻烟，随风而逝。

喜欢过的王生，记挂着的还阳，在冥府的那些纠缠，王生回来救助自己，所有的经历，都将会变成空白，甚至是苍白得连一个花边都不能剩下。

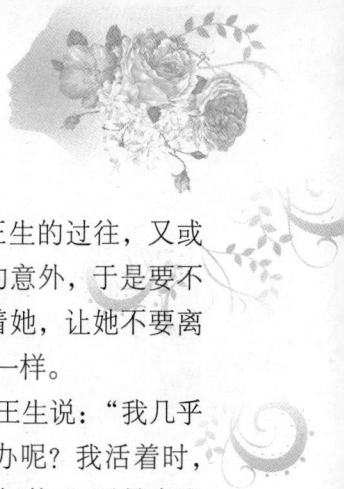

因此，这里，秋月怕自己也许会忘记和王生的过往，又或者怕魂魄附着在躯体上会发生"魂不守舍"的意外，于是要不断地在耳旁呼唤，仿佛是提醒她有一个人等着她，让她不要离开，正如现在那些为了唤醒植物人而做的努力一样。

秋月说完，匆匆忙忙要走，又回过头来对王生说："我几乎要忘了，要是阴间派人来追赶，我们该怎么办呢？我活着时，父亲传授我两道符，说三十年后，夫妇都可以佩戴。"于是索取笔砚，飞快地画了两道符，说："一道你自己佩着，一道请贴在我背上。"

这才放心离去。王生把她送了出去，仔细记下了她消失的地方。刨了一尺多深，就看到了棺材，但棺材已经腐烂，旁边有一块小碑，上面刻的果然像秋月所说的一样。

于是打开棺木一看，只见秋月的脸色像是活的一样。便把她的尸体抱进房里，穿的衣裳却随风却化了。

王生便按照秋月的嘱咐在她背上贴好了符，拿着被子把她严严实实地包裹起来，背到江边，喊了一只船来，假说妹妹害了急病，要送她回婆家去。幸好刮起一阵南风，刚天亮就到了家门。

进了屋，王生抱着秋月的尸体放在床上安顿好了，才告诉哥哥和嫂嫂。全家人都惊异地观望着，也不敢当面说他中了邪，或者说他有恋尸癖。

王生解开被子，连连呼唤着秋月的名字，到了夜里，就抱着她睡在一起。秋月的体温一天比一天都有上升，到了第三天，果然复活了，到了第七天，便能走动了。

于是换了衣服，拜见嫂嫂，只见她体态轻盈，真像仙女一般。可走到十步以外，必须有人搀着才行，否则随风摇摆，仿佛要跌倒了似的。然而看到她的人，却都以为有这样的病态，反而更增添了她的妩媚。西子捧心，也不过如此吧。

复活最讲究程序，正如我们前面所说的《连琐》，连挖坟的时辰都不得有任何偏差，早不得晚不得，否则便真真是天人永隔了。

而按照秋月的说法，现在无疑是提前复活了，那么只是一点点柔弱的病态倒不是什么大毛病，也可以说是一般人求之不得的吧，所谓东施效颦，而秋月却这样轻易得到了，也算是因祸得福吧。

在《搜神后记·李仲文女》中，武都郡前太守之亡女与后太守之子相恋，故事情节和《伍秋月》的开头相似，然而发棺太早，结果"女体生肉，姿颜如故"，只可惜只差腿脚没有长好，只得含恨而去，泣涕而别。

再对比西方童话中的《野天鹅》，爱丽莎所织的外套因为自己被绑缚刑场未能完工，匆匆抛掷空中，于是解除了诅咒，十一个哥哥都恢复了人形，只可惜最后一件差了一支袖子，因此最小的哥哥还剩下半边翅膀。

这样来说，秋月无疑是最幸运的了。违反了"定数"依然复活，反而拥有了人人羡慕的弱不禁风之美。

经过这么多事，秋月便常常劝王生说："你的罪过太多，应该广积阴德，多诵佛经，以表忏悔，赎轻罪过，不然的话，恐怕不能长寿啊。"

王生素来不信佛，从此却成了一个虔诚的佛教徒，后来也就平安无事了。

闯冥府，杀公差，救美人，起死身，最后花好月圆，每日看日出日落，听鸟鸣，闻花香，一场传奇落下了最完美的大幕。

蒲公在故事最后说，"我想向上边建个议，定条法令，'凡是杀了公差的，就要比一般人减轻三等罪。'因为这些家伙，没

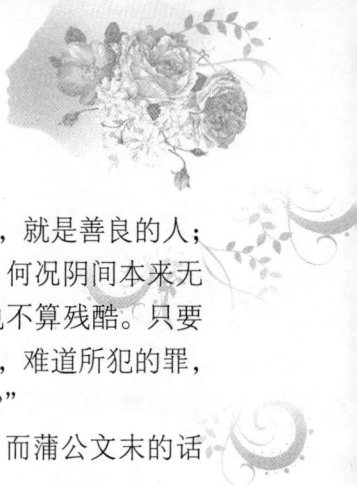

有一个不该杀的。所以能够杀掉害人的差役的，就是善良的人；即使对他们稍微苛刻一点，也不算什么残暴。何况阴间本来无法可依，如果发现恶人，上刀山，下油锅，也不算残酷。只要人们感到痛快，就是阎王所要褒奖的。要不然，难道所犯的罪，不招致阴司的追究，却可以侥幸地避开灾难吗？"

一场艳遇，原来是为了讲这样一个故事，而蒲公文末的话我等读来更可谓是心有戚戚焉。

伍秋月篇：心较比干多一窍，病若西子胜三分

关于伍秋月，最初叫人浮想联翩的便是她的名字吧。未知是取自白居易的"唯见江心秋月白"，暗含其明月般的纯洁；还是摘自梁肩吾的"月皎疑非夜，林疏更似秋"；又或是那首"凉风有幸，秋月无边"？

由名推测，应是一位佳人亭亭玉立于江畔，冰肌玉骨，花容玉貌，烟视媚行。

故事中说王生刚闭了眼，便见佳人姗姗而来，未知是否是衣衫单薄，步子轻盈，连裙边都成了飘逸的舞动，"姿态婉转娇柔，对着他盈盈似笑"，让王生恍惚间误入梦中。

见到王生突然醒来，秋月立刻又是羞愧，又是胆怯。有人说，如果换些轻倩的笔墨来写，秋月此刻的神情只怕是："急扯了近前一件衣物覆于身上，不敢轻动，脸红低首不敢与王生相视，王生见怀里的女子此时颜如丹霞更是艳丽异常，女子双眸偶相交睫，似静待王生相诘问。"将秋月私自前来看望未来丈夫的羞态描绘得淋漓尽致。

然而"秋月"一词，总是有着一种孤寒悲苦的意味，也正如伍秋月，仿佛一生的命运都由不得自己做主。

父亲因为精于《易》术，因而肯定女儿不能长命，便不把

她许配给任何人；好不容易等到了王生，却因为意外而被官差虐待受尽侮辱。

如果她是连城，那么她会不会因为那春日里无尽的寂寞而郁郁寡欢？如果她是商三官，那么她会不会以自己一己之力求个善终？

可惜，她谁也不是，她只是伍秋月——一个从来是自婚姻到生命都由他人决定的小女子。

可是，还是不那么甘心吧，总还是希望可以做一些努力，去争取一下。于是，还不到相见的时间，便忍不住前来看望王生了。

在江边漂泊，在野外伶仃，凄凄然已经有三十个年头了。迫不及待地想见到那个所谓的夙世姻缘的人，正巧他来了，可是又怕他有什么顾虑，而自己也抛不下小女儿的羞怯，于是托梦与他相会。

还以为就这样夜里漫步院内，赏月谈心，可以欢欢喜喜地等来自己重生的时刻，只可惜王生杀了公差，差点毁了自己对未来的希望。

面对着如此慌乱的情景，秋月先是大吃一惊，倒不是被血淋淋的场面给吓傻了，吃惊之下却是在急速思考着对策。

于是在如此紧急的情况下镇定地分析了利害，并告诉王生脱险的方法。

秋月叮嘱王生这些的时候肯定也预料到了自己会受到牵连，不过王生如果脱险，那么凭着他慷慨好义的性子和勇力，一定会回来救自己的；而如果王生和自己也一起被捕，那么自己还生的机会就完全给耽误了；再者，如果让王生带着自己一起逃跑，那么跑得了和尚跑不了庙，自己的尸骨还在此处，就算是跑到海角天涯也没有任何办法。

于是秋月在这样的情形下做出了最正确的选择。而回到家

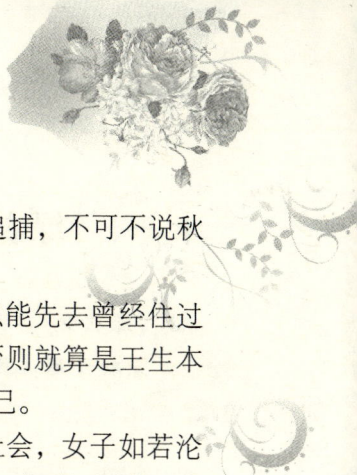

王鼎复活却七日不得撤幡，用以迷惑鬼差的追捕，不可不说秋月的胆大与聪慧。

知道王生回来救自己，无处可去，肯定只能先去曾经住过的那个客店，于是便偷偷托人带话给王生。否则就算是王生本领再怎么高强，找不到自己，那更是救不了自己。

而秋月在狱中自然是受尽凌辱。在古代社会，女子如若沦为女囚，轻则在堂上被裸体笞杖，即"杖臀"，或叫打屁股；重则被脱掉裤子游街示众，名曰"卖肉"。而在大牢里被牢头玩弄则更是家常便饭。

等到王生前来营救，此时秋月便顾不上什么复活的时辰不时辰了，便让王生挖掉自己的尸骨，带回家准备复活，并想起父亲教的符，画来夫妇佩戴。

有人或许会好奇，既然有符，也可以复活，那当初何必受这般侮辱，为何不让王生带着哥哥逃跑的时候就带着自己的尸骨离开呢？

而从这里秋月说腿骨软弱来推测，只怕是那时候腿骨还没有长好。后文说秋月复活后十步之外，便要人搀扶，也许先前秋月如果复活，连十步都不能走动了，那才真是个悲剧。

终于还是顺利复活，并且还因祸得福，具有了许多人梦寐以求的盈盈之态，好似弱柳扶风，令人心动。

终于，还是自己做主了一回，争取了一次。因此，最后秋月常常劝告王生，因为罪过太多，需要广积阴德，多诵佛经，以示悔过。

也许，这个夫婿是父亲帮自己选的。可是，后来的路全都是自己走出来的。

经历了种种磨难，想来，两人会更加珍惜彼此吧。

就这样，静静安好，以待白头。

十一、《绿衣女》系列：

《绿衣女》：记得绿罗裙，处处怜芳草

绿衣女篇：鬓边一点似飞鸦

《绿衣女》：记得绿罗裙，处处怜芳草

黄侃曾做《采桑子》一首：

"今生未必重相见，遥寄他生，谁信他生？飘渺缠绵一种情。

当时留恋成何济？知有飘零，毕竟飘零，便是飘零叶感卿。"

立即感动得黄菊英毅然离家出走，与其结为夫妇。

想那《绿衣女》该是个怎样讲述的故事，先徒徒然生出这些感慨。也许对于绿衣女，正如牛希济的《生查子》所说：春山已暮，残月映脸，别泪晶莹，语已多，情未了，回首犹重道，反复叮咛，不忍别离：

"春山烟欲收，天淡星稀小。残月脸边明，别泪临清晓。

语已多，情未了，回首犹重道：记得绿罗裙，处处怜芳草。"

《绿衣女》在整部《聊斋》中可以说只是短短的一个小故事，小得就像文中的女主角，连生命都显得那么微弱而不足道。然而，它却是《聊斋》中将恩情与艳情结合得最和谐的一篇，

也是《聊斋》中最以意境而胜出的一篇。

于璟，字小宋，在醴泉寺读书。正值深夜诵读书籍之时，书叠青山，灯如红豆，却独独少了添香的红袖。

于是乎，一美妙女子在窗外赞叹说："于相公读书真勤奋啊！"

于生不禁暗自思量：这深山之中何来女子？

然而正在疑惑思虑之间，女子却已经推门笑入，道："读书真勤奋啊！"都说专注于做某事的男子最能打动女子的心，看来这绿衣女子也是这般被生感动。

于生略略一惊，站起身来，只见女子身着绿衣长裙，盈盈而立，婉妙无比。看那笑靥如花，仿佛是冉冉飘来的一抹绿影。

于生知道绿衣女不是人类，便问她从何处来。女子道："郎君看我又不是吃人者，何苦打破沙锅问到底？"

于生心里也喜欢她，便和她同寝。等到解下女子的罗襦，才发现她的纤腰还不足一握。

等到欢好之后，女子便翩翩离去，此后每晚都来。

一晚两人举杯小酌，谈吐间于生发现女子妙解音律，于是便说："卿的声音娇细，倘若度一曲，必定能销魂。"

女子便笑道："不敢度曲，恐怕销了郎君的魂。"

于生坚持请求，女子便答："我不是吝惜，只是恐怕他人听见。你如果坚持想听，那么我便献丑了，只是轻微的声音意思一下便好了。"

于是便用三寸金莲轻点床足，打着节拍，歌道："树上乌臼鸟，赚奴中夜散。不怨绣鞋湿，只恐郎无伴。"

声音轻如蚊蝇，勉强可以辨认。然而静下心来细细谛听，歌声宛转滑烈，动耳摇心，如裂帛之声，又如铜管响彻云霄，只怕是不输给那华丽大唐的歌唱家许合子。

然而歌毕，女子却开门窥探，说："防止窗外有人。"接着又绕着屋子一通巡视，才进门。

　　于生不禁有些不以为意："你为何那般怀疑恐惧？"

　　女子便又笑道："谚语常说：'偷生鬼子常畏人。'便是说的我啊。"

　　等到熄灯就寝，女子不禁又开始提心吊胆愁容满面，自言自语地说："生平的缘分，大概就要这样中断了吗？"

　　于生急忙问是为何，女子便答："我心有所动，估计是福禄尽了。"

　　于生便轻轻揽过女子，安慰她道："心动眼跳，不过是平常事罢了，何出此言？"

　　女子才又稍稍宽了心，两人又欢好如初。更漏将尽，女子便披衣下床，刚刚开门，却又徘徊而回，道："不知何故只是心中胆怯。请送我出门吧。"

　　于生便起身，将女子送出门外。女子便道："您就在这里看着我，待会儿我离开了，您再回去吧。"

　　于生自然答："好。"

　　看见女子转过房廊便寂静不见了。于生正打算回去却突然听见女子急切呼喊求救之声。

　　于生奔出门外，四顾茫然，只听声音在房檐间传来，于是举头仔细观看，居然发现一只弹丸大小的蜘蛛，正好捉住了一物，小昆虫哀鸣声嘶力竭。

　　于生便挑破蛛网，解去束缚缠绕，原来是一只绿色小蜜蜂，奄奄一息，命不久矣。于是顺便将它带回，放在屋中案头上，小绿蜂休息了一会儿，才能挪动步子。

　　小绿蜂慢慢爬上砚池，自己投身于墨汁中，又艰难地爬出伏在几案上，走出了一个"谢"字。最后方才频频扇动小翅膀，穿窗而去。

然而绿衣女和小绿蜂却再也不见了。

这绿衣女原来便是这小绿蜂,终生不见,未知是废掉了道行毁了人形还是一晌贪欢误了卿卿性命,徒留一声叹息。

对于于生呢,也许自是惆怅一阵,然后未知是否后来是功成名就,偶尔回首,还能想起这段情韵无限的小插曲?

看那院中芳草绿树,不知可有忆起那身绿罗裙?

看那青案书山,不知可有想起那妙语佳音?

看那蜂飞蝶绕,不知可有记起那案首"谢"字?

······

英国民谣《绿袖子》,情景凄美。在百度上看见的介绍说是故事男主角据说是那位性情暴戾的亨利八世,如同那些后来屡屡翻更却无创意的灰姑娘故事中的王子一样,恋上了一位不知名的绿袖女子,自此山也迢迢,路也迢迢,寤寐求之,辗转不得,心中苦闷,只得命令宫廷里的所有人都穿上绿衣裳,好解他相思。

此情此景,他寂寞低吟:"唉,吾爱,你心何忍?将我无情地抛掷。而我心一直深爱你,在你身边我心欢喜。绿袖子就是我的欢乐,绿袖子就是我的欣喜,绿袖子就是我金子的心,我的绿袖女郎孰能比?"

那首古典优雅的《袖底风·绿袖》甚至仿《诗经》格式译为:

我思断肠,伊人不臧。

弃我远去,抑郁难当。

我心相属,日久月长。

与卿相依,地老天荒。

绿袖招兮，我心欢朗。
绿袖飘兮，我心痴狂。
绿袖摇兮，我心流光。
绿袖永兮，非我新娘。

我即相偎，柔荑纤香。
我自相许，舍身何妨。
欲求永年，此生归偿。
回首欢爱，四顾茫茫。

伊人隔尘，我亦无望。
彼端箜篌，渐疏渐响。
人既永绝，心自飘霜。
斥欢斥爱，绿袖无常。

绿袖去矣，付与流觞。
我燃心香，寄语上苍。
我心犹炽，不灭不伤。
伫立垅间，待伊归乡。

　　只是，佳人已去，于生会点燃心香，寄语上天，请求和绿衣女的重逢吗？

　　想那于生的名字，于璟，于生，原来不过是托了"于此情此景"，"于是"欢好之名，而那表字小宋，也许则暗含了送别之意。

　　原来这一场相逢，不过是冥冥中的顺遂，几瞬的缠绵，做不得永恒，当不得这小小书生的天塌地陷，算不得地老天荒。

　　故事情调淡淡，自有一股幽韵之味。没有了那些所谓的生离死别，之死靡它，却是这般哀而不伤，叹惋不已。

绿袖长舞，拼得一场萍水相逢，得他一声"卿"之唤，正如网友所作"腰细小蛮绿衣长，凌波幽径湿莲钩。怯躯投池伏成谢，愿君能记黄莺曲"，留下一份这样的传奇，亦是足够了吧。

绿衣女篇：鬓边一点似飞鸦

冯梦龙的《情史》中，妓女江柳和陈诜欢好得罪了父母官而被杖刑，被在眉鬓间纹上了"陈诜"二字，送别时云歌曰："鬓边一点似飞鸦，休把翠钿遮"。不过幸好最后是个大团圆的结局。

而这里的绿衣女明知道和于生在一起会给自己带来祸端，可是依然情不自禁地选择和他相见、相逢、相好。

绿衣女本来就知道如果自己在于生面前唱歌，便会招来自己的天敌，而自己也将面临着生命危险，可她还是义无反顾。

"此身如朝露，惟惜与君缘。相逢如可换，不辞赴黄泉。"这首和歌仿佛是为绿衣女量身定做的一般，绿衣女为情就这样牺牲自己，而那个韵味无限的"谢"字，则是她与于生感情的升华。

绿衣女一出场，未见其人先闻其声，一声"于相公勤读哉"，既道出了自己的爱慕之心，又表明自己不是那么随随便便的女子。

随后一袭绿裙，轻盈脱俗，灵气逼人，自然非凡人可比。而面对于生的追问，娇嗔一句"您看我又不是要吃人的样子，何必劳心追问？"这里用马瑞芳的话来说，便是"幽默俏皮又友好，拒绝得婉转温雅，比如实招供都令人满意"。

而绿衣女那番低吟浅唱，不仅是于生，更是连我们也动心不已。然而歌中的悲情，不知有几人可以听出？

那悲吟，分明是在诉说她本是只小绿蜂，只因为鸟臼鸟吃掉比翼双飞的郎君，她孤栖偷生，不得不来到人间找有情人为伴，夜深露重，绣鞋被打湿。

撇去绿衣女这一身份来看，不过是一个羞羞怯怯的小女生。她可能偶尔精灵古怪，妙语佳音，可是她感情上受到了外来的压力，面临着爱情的破产。

不过她终究还是勇敢地迈出了一步，来找于生。绵绵细雨樱花褪，每个人都不可能是梁山伯与祝英台，逝去的爱情总不是每个人都要用生命去殉道。

于是，绿衣女小心翼翼地来到了于生身边，小心翼翼地维系着这样一段感情。

有人说感觉幸福如履薄冰，也许这句话用在绿衣女身上是最合适不过的了吧。陪伴在于生身边，夜夜红袖添香夜读书；轻吟浅唱为君解忧；时时妙语佳音频解颐。

小小的幸福，在自己小小的心里开满了花。

然而好花不常开，好景不常在，绿衣女预感到了厄运的来临，于是选择和于生告别。以为这样可以给于生留下一段美好的感情，那么分别的忧苦，时间也许会是最好的良药吧。

纵是万般不舍，纵是深情无限，依然还是要离开。于是绿衣女恳请于生能送她一程，彼此能再多在一起一会儿，"执手相看泪眼，竟无语凝噎"。

而绿衣女的身份，故事中一开始便点明了，根据但明伦的评语，"写色写声，写形写神，俱以蜂曲曲绘出"；绿衣女衣着体态——"绿衣长裙，婉妙无比""腰细殆不盈掬（暗喻绿蜂、蜂腰）；其声——"妙解音律""声细如丝"（模拟蜂行之声）；其行——"翩然遂去"（仿蜂翩然飞舞情状）。

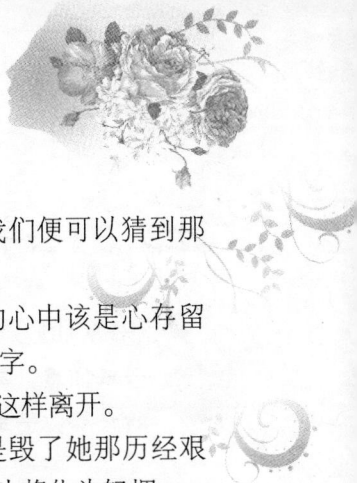

于是于生发现小绿蜂被困于蛛网中时，我们便可以猜到那便是那绿衣女了吧。

于生听她低吟浅唱，救她脱险，绿衣女的心中该是心存留恋与感激的吧，于是才会选择写下一个"谢"字。

女子最后频频展翅，仿佛是依依不舍，就这样离开。

即使是再不舍又如何？这般波折，只怕是毁了她那历经艰难修成的人形，更有甚者，连那小小的生命，也将化为轻烟。

就这样离开吧，趁他还未明白自己是那小绿蜂，趁他还未知道自己已经不能再度为人，趁他还未知道自己不久于世，带着在他面前永远亭亭玉立的样子离开吧。

不要让他看见自己憔悴的样子，不要让他看见自己死后的凄惨，不要让他为自己伤悲，带着他对自己的情意离开吧。

说什么只羡鸳鸯不羡仙，而自己这个小妖精，可以带着这样一份感情离开，也可以说是自豪的吧。

十二、《云翠仙》系列：

《云翠仙》：敢笑十娘不丈夫

云翠仙篇：易求无价宝，难得有情郎

婢女篇：平生遭际实堪伤

《云翠仙》：敢笑十娘不丈夫

看那烟花巷中过客来往，杜十娘最终看上了那貌似善良诚恳的李甲，于是错把路人当良人，如飞蛾扑火般扑出去不管不顾。只可惜决心下得如此决绝，结果也是这般悲壮，怒沉百宝箱，如花生命付之江流。

而那秦淮八艳之一的寇白门，十七岁时经历了当时最为盛大的一场婚礼，满怀小日子的希冀却被两年后丈夫出卖而打破，却毅然决然回秦淮凑足两万两赎回自己的丈夫，从此天涯海角，各不相欠。

杜十娘太渴望新生活了，以致将李甲身上的缺点通通看不见，以为从此随了他相夫教子，做个贤良女子，只可惜结果太不如意。

寇白门以为与那男人是银货两讫，只可惜离了他日日纵酒狂欢，如花容颜若罂粟花般急剧萎谢，留下个最不美丽的结尾。

那么在那些所谓的父母之命媒妁之言下受尽苦难的女子中，有没有那种洒脱自得，自救自赎而又笑对生活的？

答案是肯定的，这里便为我们提供了一个例子：云翠仙。

梁有才，也不知道是真有才还是假有才，山西人，游荡到济南做了个小商贩，无妻无子无田的三无人员，一个人吃饱全家不饿的类型。

正好四月去上香，善男信女特别多，大家纷纷杂杂跪在神座下，名曰"跪香"。

梁有才看见人群中有个女子，年方十七八，相貌美丽。梁有才心里特别喜欢，便伪装成香客，故意靠近女子跪下，又假装膝盖乏力，故意用手去摸女子的脚，进行骚扰。

女子回过头来，好像生气了，同时跪着挪动膝盖远离他。可是这梁有才偏生是个厚脸皮，跟着也挪动膝盖继续靠近女郎，不一会儿又用手去碰女郎的脚。

女郎觉察到了，突然站起身，香也不跪了，出门准备离开。关于这脚的含义，我们前面已经分析过很多次了，这里更加可以说明梁有才的无礼。

梁有才也赶紧跟着起来，出门寻找女子的踪迹，不知女子到哪儿去了，心里感到很失望，只得怏怏而行。不料半途中看见女子跟着个老婆婆好像两人是母女关系，于是急忙跟了上去。

只听老太太边走边说："你能去参拜娘娘，真是件大好事啊！你又没有兄弟姐妹，希望能获得娘娘暗中保佑看护，得个乘龙快婿。只要是能相处，孝顺，也不必是什么贵公子、富王孙。"

梁有才听了自然是暗暗高兴，心想这个容易，骗了这老太太，这仙子似的女子也不乖乖做自己的老婆。于是上前和老太太搭讪，老太太自我介绍说自己姓云，女儿名唤云翠仙。家住哪里哪里。

梁有才便借机套近乎，说："山路崎岖，老母亲腿脚不便，妹妹玉足纤纤，怎能立刻到家？"

老太太便说天色已晚，准备寄住在翠仙舅舅家。这老太太心眼还真实在，身边这么个如花似玉的闺女，自己却不管不顾对陌生人透露自己家的信息，一点也不知道还有街头骗子这一说法。

梁有才便问道："刚才正好听见老母亲说挑女婿不以贫贱，那么我又未婚，不知合不合母亲心意？"

老太太问女子，女子不做声；问了几遍，女子才说："他没有福气，又浪荡无行，有轻薄之心还易反复。我不愿嫁给这种猥琐肮脏的人。"

梁有才听了，立刻表明诚心，指诚日月，引喻山河，信誓旦旦。老太太大喜，居然就这样答应了他。云翠仙很不开心，可是也只能是不开心罢了，迫于母亲的压力又没有办法。

梁有才倒是很殷勤，找来两顶轿子，自己则步行跟随其后，到了险要的地方呵斥轿夫不得颠簸摇晃到了翠仙母女，情谊深厚。

等到了翠仙舅舅家，老太太说择日不如撞日，当天成婚好了。舅舅也很高兴，摆出美酒佳肴招待梁有才。

不一会儿，翠仙打扮好了，准备就寝。云翠仙叹了口气说："我本来就知道你不是什么有情有义之人，只可惜迫于母亲的命令，只好与你相伴。你如果是个人的话，那么不需要担心生活。"

梁有才这时倒是对翠仙百依百顺，都听她的。

老太太还对梁有才说你先行一步，我和女儿随后就到。去了梁家才发现梁有才家是四壁空空，老太太便着手准备女儿的嫁妆："如此不能自给，老身速回，当小助改善你们的生活。"

于是等老太太回去的第二天，来了男女仆人几个，各拿衣服、粮食、器具送来，东西多得布满了屋子。而这些人放下东

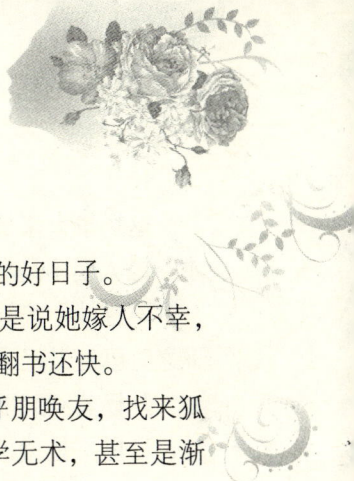

西就走了，只留下个婢女。

从此梁有才可谓是过上了老婆孩子热炕头的好日子。

只可惜不知道该说是云翠仙识人有道，还是说她嫁人不幸，果不其然，这梁有才娶了云翠仙之后，翻脸比翻书还快。

这才刚奔上小康呢，梁有才立刻是整天呼朋唤友，找来狐朋狗友，无赖混混之类的聚众豪饮赌博，不学无术，甚至是渐渐把翠仙的簪子耳环之类的当了当赌资。

云翠仙劝他还不听，甚至是很不耐烦。翠仙没有办法，只好每天守着自己的嫁妆，像防贼一样。

一天，正好梁有才的一个赌友来拜访梁有才，窥探到翠仙，不由得暗暗一惊，便对梁子才开玩笑说："你有大富贵啊，还担心什么贫穷？"

梁有才自然好奇地问是何故，朋友便说："刚才看见你夫人，真是仙子下凡，嫁给你实在是和你的家道不相称。如果卖做小妾，可得百金；如果卖为妓女，则可以得千金。千金在家，你听曲儿喝酒赌钱还缺钱吗？"

梁有才不说话，心下暗自思量，默认了这一建议。

于是等到回家，便向翠仙唏嘘哭诉，频频说家里穷了不可度日。翠仙不理他，于是梁有才丑态百出，又是摔桌子又是扔筷子又是骂婢女，戏份做得真足，未知是不是真情流露或者本色出演。

一天晚上翠仙沽酒和梁有才对饮，突然说："郎君因为贫穷的缘故，日日焦心。我又不是旺夫命，能帮郎君分担忧苦，难道不觉得惭愧吗？只是身无长物，只有这么一个婢女，卖了她，还可以稍稍经营一下。"

梁有才便摇头说："她值多少钱？"何其无耻的嘴脸，真真是和那位为了卖老婆吃馍馍都会醉的苏五奴有得一比。

这场景大家是否觉得熟悉？这位以卖老婆来表彰自己"有才"的人是不是和那个打算卖了杜十娘的李甲有些相似？

不过杜十娘答应嫁给别人而心中却还是对李甲含情，应承下之时已经做好了跳江的决心；而云翠仙呢？

几杯黄酒又下了肚，翠仙最终下定决心，道："妾身对于郎君，哪里不是侍奉周到的？只是精力只能这样罢了。想到贫困如此，即便是抵死相从，也不过是贫贱夫妻百事哀，有什么出路？不如把我卖到贵人家，这样彼此都有个依靠，价钱也比卖婢女多。"

梁有才故作惊讶道："怎么到了这种地步？"真真是鳄鱼的眼泪都比你的真实些，可惜当时没有奥斯卡影帝，不然梁有才早该被星探发现了。

翠仙坚持，表情严肃，梁有才自然是大喜，假意道："容后再议。"

正巧遇上一个太监来买妓女，见了翠仙，心里大喜，十分满意，生怕梁有才反悔，赶紧立下八百钱的契约，事就快成了。

这时候翠仙却对梁有才说："母亲因为夫家贫穷，常常思念，今天恩义断了，我想暂时回家看看。况且郎君与我已经断了夫妻关系，怎能不告知母亲？"

梁有才自然是怕云老太太阻拦，这不废话嘛，把女儿卖给太监去做歌伎，老太太脑袋进水了吗？又不是埋儿子救母亲的郭巨。

可是翠仙说我自己愿意，保证不会出差错。又不是那位在北齐高家神经病中生活的胡太后，以当妓女为乐，谁愿意被老公卖啊，难道想借着太监的势力唱一出春申君送妾，或者演一出吕不韦奇货可居，亦或来一出潘美嫁"妹"？

可是，也真是幸亏了这个可是，这梁有才的智商还真不是一般的低，居然就信了云翠仙这番话，答应了她。

快半夜了，才到了云翠仙家。开门进去，只见楼舍华丽，婢女、仆人往来不断。原来梁有才和云翠仙住在一起，每次请去拜见母亲，翠仙便制止他。因此赘婿一年多，也没到岳母家。

因此梁有才大惊，心想云家巨富，怕卖为小妾妓女翠仙不甘心。翠仙引他上楼去见母亲。

老太太大吃一惊，道："怎么夫妻同来了？"

翠仙便抱怨道："我原说他不仁不义，今日果然。"于是从衣底拿出黄金两铤放在桌上，"幸亏没被小人赚去，今天仍还给母亲。"

老太太惊骇地问原因，翠仙道："他准备卖我，所以藏金也无用。"

于是指着梁有才骂道："豺鼠子！想当初你当苦力，肩挑手扛，肮脏劳累，灰头土脸像鬼一样；汗臭熏天，身上的污垢厚得要坍塌，手脚的老茧有成寸厚；让人整夜恶心。我嫁过来之后，你坐享现成，才算脱了这层鬼皮。娘就在这里，我难道有诬陷你？"

骂得梁有才唯唯诺诺低着头大气都不敢出。

接着云翠仙又说："尽管我自己也知道算不得倾国倾城，可嫁你这等人，应该总算配得起吧？有什么地方亏负了你，竟然不念起码的夫妻之情。我难道没有力量买田置地盖高楼？可是也不瞧瞧你这副儇薄骨、乞丐相，你受的起么你？！终究不是个可以白头偕老的可靠人！"

说完，大家群起而攻之，婢女和仆妇把他们团团围住，听着女郎责骂数说，都随着唾骂。大有星爷在《九品芝麻官》中受骂的形象。

大家义愤填膺，道："不如杀掉算了，何必还跟他说那么多！"这自然是把梁有才吓坏了，赶紧扑在地上，慌不迭一个劲儿认错。

最后云翠仙大怒，盛气骂道："卖妻子已经是罪大恶极的了，这也还不算最可恶，他竟然忍心要把同衾共枕的人骗卖去当娼妓！"

话未说完，众人怒目以对，纷纷用锐利的簪子和剪刀去戳他的腰间和脚踝。梁有才哀嚎着乞求饶命。

到底还是夫妻一场情，云翠仙阻止众人道："暂且放过他，他就是不仁，我可不忍看他这狼狈相。"于是率众人下楼去了。

梁有才坐着听了一会儿，语声都静了，正想要潜逃，忽然抬头看见了星辉，原来东方已晓，野色茫茫。灯也灭了，并没有楼宇。原来自己竟然坐在峭壁上，俯瞰绝壑，深纵无底，一动就会坠下去。

身子稍微一动，塌然一声，悬石崩坠。下视茫茫，不知有多深。身子不敢转侧，便大声嚎叫，全身都肿了，眼、耳、鼻、舌全都不能动弹，浑身力气都用尽了。

日头见高，才有打柴人望见他，扔绳子过来，把他拉到崖上，快要咽气了。抬到他家里一看，却见门洞敞着，家荒凉如败寺。床、簏等器具都没有了，只有破椅子，烂桌子，是自家的旧物，零零落落的还在。颓然躺下。饿了只能每天向邻居乞讨。

接着也算是恶人有恶报，梁有才全身由肿变为癞。而村里的人都知道他没有德行，纷纷唾弃他。

梁有才没有办法，卖了房子，挖了个洞住。到路上乞讨，随身都带着刀，有人劝他卖了吃饭，梁有才却不肯："野地居住，防虎狼，用来自卫。"

后来在途中遇到先前那个劝他卖妻子的，上前去哀求，突

然拿出刀，结果了那人。

自然而然，被捕入狱。而官府查明实情，也不忍虐待他。然而关在狱中，没多久他也饿死了。

蒲公说有着远山芙蓉般美丽的女子为妻，甘愿与自己吃糠咽菜，即使是南面称王也不愿啊！

同时像梁有才这样的人，自己就不是个人样，出了事还怨恨自己误交损友，真真是悲哀。因此，交友不可不知道戒。要懂得送人善言，如赠橄榄；以恶引诱人，如同送人毒脯。因此应该日日三省吾身，去恶扬善。

故事到这里算是结束了，然而却给我们留下了两个疑点。

首先，云翠仙的母亲为何那么急着把女儿嫁出去？

按后文云翠仙家的富裕情况来看，云翠仙的母亲急着把女儿嫁出去实在是不合理。又是说什么求娘娘给个好女婿不求什么富贵之人只要老实诚恳就好了。

甚至是看到梁有才的表现后丈母娘看女婿——越看越满意，也断然不应该是当日就让女儿与之成亲。

都说三媒六聘，就算翠仙母亲不讲究这些烦琐的礼节，也不至于对女儿的婚事如此草率和贸贸然吧。

那么只可能有一个解释，这个故事暗含着皇家或者权贵选秀女引起的恐慌。

就像电视剧里演得老掉了牙的情节一样，民间每每听说皇帝要选秀女了，立刻是一片惊恐，然后纷纷嫁女儿，甚至是整座城里一夜之间诸多闺女同时成亲；或者是单身男子人人成了香饽饽，各家争着要，一男几女。

不要说什么选入宫中得见天颜是多么幸福的一件事，都说"一进侯门深似海"，那些白头宫女一生都见不到个皇帝，管你什么如花美眷，都赋予了似水流年。即使是那位有才有貌的侯姓女子，也仅仅是以她的死亡诗换来了隋炀帝的一声叹息。

更何况宫中多有政治婚姻，这位娘娘背后的势力如何如何，那位娘娘出身如何如何，战战兢兢，如履薄冰，还不如做那平常儿女，自在夫妻，来得逍遥快活。

因此，云翠仙的母亲带云翠仙来拜娘娘，估计也是帮她挑女婿的。只可惜老太太眼拙，没看出这梁有才的邋遢无赖样，让自己的如花闺女受这般委屈。

后来云翠仙三骂之后，梁有才恍恍惚惚才发现屋子都不见了，自己竟然在悬崖边。我们可以说云翠仙一家是狐狸所化，教训了梁有才一顿便离开了。

但如果剥去这层玄幻的外衣，我们可以说是云翠仙得知梁有才准备卖自己的时候，通过某种方法和娘家人取得了联系，然后帮云翠仙教训梁有才一顿。

等到云翠仙和梁有才回家，家人将悬崖布置成房屋的样子，暗中焚以迷香，趁梁有才恍恍惚惚，给了他一个教训而又不敢报官。

因此，云翠仙的机智不能不为人称道。都说古时的女子嫁人后做不得主，然而她却用自己的智慧，教训了梁有才，跳出了母亲包办婚姻的束缚。不至像那悲壮的杜十娘，即使是投身江中，让人慨叹让人敬佩，却也挽救不了那美好生命。

云翠仙篇：易求无价宝，难得有情郎

每个待字闺中的女子莫不是对自己将来的夫婿做了一番美好的设想：千般万般之后，归于平淡，仿佛是要将自己的头低到尘埃中去。不求他大富大贵，也不求他潇洒帅气，只愿他平平淡淡安分守己诚恳稳妥彼此能白头偕老共度此生。

不奢望他白衣翩翩，因为不是每个骑白马的都是王子，他也可能是唐僧；不奢望他谈天说地无所不知，因为不可能人人都是钱学森，又不是找电脑当老公；不奢望他七十二般武艺样样精通，又不是卫青霍去病转世，也许不幸是个家庭暴力分子。

因而对于云翠仙而言，自己花容月貌，自然是希望逢着一个知心知冷暖的良人。

云翠仙，云中仙子，玉中翡翠，蒲公赞她是远山芙蓉，不禁想起那位"眉如远山，面如芙蓉，肤如凝脂"的卓文君。只可惜大胆果敢如卓文君，私奔之后也没想到司马相如也有变心的一天。

不要跟我讲《西京杂记》是一本不靠谱的笔记小说，或者说里面的资料不具有参考价值。如果真的是卓文君跟了司马相如，然后司马相如后来文采冠盖天下博得汉武帝赏识，夫妻两和和睦睦安定一生，那么这样的传闻自然不会有，而且关于她们的故事应该就戛然而止了。平淡如水方是最好的状态。

就像那位日本历史上最美的女子小野小町，因为她后半生境遇的不顺利，导致后世流传出关于她的种种奇闻异事和文学作品，而那些各种《小町传》也成为御伽草子、歌舞伎、谣曲等民间文艺的素材。甚至是梦枕貘的《阴阳师》中也借安倍晴明之口为小野小町的哀怨鸣了不平。

因此，蒲公赞云翠仙如"远山芙蓉"，既是说她美貌，也是叹她遇人不淑吧。

有人说云母对云翠仙的封建包办婚姻，误了女儿的终身。可是，哪个母亲不是心疼自己的女儿呢？

很多时候父母总会对自家闺女说，把他带回家来让我们为你把把关，毕竟父母经历的事比你多，看人比你明白。想来云母也是这般地自信吧。只不过自己眼拙不如女儿的玲珑剔透心，造就一段荒唐姻缘。

有人说云翠仙是跳出火坑的奇女子，挣脱了婚姻的枷锁，然而仅仅是如此吗？

当母亲铁了心要把她嫁给梁有才的时候，云翠仙是什么反应？只是平静地告诉母亲说这个人嫁不得，还了句嘴，最终还是嫁了，还不如《祝福》里的祥林嫂挣扎了半天磕了个疤。

而后当得知梁有才准备卖掉她的时候，她是想办法和娘家人取得联系，然后演了一出祢衡三骂。

恐怕这和云翠仙的性格分不开吧，这个女婿是母亲挑的，不是自己选的。现在出了问题，自然要让母亲知道：看，你当初给我找了个什么样的人。

否则既然聪慧大胆如云翠仙，为何当初不选择那些通俗小说里的逃婚？又或者最致命的——逃婚，逃了是为什么呢？

红拂出逃，那是因为有李靖；文君夜奔，那是因为有司马相如；甚至是那戏里唱的，《倩女离魂》中张倩女至少都还有个念想可以为之离魂。

而这里呢，自己连个可以私奔的人都没有，更不用提可以收留自己的人。于是云翠仙委曲求全嫁给了梁有才。

等到他本性暴露，如若自己就这样逃回家去，只怕母亲认为是自己的一面之词不予采信，于是拐了梁有才一起回娘家来比公道。

然而也正是因为这桩姻缘不是自己选的，云翠仙才可以言辞振振丝毫无愧。

想那杜十娘为何最后看破世间恩爱投了河，还不是因为这桩姻缘是自己飞蛾扑火撞上去的。不是他太好，只是自己太想通过他来做个良家女子好好生活，于是心儿开出了花。没成想这梦到底还是破了，这样的故事找谁说去？

那要强如金玉奴，棒打薄情郎之后，结果还不是夫妻床头打架床尾和？

于是烈性如杜十娘，也只好是打落牙齿和血吞，情愿给了他人做谈资也不愿成了他人笑柄。

因此云翠仙才可以当着母亲的面发脾气，鸣不平。如若当初这个人是自己挑的，只怕要么是哑巴吃黄连自己逃了犯不上拉着梁有才去她家，要么是回娘家哭诉一番，断然不会像这般"祢衡三骂"。

因此，不能不提到那位大词人李清照，再嫁张汝舟：看破他那丑陋嘴脸后毅然闹上公堂要求离婚，即使是要坐牢也不怕，坚决要求离婚。

这才真真是叫敢冲破婚姻牢笼。

不过，两者也不适合相提并论，毕竟一个是讲冲破包办婚姻一个是讲冲破家庭暴力。因此，这样看来，云翠仙也算得上是一个有勇有智的女子。我们也许会说她不该嫁了梁有才，这只不过是在她的处境下最最无奈的一个选择了。

人生可以有很多个选项，可惜每到关键的时候往往只有一个是能用的，偏偏还不是十全十美的那一个。

婢女篇：平生遭际实堪伤

熟悉《红楼梦》的朋友肯定一看题目就知道这句话我是从第五回金陵十二钗副册里香菱的判词里抄来的。

副册里说是宝玉看见的是画着一株桂花，下面的池沼干涸，莲枯藕败，后面写着："根并荷花一茎香，平生遭际实堪伤。自从两地生孤木，致使香魂返故乡。"

说的是香菱小小年纪本应是个小姐命，却偏偏让拐子卖了；好不容易遇上个情痴冯渊，却被薛蟠打死；跟着薛蟠偶尔受气不过好歹还有薛姨妈偶尔疼爱，却不料逢着薛蟠娶了夏金桂，将香菱活活虐待致死。（高鹗的后四十回是说香菱最后熬到了夏金桂横死，自己被扶正做了少奶奶，这点是和曹公的判词相背离的。）

因此我们说香菱真真是个苦命女，连她的本名"甄英莲"也暗含了"真应怜"之意。

香菱这样的，在《红楼梦》里还半明不白地算得上个侍妾，那么那些连个同房丫头都算不上的小丫鬟们的命运是如何呢？

先说贾母的大丫环鸳鸯吧，"金鸳鸯三宣牙牌令"，威风八面，这个贾母跟前的红人，连凤姐也要和她搞好关系，套套近乎。可是呢，逢着贾赦讨妾，鸳鸯也是一点办法也没有。这么个扒灰败类，贾母知道后大骂贾赦留下鸳鸯，然而事情就这样解决了吗？当然没有，逼得鸳鸯只好发誓终身不嫁侍奉在贾母跟前，等到老太太归西，鸳鸯也只好殉主而去。

再看那宝玉跟前的晴雯、袭人。不管在宝玉面前是要风得风要雨得雨，最后不也一样给王夫人一句话逐出了园子，在那如芝兰呆猪圈似的地方郁郁病逝；而花袭人，暗里算是个同房丫头，可是最后不也一样配了个最末流的戏子，换某些人的说法，不是那贞洁命。

再如王夫人身边的金钏儿，明明是被宝玉调戏，却蒙上了个勾引少爷的名声，白白地投了井，还枉做孤魂。

其余的什么芳官、彩霞、龄官、司棋，谁又说得清谁比谁的下场要好吗？

这些个小婢女，在故事里往往就是个跑龙套走过场的命，只是跑来走去，谁曾留意过她们的悲欢离合？

就连那位标榜着"女儿是水做的，男子的泥做的"，闻了女子气便浑身清爽的贾宝玉，一个不高兴，回府照样是一脚踹门，还正巧是踹到了袭人的心窝上，因而又是愧疚又是心疼。不厚

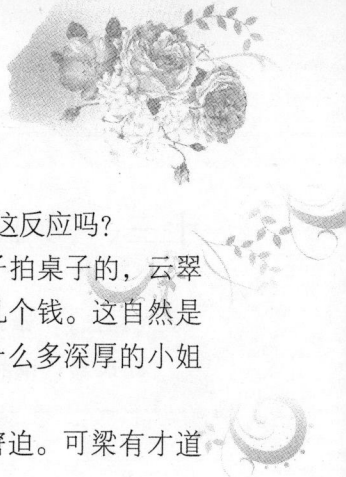

道地想了一下，若是蹿到傻大姐身上，他能有这反应吗？

而回到《云翠仙》中，梁有才赌气摔盘子拍桌子的，云翠仙一句过不下去了，不如把丫鬟卖掉还能顶几个钱。这自然是试探之语，不过也看出这丫鬟跟她也算不得什么多深厚的小姐丫头情。

若是梁有才就这般答应了，也算是生活窘迫。可梁有才道了句"这婢女卖了才值多少钱"，不值得。

感情这灵灵巧巧的小姑娘合着就一牲口啊。卖不了多少个钱，先养着。

也不知这婢女是不是知道小姐的心思，否则要么觉得卖了自己不知何去何从，要么觉得离开这个破烂家也好。

就看那香菱，夏金桂吵着嚷着欺负她，宝钗便道："卖了她好了，省得你生气。"香菱是一番声泪泣下，哭着求着不要卖掉自己，按曹公的原意，香菱就这样忧急攻心得病而死。

卖贴身丫鬟这招，杜十娘也用过，不过这李甲和梁有才也是一类货色，铁了心要卖老婆，十头牛都拉不回来。

那《西厢记》里位卑身贱的红娘，当觉察出小姐的心思后前去试探崔莺莺，却被莺莺怀疑是母亲派的间谍，加以审问。等到"拷红"那段，崔莺莺倒是和张生早就花前月下了，只剩下红娘受苦受难。

一杯谢媒酒，就这样回报了这位小女子了吗？

那些小丫鬟们，就这样如烟散去了吧，哪有什么"若共你多情小姐同鸳帐，怎舍得教你叠被铺床"滥情之人。

十三、《颜氏》系列：

《颜氏》：谁说女子不如男

颜氏篇：谁共我赌书消得泼茶香

《颜氏》：谁说女子不如男

鱼幼薇自幼便有女神童之名，待到游崇真观南楼之时，遗憾自己身为女子不能参加科举，否则也是栋梁之才一枚，于是赋诗一首：

"云峰满目放春晴，历历银钩指下生。

自恨罗衣掩诗句，举头空羡榜中名。"

陈端生写《再生缘》，笔端华丽，构思奇特，造就奇女子孟丽君，男扮女装考中状元，辅佐皇上治理天下，何等洒脱惬意。

上官婉儿的母亲生婉儿前曾梦见神仙给她一杆秤说是用来称量天下，婉儿母亲满心欢喜以为是个封侯拜相的男孩儿，谁知落地之后竟是个小女孩。婉儿母亲不禁抱怨道："称量天下的就是你吗？"没成想婉儿竟依依呀呀地似乎在回答"是"。后来宋之问、沈佺期等当时的大诗人居然谦卑地将自己的诗稿递上请婉儿品读鉴赏；辅佐武则天，成了女丞相，叱咤风云，可以说是实现了婉儿母亲的梦境。

甚至是《镜花缘》的后半截，武则天开女科，让天下的才女都来应考，最后取得有才有貌的女子百名。

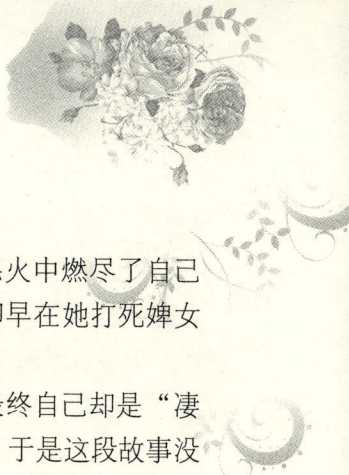

只可惜，

鱼幼薇错跟了李忆，落得半生悔恨，在怒火中燃尽了自己的生命。而那曾为温庭筠惊为破天的才华，却早在她打死婢女绿翘之时加以殒灭。

陈端生妙笔生花写就《再生缘》15卷，最终自己却是"凄凄惨惨戚戚"，丈夫死后，一切都随之而去了。于是这段故事没了结局，高潮停在了皇帝怀疑孟丽君是女子，准备让宫女去检验之时。这皇帝也是贪心之人，得了个贤臣就罢了吧，非要去验明她是个女子好收入宫中吗？

而上官婉儿，纵是才华横溢，最终还是因为政治投机死在李隆基之手。即便是当初曾"日边红杏倚云栽"，结局也依然只是"花落人亡两不知"，玉颜零落成土。

再看那《镜花缘》中的百名女子，我记得的就只剩下那才名第一的唐小山、牡丹花转世的女儿国王子阴若花、投海捕鱼救母的廉金枫、爱讲笑话的紫芝，余下的连名儿也记不清了。

虽说是中了才女之名，不过这百名女子不过是百花降世历劫，得了个才女之名，不过是多了块牌匾，担了份虚名，于国也没什么特别大的贡献。

而《聊斋志异》里也讲了个这样女扮男装得功名胜男儿的故事，这便是《颜氏》。

话说顺天某生，这书生连个路人甲乙丙丁都不算，无名也无姓，看来蒲公是打心眼里瞧不上他。

家里穷，赶上收成不好，便跟着父亲流落到了洛阳。然而脑袋迟钝，十七岁了才勉强能作文。然而他相貌俊美，能开开文雅的玩笑，又擅长写信，于是见过他的人都不知道他腹中草草。

不久父母相继去世，书生孑然一身，便在这儿接受儿童教育。

恰好村里颜家有个孤女，是名士后裔。从小聪慧，父亲在世时教她读书，能过目成诵，估计是小神童级别的。

十多岁跟着父亲学作诗，跟那些十来岁便会赋诗的上官婉儿、李季兰、鱼幼薇差不多。父亲自然是非常高兴，道："我家有过女学士，可惜不是男子。"

这样一个女儿，做父亲的自然是爱之深怜之切了，也更期望能选到贵婿。父亲死后，母亲也坚持这样的想法。只可惜找了三年也没什么结果。而母亲也去世了。

过去有人调侃说："女大学生是黄蓉，人人争着爱；女研究生是李莫愁，人人是避着走；女博士是灭绝师太，人人逃着走。"这颜氏文采高了，也难嫁个好郎君。

正如那位以"咏絮才"著称的谢道韫，最后不也嫁了个凡夫俗子王凝之，自此郁郁一生。更不用提那位伤心断肠的朱淑真。

眼看着这样一个好闺女就快成了"剩女"，大家就劝她赶紧找个好学士嫁了，女子也答应了，却一直未找到。

正巧邻家妇人过墙来和她攀谈，用带字的纸裹着绣花线。女子打开一看，原来是，那人的手稿，却是寄给邻居书生的。女子反复看了好几遍，很是欣赏，都说字如其人，想来这写信之人人品文品也是俱佳。

妇人如何不知，自是窥透了颜氏的心思，便对她说："这里有个翩翩美少年，孤身一人，与你相同，年纪相仿，如若你中意，我便叫我丈夫去说和一下。"

颜氏害了羞，默默不语算是答应了。

这妇人还真是个热心肠，回家就把这事告诉了丈夫。他丈夫和书生的关系本来就不错，能做个顺水人情自然皆大欢喜。

书生知道后，自然是开心不已。恰好书生有个母亲留下的金鸦环，便作了聘礼托那妇人给女子致意。

当天成礼，女才男貌，洞房花烛，琴瑟和谐。

可等到女子看书生的文章时，不禁哑然失笑，道："你的文章和你相比仿佛是两个人，这样何日才可成名？"于是朝夕劝丈夫苦读，严厉如师友。

黄昏，先是自己挑灯自读以作表率，直到滴漏全部都漏了下来才结束。完全是高考备战状态。

这样过了一年多，书生的制艺可以说是精通了，可是每次考试一败再败，只好自认倒霉。一日三餐都供给不上，心情寂寞，只知道嗷嗷悲泣。

女子便斥责他道："郎君真不是大丈夫，白白玷污了男子汉的名声！如若让我易髻戴帽，做官还不是像拾草一样容易。"

书生正在懊悔中，突然听到妻子这番话，好不生气，瞪着眼发怒说："闺中女子，身不到考场，便以为功名富贵像你在厨房打水做白粥那样容易？若给你戴上帽子，只怕也和别人一样！"

书生这番厨房谬论真真是好没道理，只怕真让他进个厨房煮个白米粥将白米粥做了白米饭，白米饭做了胡焦饭，做个蛋炒饭不是"金包银"而是"米田共"。

功名未到手，大男人主义架势倒是十足。

女子却未在意，只是笑道："郎君不要动怒，等到考试的日子，妾请换装相代，倘若落拓如君，当然不敢藐视天下士子。"

说到这里，书生也笑了："娘子不知黄连苦，真应让你去试试。但又怕暴露让相邻看了笑话。"

女子便道："我不是开玩笑，郎君曾说过燕地有故居，我着男装跟你回去，装作你弟弟。郎君婴儿时代就离开了家乡，谁能辨得出真假。"

话说到了这份上，老婆聪慧，思维缜密，书生自然是依从了她。于是女子进屋换了男装出来，道："看我可像个男儿？"

书生不禁眼前一亮，真真是个翩翩浊世佳公子的模样。书生大喜，遍辞邻居，交好的朋友稍有赠金，便买了头羸弱的瘸马，带着妻子回了家。

正好书生的叔伯哥哥尚在，见到两兄弟都是丰仪俊美，心里十分高兴，早晚关心他们。又见他们起早贪黑地攻读，更加敬爱。于是雇了个剪发小婢女供他们使唤，两夫妻等到晚上就支开她。

乡里凡是有吊唁庆贺之类的事，都是哥哥出去周旋，弟弟只是在帷下苦读。住了半年也很少有人看到她的真面目。

如果是客人请求相见，哥哥就代辞掉。而别人读到她的文字，都是十分惊奇。甚至有的客人推门强逼，她便上前一礼，然后走开。客人看到她的风采，更是倾慕。于是颜氏名声大噪，世家也争着愿意招她为婿。

于是叔伯哥哥与她商量，她也只是嫣然一笑，不做答复。再强迫，就盗用霍去病的名言来做推辞："我有青云之志，不及第不成婚。"这时正好赶上学使考试，两人便一同去应试。哥哥落了榜，弟弟却以科试冠军被保去乡试，考了第四名。

此后第二年中了进士，被受封为桐城县令，人称清正廉明。后不久又升为河南道掌印御史，富裕和王侯一样。

不蒸馒头争（蒸）口气，颜氏的目的也达到了。于是准备功成身退，便托病辞职，被赐归故里。

纷纷宾客盈门，可是她始终是谢绝召见。

从诸生到显贵，并不说娶妻，别人都觉得奇怪。于是回来后渐渐买了些婢女，有人便怀疑他私通婢女。可是嫂嫂细查，

却并未有越轨行为。

不久明朝改朝换代，天下大乱。颜氏这才跟嫂嫂说："实话相告，我是小郎的媳妇，只因男人没出息，不能自立，赌气若干，又怕张扬，致天子召问，贻笑天下。"

这不成了科举中的花木兰吗？嫂子自然不信，于是脱了靴子看她的脚，才惊愕：只见她靴子里塞满了棉絮。

话已说到这种地步，于是颜氏让丈夫承了她的官衔，自己仍闭门做家庭妇女了。

可惜颜氏终身不孕不育，只好出钱给丈夫买了个妾。面对这样的情形，颜氏无奈地调侃道："平常人显贵了，便买个姬妾来侍奉。而我宦迹十年，还是一身。你有什么福泽，可以坐享佳丽？"

丈夫便道："面首三十人，请夫人自行挑选。"相传为笑话。

当时书生的父母多次受圣恩了，缙绅去拜见，用侍御礼尊崇某生。而他却羞愧自己袭了老婆的官衔，只是以书生的头衔来宽慰自己，终身也没有坐车马。

蒲公曾这样评价说：公公婆婆因为媳妇的缘故而受封，可以说得上是奇特了。然而侍御像夫人的，什么时候没有过？只是夫人是侍御的少了。因此看天下那些戴儒帽，号称大丈夫的人，都应该羞愧死啊！

而如颜氏夫妇，纵使辞官隐居不问世事，只怕颜氏女扮男装这件传奇也会成为夫妻之间的一层隔膜吧。即使是聪慧如颜氏，只是将此作为夫妻间的玩笑，那么谁能保证大男子主义如这个书生不会将此作为心中的一个芥蒂呢？

只怕书生对颜氏是敬多过于爱，而不是又爱又亲。不能不对颜氏报一声叹息。

颜氏篇：谁共我赌书消得泼茶香

"赌书消得泼茶香，当时只道是寻常"，既是说了李清照和赵明诚，也是说了纳兰容若自己和亡妻卢氏情投意合恩爱无比并且还爱得那么浪漫那么有情调，不知羡煞了多少人。

"泼茶香"这份淡淡的温暖，浅浅的幸福，也许到老回忆的时候更加会觉得难以忘怀吧。钱老说婚姻是围城，也许进了这城爱情慢慢消逝，剩下的却是恒久而温暖的亲情了。

然而，没有了年少的跌宕爱情，没有了当初的心跳起伏，没有了天涯海角地老天荒的傲气，剩下的，只是彼此手挽手，执一卷诗书品一杯清茶，抑或"温一壶酒下月光"，始知"赌书消得泼茶香"是何等得幸福与难得。

又或者，如若没有了那个可以执手偕老的人，一个人悲戚到老，想来这段故事更是追忆华年似水。

最早看《钱钟书全集》的时候，最开始着迷的不是里面所收录的《围城》或者《写在人生边上》，而是杨绛算是给钱钟书作传的那篇序。心下暗自思量：这样一个少年得名，天之骄子，傲视文坛，却又充满童真的男子，该是怎么样的女子才能配得上他？

后来看《钱钟书传》看到钱钟书和杨绛约会以及订婚那些段落，想到后来的《我们仨》，我就笑了：果然是如人饮水冷暖自知，这样两个有趣的人凑一块儿，不能不说是一种幸福。

然而回到《颜氏》中，父母双亡，颜氏一人独自生活。那几年也许是靠着缝补度日，闲时作作诗，不知是否想过未来夫婿的样子？

希望他可以依靠，希望他能长于诗书，希望他今后可以与自己"赌书消得泼茶香"。等到看见书生的信时便动了心吧，字迹隽美，执笔人更是容貌昳丽，子都之貌，也许更有宋玉之才，执手结缘，愿共度一生。

新婚之际自然是百般美好，只是过了甜蜜期夫妻之间的缺点便全都暴露了。书生文章中透露出的平庸自然是不能掩盖他的拙劣。

"文章和郎君仿佛是两个人，这样何日才可成名?"这般驽钝的人，别提赌书泼茶了，只怕是找个共同语言都困难吧?

真是成也萧何，败也萧何，颜氏只怕是不止一次后悔当初为何要去看邻家妇递过来的用来包针线的纸吧?

有个故事说有个女子结婚前看见自己的恋人给了乞丐一块钱便觉得这男的好有爱心，于是嫁给了他，乞丐便成了彼此最好的媒人；然而当婚后悔不当初的时候，那乞丐也成了被咒骂的对象。其实，乞丐自始至终什么也没有做过，正如这字迹，颜氏是爱上了这俊秀的字还是写字的人呢?

于是想先天不足，也许可以后天补助，于是带着相公日夜苦读。当读书仅仅成了获取功名的一种手段，夫妻之间还会有那种"赌书消得泼茶香"的快乐和幸福吗?

不知是赌气还是心有不甘，吵架之后颜氏便想到女扮男装前去考试。既然不能指望丈夫，那不如看看自己的能力，衡门之下，谁能安于这样的境况呢?

没成想，却拉开了另一段序幕，颜氏接连高中，最后竟然做了十年的官，且政绩显著。

这样的女子真真称得上是个传奇！不输于战场上的梁红玉，不下于治世的上官婉儿，更不逊于武装皇后妇好，既证明自己不仅是个饱读诗书的奇女子，更是证明了自己的才能非凡，不是死读书之人。

只可惜这样的一个女子，最终面对的却是：自己不能生育，只好给丈夫买妾延续香火。掏的是自己的银子，买的是丈夫的女人，这样想来是何等悲凉？

实在是愤愤，便对丈夫抱怨，丈夫便说面首三十人请夫人自行挑选。可能吗？真真如此，只怕颜氏也和那位有名的山阴公主一样被骂成淫妇了。

因此，对于颜氏，不禁是佩服叹息，这样一个女子，只可惜没有逢着与她相匹配的男子，不能不说是遗憾。

有的人不希望女方比自己强势，这样自己仿佛很没有成就感。于是男女间微妙的情感就这样发生了变化，只是从颜氏和丈夫还能笑着开玩笑来看，两人关系也还算好的，书生也仅仅是因为自己的名誉是靠夫人得来的而感到耻辱。

叹了颜氏，也不禁有些惋惜那个书生，平庸也不是他的过错，最大的过错应该是平凡的他娶了不那么平凡的她吧。

也许找个粗通文墨，会勤俭持家的温柔女子对于他来讲便是最大的愿望了，然而两人过着柴米油盐的小日子，倒也其乐融融。

只是没想到，她太优秀，优秀到了让自己感到压力，让自己怎么努力也衬不上她的好，因此有些郁郁。

如果我们说假如这两个人没有遇见，没有那张薄纸为媒，也许对他们都是一桩幸事。然而呢，真是如此吗？

颜氏虽然每每有叹息自己才智得不到伸展，因而不平。只是在知道真相时候她也只是开玩笑的态度，甚至当她和丈夫吵架的时候都没有跟丈夫翻脸，这说明什么？对于这个丈夫，她的心里还是有他的位子的。

并且在说那个面首的问题上，夫妻俩也不过是当个玩笑说说，只是还是看得出颜氏的不甘。

不过对于颜氏而言，即使知道了他并非是字如其人，但也是善良温厚之人。也许没有了"赌书消得泼茶香"的幸福，但是也许会有月下赏梅花的温馨；也许没有了吟诗作对的雅兴，但是也许可以有看他写字翩若惊鸿的闲情；也许没有了录词书品金石的高雅，但是也许会有围炉夜话的暖意。

生活是一首诗，如果他们不能做山水派，那么做对田园派也许也是不错。

如若她真的有那么遗恨，那么便是第二个谢道韫和朱淑真了。因此，她不是。她是真的爱她的丈夫的。爱他，舍不得他不够优秀，于是比谁都盼望他更好。

她只是感叹自己的才能得不到伸展，这些，关乎自己的理想，不是关乎他。考科举，做贤官，其他女子不敢想不敢做的，自己全都实现了，还有什么不满足的呢？

只是没想到，命运转盘可以有千万种可能，不是每种都是好的，自己不孕。这倒真成了钱钟书《猫》里面说的"绝代佳人"。她不是顾横波，可以盼子成魔，花钱给他买个妾吧。

这女子太冷静太明智，纵使有万般不愿千般不甘，也无可奈何。

十四、《细侯》系列：

《细侯》：东方美狄亚

细侯篇：惊世骇俗另类"桃花夫人"

《细侯》：东方美狄亚

美狄亚，那是希腊神话《金羊毛》的主人公。这位岛国公主和来岛上寻找金羊毛的王子伊阿宋一见钟情。为了这个外邦人，她抛却公主地位、窃走国宝金羊毛、杀死弟弟，甘愿随他远走他乡，不管不顾。这份决绝果敢也许只有《碧血剑》里的何红药可以相比吧。

只可惜借助美狄亚的法术夺回王位的伊阿宋移情别恋，痴心如美狄亚，狠心也如美狄亚，由爱生恨，将自己和伊阿宋的两个儿子杀死，然后又用下了毒的衣服烧死了伊阿宋的皇后，抛下伊阿宋，挥袖而去。

小时候第一次看这个故事时就被震惊了，怎么可以有这样的女子，因为不爱，因为恨，可以转而将自己的孩子杀死？

后来再看美狄亚，觉得她就是一朵怒放的罂粟花，妖娆，而充满了怨毒。

罂粟花怒放，开的艳丽，开的曾是她寻寻觅觅爱情的心，然而，那份渗透到骨子里的毒，让她最终难逃被人抛弃的命运。

你能说她最后真的对伊阿宋只剩下恨了吗？不能吧。既然

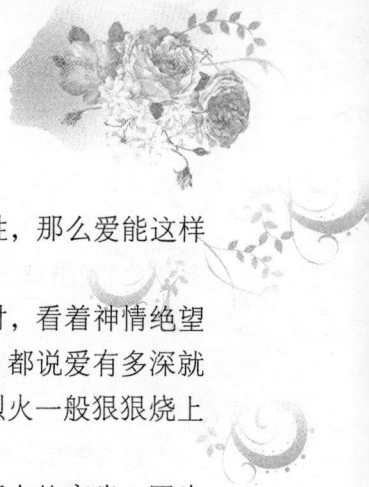

当初一见钟情,既然可以为他做那么大的牺牲,那么爱能这样全部转化吗?

当美狄亚抱着自己儿子的尸体上了龙车时,看着神情绝望的伊阿宋,她笑了。这笑未必不是泪水盈盈。都说爱有多深就会多远,那么对于美狄亚这样一个爱上就似烈火一般狠狠烧上一把的女子,怎么可以抽身得如此干净?

她就是那黑百合,凌烈在风中。她有着百合的高贵,因为她曾贵为公主;她有着黑色的不祥与咒怨,因为她那令人恐惧的广大法力。

因为这个杀子情节在心里的烙印太深,因此后来看到《细侯》时便立刻想到了那个将自己的心都撕裂的美狄亚。

话说昌化有个满生,在余杭设帐教书。有次去市场,经过临街的楼阁下,忽然有荔枝壳砸到了自己肩上。于是仰起头往上看,只见一个雏妓倚在阁栏上,"妖姿要妙",满生不觉看痴了,而那妓女却向下望了一眼,然后嘲笑着回屋去了。

这一幕还真像是西门庆初遇潘金莲。

于是思女心切的满生便打听起这个妓女的情况,才知道她原来是娼楼贾氏女细侯。

然而细侯身价很高,满生一个穷教书匠,自问不能达成见她的愿望。可是呢,没有钱又不能阻止去思念细侯的心,于是回到斋馆,彻夜难眠。

第二天,满生便眼巴巴地跑去妓院送帖子,终于见到了细侯,与她相谈甚欢,因而心里更加迷恋她。

满生如坠情网,甚至是编了个理由向人借了钱来找细侯。

然而等到满生在床枕上随口作了首绝句,吟道:"膏腻铜盘夜未央,床头小语麝兰香。新鬟明日重妆凤,无复行云梦楚王。"

不过是客人与妓女间的玩笑罢了，没成想细侯却皱了皱眉头说："我虽身处这污贱之地，然而却想与你同心并伺奉你。你既然没有家室，那我可以跟随你吗？"

　　满生自然很是高兴，当即把话说得很是恳切，并认真作了约定。

　　接着细侯又说开了，开始畅想以后男耕女织夫唱妇随的小日子："作诗打对的事，我觉得也不难。我常常在没有人的时候，想仿效着作一首，只是怕做不好，被人家笑话。如果能跟你在一起，希望你能教我。"

　　还真是积极要求进步的女子，不禁想起《红楼梦》里那个呆呆傻傻学作诗的香菱。

　　接着细侯开始以女主人的身份打算了："家里有几亩田产？"

　　满生只好老老实实地回答说："薄田半顷，破屋几间罢了。"

　　细侯便盘算开了："我嫁到你家后，应当常相厮守，你就不要再在外面设帐教书了。有四十亩地足以自给，有十亩地也可以种黍，织出五匹布绢，纳太平之年的税已经有余了。闭上门户，夫妻相对，你读书我织布，有空的时候就作诗饮酒以作消遣，有这样美满幸福的生活，哪里还有羡慕当官封侯的事！"

　　可以说细侯这番设想还是很让人憧憬的。男耕女织，作诗饮酒，"采菊东篱下"，可以说是应了海德格尔那句"人当诗意地栖居"。

　　不是乐羊子妻，不会断布驱夫，因而可以靠卖布为生；十来亩地种种五谷，解决吃饭问题，或学陶潜"晨兴理荒秽，带月荷锄归"。

　　闲时吟诗作对，彼此唱和，做那梅妻鹤子的林和靖；采五谷，自酿桂花酒，"酒不醉人人自醉"；摘那玫瑰花瓣做那花馅儿，元宵集那荷叶，做清新米糕，何等惬意，此情此景莫不羡

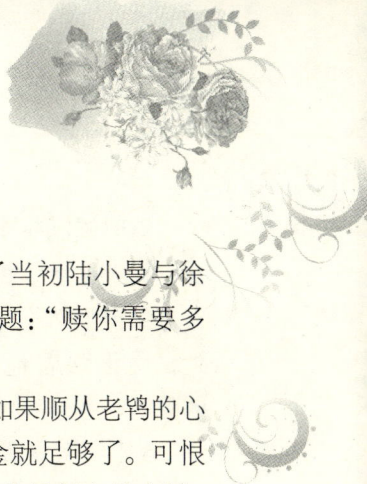

煞旁人。

细侯设想得很美好，从她身上仿佛看到了当初陆小曼与徐志摩的缠绵。然而满生问了一个最现实的问题："赎你需要多少钱？"

细侯便给出了一个最实际的解决方案："如果顺从老鸨的心意，这无底洞何时能填满？你最多准备二百金就足够了。可恨我年纪小幼稚，不知道看重钱财，客人给了小费就都交给老鸨，自己手里存下的很少。如果你能筹措一百金，超过这些的由我负责，那你就不用考虑了。"

于是满生也开始积极起来，"我落寞拮据，你也知道，一百金咋能弄到呢。正好我有个朋友在湖南当官，邀我好几次了，因为道路远，所以一直没有成行。现在为了赎你，我就去那里想想办法。算算有三四月的时间就可以回来，希望你耐心等着我。"

细侯自然满怀希冀地答应了。

没成想等满生赶到湖南，他的那个朋友已经被免官，自身都难保。窘迫而没钱回去的满生只好留下来教书，一做就是三年，也还是没能回来。

可惜祸不单行，人倒霉了连喝凉水都塞牙。有次满生用戒尺打了学生，这学生偏偏心里承受力弱投河死了。学生家长悲愤之下自然是把满生告上公堂，被逮捕的满生幸亏有其他学生理解，时常用金钱买通监狱的人，这才没受多大的苦。

而这边细侯自从和满生分别后便闭门谢客，老鸨知道这番缘由后也知道细侯的志向不可改变也听之任之了。

然而这时候却有个富商慕名而来，托媒人到老鸨处说合。那架势，一定想得到细侯。细侯自然是不同意，富商便托着贩卖货物的名义去了湖南，偷偷探听满生的消息。

这时候满生本应该得到释放了，富商却用金钱贿赂办事人员，让满生继续蹲监狱，回来却告诉老鸨说满生已经死在狱中。

细侯当然不肯相信，老鸨便劝她说："无论满生已死还是没死，反正跟着他受穷，哪里比得上跟着大官人吃好的穿好的呢？"

细侯却意志坚定，毫不退让，"满生虽然贫困，但他风骨清雅；守着庸俗龌龊的商人，确实不是我的愿望。况且你那消息都是道听途说，哪里可以作为凭信呢！"

富商看到这种情况，为了让细侯相信，便又嘱咐别的商人，假冒满生的名义写了一封绝命书寄给了细侯，以此来断绝细侯的心思。

细侯见到绝命书后，朝夕哀哭，老鸨说："我把你从小养大，精心抚育。你长大成人已经两三年了，我年龄大了，能得到你报答的日子也不多了。你这样既不愿继续在妓楼里当妓女，又不愿嫁出去，我们怎么维护正常的生活呢？"

细侯不得已，只好嫁给了富商。富商得了细侯，欣喜若狂，无论钗钿还是衣服，都给她很多。一年以后，细侯生了一个孩子。

没多久，满生得到学生的帮助，终于出狱，才知道是富商使坏导致自己长期关押在狱。只是又觉得自己平日没的罪过他，怎么也想不出来富商害他的理由。他便用学生助资路费得以回乡。听说细侯已嫁，心里非常痛楚，就把自己心里的痛苦，委托市场上卖浆的人传达给细侯。

没想到细侯竟是个烈性子，听说之后悲恸不已，联想起此前种种，原来都是富商的诡计。于是趁着富商外出，杀了怀中的儿子，携带上自己的细软投奔满生；凡是富商家的服饰一律没有带走。

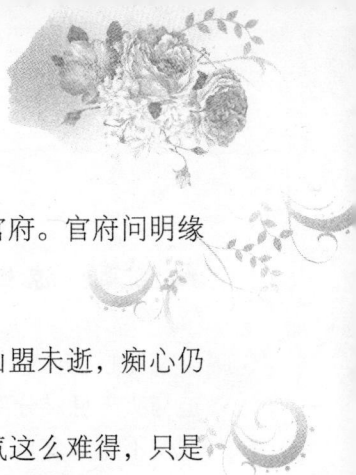

等到富商归来，自然是大怒，然后告上官府。官府问明缘由，竟然就这样不了了之。

随后蒲公的评论出现了两个版本：

一是细侯和满生可谓是破镜重圆，然而山盟未逝，痴心仍在，细侯的守信重义真可以说是值得嘉许。

然而正如蒲公所感叹的，这份勇气和义气这么难得，只是为何非要杀了儿子去投奔满生呢？这样也未免太过残忍了！

二是将细侯归于满生和过五关斩六将归汉营的关云长相提并论，高度赞扬了细侯的义薄云天。虽然如此，蒲公还是觉得细侯杀子太过残忍了。

富商垂涎的不过是细侯的美色，都说红颜祸水，原来真的是祸水，只是都祸害到了红颜自身。

假设她只是妓院里一个小小的雏妓，也许就这样随了满生过那田园自在生活去了，落得逍遥且又有人间烟火。

细侯不甘心，为了当初的誓言，也为了自己一直追寻的幸福，毅然决然地选择和满生在一起，哪怕背负上杀子的骂名。

初遇满生，对的时间遇上对的人，是一种幸福；无奈被富商纠缠，是错的时间遇到错的人，被迫嫁给富商，后来想来是一种荒唐；与满生重逢，是错的时间遇见对的人，于是只有悲伤。

然而心中的天平早已见了分晓，也许和满生在一起会有当初的那种快乐吧，只是今后，那曾经扼杀过一个小生命的细侯是否对于很多事物都会怀有悲天悯人的心思呢？"己所不欲勿施于人"，明白了这一点，也许细侯后来懂得只要坚守自己的那份幸福就足够了。

细侯篇：惊世骇俗另类"桃花夫人"

"桃花夫人"息妫因为美貌，导致频频被强权掠夺，最后被迫与丈夫息侯分离，为楚王所占。然而息夫人带着隐忍的恨意，即使不能保全自身，也只好三年不与楚王言，含蓄表达自己的悲愤。

因此《本事诗》中，王维为了替饼帅妻子求情，便吟道："看花满眼泪，不共楚王言"，既是叹的息妫，也是借机希望当时的宁王可以放了有着同样遭遇的饼师之妻，不要做第二个楚王。

可是刘向先生不乐意，偏要改变历史，非得给息妫加上个殉情的戏码，仿佛这样才能增加她的贞烈之名一样。说是息夫人趁着楚王出宫打猎，便偷偷找到息侯，然后双双殉情而死。

无独有偶，那位富可敌国的王崇和绿珠，乔知之和瑶娘，皆是因为强人索取，女子坚决不从而决意赴死：绿珠坠楼，瑶娘投井，两代红颜，竟都这样薄了命。

如此看来，仿佛一对彼此相爱的男女，面对强权的拆散，那弱女子们不是心死如灰，沉溺在过去中出不来，就是决绝赴死不留下一丝一毫的犹豫。

那么，有没有第三种可能呢？答案是有的。正如细侯。

得知自己当初被迫嫁给富商不过是一个骗局后，细侯毅然而然斩断与富商的一切联系，坚定地奔向了满生。

可以说，细侯一直都是个不认命的女子，或者说一直都是个追求梦想的女子。

从开篇那个砸荔枝壳的举动来看，轻佻放纵，这样的手段，再看后文满生借钱嫖妓的行为，怎能不俘获满生的心？

而看这荔枝壳，有人说余杭是不产荔枝的，且要说风情，樱桃核也是不错的选择吧，为何独独选了荔枝壳？因此，像细侯这样能吃上荔枝的妓女可以说是身价颇高。就此来看，仿佛满生就要掉进无底洞、销金窟，万劫不复了。

然而峰回路转，细侯托身给满生，过上男耕女织的幸福生活。有人说细侯就算逢不上柳永这样的白衣卿相，宋徽宗这样的风流皇帝，也不用偏偏找了个满生这样贫穷无甚了了的男子吧？

只能说，细侯盼望的，是过上普通女子的小日子，只要能够回归一个普通人，那么其他的便不再那么重要。而满生，不过是看他诚恳善良，借着这男子，托身于他，伴他一生一世，也算是能得偿所愿了吧。而这个愿望应该也是由来已久。

满生只是一个过渡，通过他，她可以过上向往的生活，柴米油盐，平淡一生，足矣。

而满生也应该庆幸，遇到这样一个玲珑剔透的女子，而不是将他抽骨吸髓，让他困顿不堪。

因此在满生吟了首酸诗后，细侯便开始打算了。得到满生的应许之后细侯便开始以女主人自居。

有人说欢场上无真情，"因为她们更实惠，更懂规则，更能洞悉世事的荒诞，更了解生存的意义高于一切"。

然而细侯如此聪明，而有才干。她并不是那种只是耽于梦想而不切实际之人，她开始设身处地谋划着属于两个人的幸福而美好的人生："细侯觉得自己有信心、有能力、有勇气将梦想真正变为现实，她是做好了准备的。"

不同于陆小曼爱上徐志摩，两人都是飞蛾扑火般的人物，不轰轰烈烈燃烧一番是不可能的。然而她的烟火撞上他的微风，彼此都是生活在乌托邦中的人物，怎能指望今后那柴米油盐的生活？

曾经无比怨毒地想，若是徐志摩坠机于和陆小曼结婚前，那么对于两人而言，莫不是庆幸。感情燃烧在最旺盛的那一刻，如在云端，来不及坠落于地。那么也没了婚后两人无穷无尽的折磨：他不用面对他的窘迫，可以衣冠胜雪地做那新月派诗人；她不用看年华老去，依旧做她艳丽无双的交际名媛。

　　因此不得不说满生应该庆幸遇上了细侯这样一个冰雪聪明的女子，务实且有爱。

　　只听她在枕边细细勾勒今后的宏伟蓝图，看着这如花容颜，怎地不大觉人生美好，三生有福？她美丽动人，上得厅堂；她诚恳务实，当得起个好妻子；她好学上进，可以红袖添香。

　　同时细侯放低自己的身段，将最重要的决定让给满生来做。她会学诗，希望满生可以教他，充分满足了满生的书生之气，以为自己是才子托身，来指点这个呆呆的"香菱"。在他面前，将自己放得很低很低，仿佛尘埃中都要开出花来。可以说满生的虚荣心得到了极大的满足，同时也更加开始憧憬起这样诗情画意的幸福生活了。

　　话已说到这份上，几乎是掏心挖肺了，那么最现实的问题摆在眼前：赎身的银子怎么办？

　　细侯说自己因为当初年幼没怎么存私房钱，那么各人出一半。这样的女子，豪爽大气，着实是满生的幸运。按照通常小说中赎身的路子，书生们通常是应该承担大部分赎金的。然而这里细侯却考虑到满生的难处，主动提出分担一半。

　　而这一半，便是细侯受尽屈辱所得吧。然而，细侯的诚恳，比杜十娘还有过之而无不及。十娘藏起了百宝箱，只是为了一时的试探，只要李甲通过了这关，那么他将得到天底下最真诚最善良的女子和无尽的财富。

　　而细侯，出于对满生的完全信任，几乎是将全部的希望都

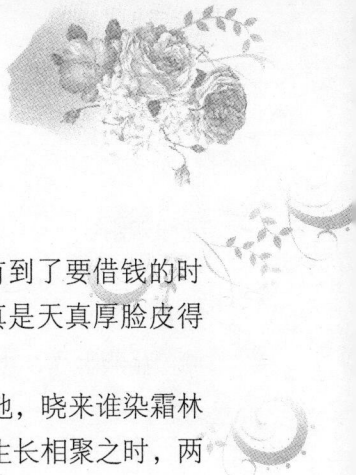

寄托了在满生身上。

满生提出向远处的朋友借钱，还真是只有到了要借钱的时候才会想起那些旧不联络的相识们，满生也真是天真厚脸皮得可以。

于是不得已面临着分离，"碧云天，黄叶地，晓来谁染霜林醉？总是离人泪"。然而想到满生回来便是此生长相聚之时，两人便又满怀希冀了。

自从离别后，细侯便以他人妇为居，不再接客。这便是细侯对满生的承诺，也是对自己美好生活的谋划与追寻。

只可惜，满生不幸换作了满生，如同那《红楼梦》中冤死的冯渊，一名成谶。水满则溢，月盈则亏，于是这美梦半途生成了噩梦。

偏遇上那龌龊商，行了那无耻勾当，囚了满生，害了细侯。

说什么细侯没有义气，最后还是跟了那富商。说到底，老鸨的一番潜台词不可谓不是蕴涵深刻的警示钟：不是说什么报答自己的"养育"之恩，只是你现在赖在这里，到底是让我唱个黑脸让你重操旧业；还是愿意银货两讫去过那平淡日子？

对于一心想脱离妓院的细侯来说，这也是无奈之举。更何况，满生已死，不是说为他不能守节或者说日子依然要过下去之类的理由，只是那个可以寄托的载体已经没有了，那么就算是夸张得被人说成是行尸走肉的日子又如何？于是嫁了那富商，做了默默不语的"息夫人"。

后来满生脱困，来找细侯，得知细侯已经嫁人生子，满心悲伤，悲彻之下托人带话给细侯。

满生此刻的心情怕是和《诗经·燕燕》里的那位主人公差不离了吧：

"燕燕于飞，差池其羽。之子于归，远送于野。瞻望弗及，泣涕如雨。

燕燕于飞，颉之颃之。之子于归，远于将之。瞻望弗及，伫立以泣。

燕燕于飞，下上其音。之子于归，远送于南。瞻望弗及，实劳我心。

仲氏任只，其心塞渊。终温且惠，淑慎其身。先君之思，以勖寡人。"

眼睁睁地看着心上人从自己眼前错过，杜牧也不过是叹了句"自恨寻芳到已迟，往年曾见未开时。如今风摆花狼藉，绿叶成荫子满枝。"

可是满生不同，因为细侯在他的心中分量太重了，所谓爱过方知情重，便是如此吧。

然而满生未曾对细侯有过任何质问之语，仅仅是托人告诉了细侯自己的情况。而这时心里却不禁对满生有了些许好感：不是成心想去打扰她的"幸福"；不是想学乔知之责问她的背信逼她自尽；不是想让她心慌意乱和他破镜重圆。

没有任何的纠缠，只是想告诉她自己并未抛弃信义，一直都坚守着彼此的承诺。只是想告诉她全部的事实，让过程可以公平一些。而最终的决定权，依然是在她身上。

细侯确实是个惊世骇俗的女子，联系前后事情迅速明白了整件事的因果，于是毫不犹豫地去投奔满生。

只是可惜了那无辜的孩子，莫名其妙地就死于襁褓中。

想来细侯要杀死这孩子，无非是出于三个理由：一是愤恨富商欺骗自己，让他断子绝孙；二是恼怒富商陷害满生，或者说是帮满生复仇，除却这个自己本来就和富商没有任何感情的"孽种"；三是彻底斩断和富商的联系，以免以后他用孩子来拖累要挟自己。

不是想故意矫情，问问细侯今后梦中是否会想起那个小孩儿，于心能安？或者会像李碧华小说中那个杀死自己孩子的女囚，最后几成梦魇。

如果说那个小婴儿只不过是个象征，象征着细侯为了坚守和满生的承诺而冲破的重重阻碍。可我还是惦念着那个死去的孩子，无关乎爱，只关乎生命。

我不是人道主义者，但这确实是我对美狄亚一直喜欢不起来的原因：生命太过贵重，任何人都没有权利轻易决定他人的生死。

古代传奇中有一篇是说一位侠女为了报仇，对丈夫隐瞒自己的身份。当大仇得报之后，便杀了自己的儿子留下丈夫自己独自离去。也许她是觉得丈夫孤身一人无法明辨江湖险恶，无法将孩子抚养长大。那么，与其让他将来受尽苦难，不如现在替他结束生命。

怕富商将来用孩子来做要挟，怕富商将来对孩子百般折磨（当然个人觉得前一种可能性更大），于是选择结束孩子的生命。

这富商也确实是龌龊，为了占有这个女子，不惜亲手毁了她的梦想。不过倒也只是延了些时辰，倒也没有取了那满生的性命，还没有胆大妄为到草菅人命的程度。只是料到了满生是个书生意气，却忽略了这女子才是个狠角色。

"细侯"这个名字，据说是取自汉代好官郭汲，字"细侯"，后人常借用他的字来命名受人民爱戴的父母官。比如刘禹锡的"童子争迎郭细侯"，诗人陈师道的"到处儿童说细侯"，甚至蒲公写《悲喜十三谣》给他尊敬的县令张嵋送行，也来了句"又杖青藤送细侯"。

用这样一个名字来为细侯命名，可见蒲公对她的尊敬。

甚至是在不同版本中，蒲公还将细侯这种重视诺言的行为和关二爷相提并论。大赞关羽归汉和细侯回到满生身边有什么区别？义薄云天的寿亭侯，此刻却成了这小小的青楼女子的一个注脚，可见蒲公对细侯的重视程度。

细侯不信命，因此她所做的，都只是为了能挣脱那层束缚而已。结识满生，与他约定今生；拒绝重操旧业，守身如玉；得知真相，义无反顾地奔向满生的怀抱。

改命，也许就是细侯一直在想、在做的吧。

对于她的过往，我只能说是惊世骇俗；对于她的后半生，我也只能说是祝福，只愿她细心地守着她这份来之不易的小幸福就好。

十五、《江城》系列：

《江城》：忽闻河东狮子吼

江城篇：对烛独酌胭脂虎

《江城》：忽闻河东狮子吼

"龙丘居士亦可怜，谈空说有夜不眠；忽闻河东狮子吼，柱杖落手心茫然。"这是苏轼调侃好友陈季常的诗句，讽刺他家有个母老虎。

话说苏轼还真是爱造口孽，当年好友张先八十岁纳个十八岁的小妾，苏轼也调侃道："十八新娘八十郎，苍苍白发对红妆。鸳鸯被里成双夜，一树梨花压海棠。"

再说知交好友佛印。偶然拜访佛印，苏轼问佛印看自己是什么，佛印说施主像朵花，苏轼道佛印在自己眼中像坨大便。自以为赢过了佛印而洋洋得意。

如此嚣张狂妄，难怪那位传说中的苏小妹批评哥哥说禅家讲心有所感，佛印心中有花，看万物便是花，哥哥心中污垢，看万物皆是污垢。苏轼这才愧不敢言。

话说回来，这妻管严的现象在古代也是有的：比如那位独孤迦罗皇后，她在世时隋文帝后宫嫔妃一个也不敢碰；戚继光的妻子王氏，听说戚继光要纳妾，竟要手刃戚继光，吓得戚继光只好穿着战甲去求饶；跋扈将军梁冀的妻子，把他心爱的外室折磨得要死不活，他却不敢跟她翻脸。

而蒲公是深刻见识过这类情景的。他的嫂嫂们便是这般厉害角色，欺负得他连家产也不曾分到多少。于是我们可以看见整本《聊斋志异》中反映悍妇的故事相当多，而每个故事也都反映了蒲公想调和一夫多妻制的思想局限。因此，那本鼎鼎大名反映泼妇生活的《醒世姻缘传》便被怀疑是蒲公捉刀。

这里我们来讲一个其中最典型的，也是结局最乐中悲的。

话说临江高藩，年纪轻轻，聪慧有加，外带仪容秀美，十四岁就进了学堂。可谓是翩翩浊世佳公子，更是广大群众眼中的"金龟婿"。这不，许多有钱人家都争着要把女儿嫁给他，可他偏偏要求苛刻，总是让他老爹下不来台。

然而偏偏他爹高仲鸿六十岁也只有他这么一个儿子，自然是宠之爱之还来不及呢，于是不忍心违背了他的愿望，也就随他去了。

花开两朵各表一枝，这东村又有位樊姓老汉，是个教书匠，有个女儿唤作江城，和高生同岁。

八九岁的时候两小无猜，天天在一起玩耍，可谓是青梅竹马，情深意厚。只是后来樊家搬走，四五年了也没个音讯。

正巧这天高藩在小巷里遇见一个女子，长得特别漂亮，"艳美绝俗"，后面跟着个六七岁的小丫鬟，高藩不敢上前去大大方方地看，只是斜着眼睛瞧着她，害羞而温情的样子。而那女子也停下脚步来斜着眼看他，好像有话想说。

这番小女儿情态，仿佛是戴望舒的那首《雨巷》中的丁香花姑娘，寂寥的小巷中，一位出尘脱俗的女子，彼此"相看两不厌"，这般温情的邂逅，只怕又是个美丽的结局吧？

高藩仔细一看，原来是江城，顿时惊喜异常。然而谁也没有开口说话，都只是呆呆地站在那里，含情脉脉地注视着对方。

就这样伫立巷中，一生一世吗？当然不可能。于是等到要走时，高藩便故意将自己的红巾遗失在地上，转身离开，小丫鬟拾起来，开心地交给江城，江城如此聪慧，自然明白是什么意思了，悄悄将手帕藏在自己袖子里，同时又巧妙地换上自己的手巾，假意对丫鬟说："高秀才并非外人，咱们可不能隐藏他遗失的东西，你快追去把手绢还给他。"

高藩得了手帕自然是十分高兴，这两个年轻男女，就算是交换了定情信物，比《红楼梦》里的小红和贾芸还强。

这高藩动心了，赶紧回家和母亲商量，希望去樊家提亲。老夫人却嫌弃樊家太穷，流离失所，拒绝了。

高藩却坚定地说："我自己愿意娶她，无论怎样，绝不后悔。"没成想后来真的一语成谶。老夫人说自己做不了主，要和老爷子商量一下。老爷子也是坚守门第观念之辈，打死不松口。于是高藩心中闷闷不乐，一粒饭也咽不下去。

作为高家夫妇的心头肉，高母自然是为此非常忧愁，就和丈夫商量说："樊家虽然贫穷，但也并非是市侩无赖。我到她家去看看，倘若他的女儿可以婚配，我看结亲也没有害处。"高老爷子也只好答应。

高母便以到黑帝祠烧香为托词来到樊家，眼瞅着姑娘明眸秀齿，居然出落得非常美丽，心中既喜爱又高兴，真是越看越顺眼。于是取出银子、绸缎，赠给姑娘一份厚礼，并且如实地讲明了自己的来意，而江城的母亲先是谦辞一番，而后才接受了婚约。

高母回到家里讲述了事情的经过，高生才解愁为笑。过了一年，选了个黄道吉日就把江城迎娶过来。

刚开始夫妻互相满意，都很高兴。但是，江城容易生气，而且翻脸就不认人。没想到没过多久高藩的苦日子就开始了。

江城说话唠唠叨叨、尖酸刻薄、聒人耳朵。换用现在的话来说，估计就是有"公主病"。

然而高藩因为爱她，全都加以忍让，公婆听到以后，心里自然不满，就在背地里责怪儿子。

不巧的是这些又被江城听到，心中怨恨，辱骂得更凶了。高藩稍微回了几句嘴，江城越发愤怒，连打带骂，就把他赶出房间，然后把门闩紧。高生站在外边，冷得发抖，也不敢敲门，只好手抱双膝宿在屋檐下。

江城从此就把高生看做是仇人一般。起初，高生长跪，江城的态度还可以得到缓解，都说男儿膝下有黄金，可这招渐渐地也不灵了，高藩的处境就更苦了，连个"跪得容易"估计也用不上了。

高家老两口实在看不下去，就稍稍地责备了江城几句，她就蛮横顶撞，泼辣简直都让人说不出口。

老头老太太终于怒了，使出撒手锏，逼着儿子把江城休了。而江城的爹觉得颜面无光，便托交情比较深厚的朋友到高老爷跟前去说情，老爷子坚决不答应。

等到一年后，高藩外出遇见了岳父，岳父就把他请到家中，连忙向他陪不是，又让女儿打扮好出来与高生见面。

夫妻相见，"相顾无言，唯有泪千行"。樊老爹便买酒设宴款待女婿，席上又殷勤劝酒。天黑之后，又坚决留高生住下，另外打扫出一间屋子，让他们夫妻睡到一起。第二天一早，高生回到家中，不敢把这件事告诉父母，编造了一些话也就掩饰过去了。

从此以后，每过三五天就到岳父家去住一宿。小两口仿佛是过上了"走婚"生活，然而高藩的父母都还不知道。

有一天，樊老爹主动来拜见高老爷子。开始，高仲鸿拒而不见，后来迫于他的一再请求，只好见面。

樊翁膝行到仲鸿跟前，请求把他女儿接回，高老爷不愿承担此事，就推到儿子身上。

樊老爹说："女婿昨夜还住在我家，没听他说不同意啊。"

高老爷子这才惊讶地说："什么时候到你家去住的？"

樊老爹就把前后的情况告诉了高仲鸿。老爷子没办法了，儿子要当黄盖，自己只好红着脸说："这些事我根本不知道，既然他爱她，我们和她有什么仇呢。"

樊老爹离去后，高仲鸿把儿子叫到跟前，狠狠地骂了一顿。随后等到江城回来便分了家，派了个婢女去侍候他们。

过了一个多月，夫妻相安无事，公婆稍感宽慰。可没过几天，江城旧态复萌，渐渐放肆起来，高藩的脸上常常有被指甲抓破的痕迹。高家夫妇明明知道，但忍着不加过问，睁只眼闭只眼。

一天，高生被打得实在受不了，逃到父亲这边来躲避，狼狈得就像是只被老鹰打败的小鸟。公婆们正要问个究竟，江城已凤姐附体，手持棍棒追了过来，就在公爹的身边捉住高生猛力捶打。

谁家孩子不是爹妈心头肉啊，公婆流着眼泪大声喝止。江城不听，一连打了数十棍，才咬牙切齿地离开。

高仲鸿便驱逐儿子说："我就是为了避开嚣闹才分家另过，你原本就喜欢这一套，还逃跑干什么？"这老爷子也算是破罐子破摔了。

高藩被父亲赶出，无处可去。母亲怕他在受辱后一时想不开去寻死，就把儿子喊回来让他单独住下，并按时给他送饭，又把樊老爹请来，让他教育自己的女儿。

没想到江城是个犟脾气，不但不听老爹的话，反而比《红

楼梦》中的夏金桂更泼辣，甚至是用恶言秽语顶撞，气得父亲拂袖而去，表示坚决不再认这个女儿。不久，父母气得生病而死。江城对父母怀恨在心，甚至不回娘家吊孝，只是整日隔着院墙高声叫骂，故意让公婆听到。

对于这些，高仲鸿假装没有听到，全都置之不理。

接着江城就开始了她的整人三部曲。

一是以正妻纲。

高藩独居已久，便偷偷买通媒婆找妓女来相伴。日子一久，江城自然有所风闻，与高藩当面对质。可是高藩当然是拒不承认，江城却倍加留心高藩的举动。

江城对媒婆威逼利诱，伪装成高藩看上的一个女子，趁夜摸进高藩的屋子。高藩自然是高兴极了，挽着她的手臂，请她坐下来，诉说着自己的思念。然而她一直默不做声，高藩又在黑暗中，用言语行为挑动她。而江城始终也不言语，高藩又说："平素的愿望，直到今日才得以实现，咱们哪能面对面而不相识呢？"亲自点上灯一照，原来是江城。

于是高生大惊失色，连灯也掉在了地上。只见他就像刀架在脖颈上一般，吓得跪在地上不住的战栗。江城提着高生的耳朵，一直把他揪到自己的房间。用针把他的两个大腿刺个遍，然后让他躺在地下一个低矮的床上，睡醒一觉就痛哭一顿。高生从此就如同惧怕虎狼一般畏惧江城，有时江城给个好脸，让他亲近自己，但就是在枕席之上，高生由于恐惧也不能如愿尽兴。江城为此打他的嘴巴，把他赶下床去，并且更加厌弃他了。高生每日虽然身处富裕的环境，然而就如同监狱里的罪犯一样，整天看着狱吏的脸色过日子。

其二是教训姐姐。

江城有两个姐姐，都嫁给了秀才，大姐性情平和善良，不喜欢说话，常常与江城说不到一块儿，也很少来往。二姐嫁到葛家，为人狡黠善辩，又喜欢顾影弄姿、自我欣赏，相貌虽然赶不上江城，然而凶悍忌妒的性格却与江城一样。

姐妹相逢不讲别事，只是各自讲述自己如何大耍威风制服男人，并且以此自鸣得意，所以两个人的关系最好。看来这两姐妹都是人格发展不健全的人啊。

平时高藩到亲友家去，江城就要生气，唯独到葛家去时，就是知道也不禁止。一天，高生在葛家饮酒，不觉酒醉，葛生嘲笑他说："你为什么怕她怕得那么厉害？"高生笑着回答："天下之事，有些真是让人难以理解，我之所以惧怕她，是因为她长得漂亮。可是还有这样的人，他老婆赶不上我老婆漂亮，而他怕老婆却比我怕得更加厉害，这岂不是越发让人莫名其妙吗？"

高藩这话说得还真是尖酸刻薄，听得葛生面红耳赤，一句话也答不上来，婢女听到后，就跑进去向主人报告。二姐一听非常生气，操起拐杖，即刻跑到高生前面。高藩见她样子凶恶，光着脚，就要逃跑，但拐杖已经扫来，打中他的腰脊骨，一连三杖。高生摔倒在地，再难站起来了，又一杖误中头颅，直打得他血流如注。

二姐走了，他才一瘸一拐地回到家中，江城一看丈夫被打成这个样子，就问发生什么事了。起初，他因为是得罪了大姨子，不敢立即相告，后来在再三追问之下，他才如实讲给她听。江城取来白布，一边给丈夫包扎头上的伤口，一边忿忿地说："人家的丈夫，何必烦劳她痛打呢。"

包扎完毕，换上短衣，怀揣木杵，携带婢女，就找上门去了。到了葛家，二姐出来笑语相迎，江城一言不发，抽出木杵一下子就把她击倒。然后撕破她的裤子又狠狠地打了一顿，直

打得她齿落唇缺。大小便失禁，江城这才回家。

二姐又羞又气，就派丈夫找高生来理论，高生迎接出来，极力用好话进行劝慰。葛生却背地里对高生说："我这次是不得已才来的，我那凶悍的老婆不仁不义，幸而借着妹妹的手狠狠教训了她一番，我们两人之间又有什么嫌恶呢？"

这些话都被江城听到，她立即走出来指着葛生骂道："你这个没出息的东西，老婆吃了亏受了苦，你不心痛，反而偷偷地向别人讨好。这种男子，难道不应该往死里打吗？"便大喊婢女赶快给寻找棍棒。

葛生感到非常困窘，乘江城不备，抢先跳到门外就逃跑了。从此，高生就几乎没有什么亲友处可去了。

每每看到此段，总是想起天涯八卦版一度流行的"JP贴"，这江家二姐妹的事迹，用网友的话来形容，只怕是"狗血而剽悍"吧？

三是整高藩的同学。

好不容易赶上有次高藩的同窗学友王子雅前来看望，高藩自然是热情挽留他喝酒。子雅，名字有雅意可为人却不雅。饮酒时两人讲了不少黄段子，恰好被江城偷听到了，就暗中把巴豆放到汤里让婢女送上来。不一会儿，王子雅就上吐下泻难以忍受，后来连气息都微弱了。江城就打发婢女去问他："你还再敢无礼吗？"

这时王子雅才悟出自己的病是怎么来的，于是一边呻吟一边衰求。江城便让婢女把事先已准备好的绿豆汤端来，王子雅饮下后吐泻才止了。从此，同窗之间互相告诫，谁也不敢上高藩家来喝酒了。

可是这王子雅的故事还有下文。话说这王子雅家有一座酒店，酒店中摆了许多盆梅花。一天，王子雅宴请同辈好友，高

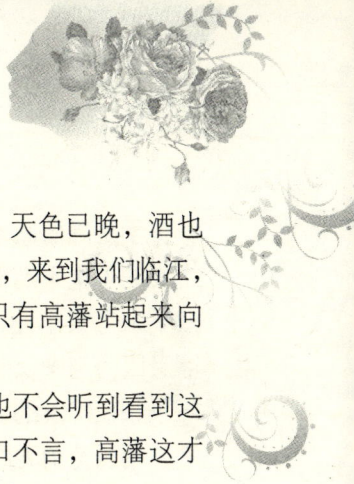

藩便谎称举办文社，禀告江城后也赶来赴宴。天色已晚，酒也饮得尽了兴，王子雅说："正巧有位南昌的名妓，来到我们临江，可以请来陪同大家饮酒。"众人都非常高兴，只有高藩站起来向大家告辞。

众人拉住他说："夫人的耳目虽长，恐怕也不会听到看到这里来。"大家一齐发誓，对狎妓饮酒之事都缄口不言，高藩这才重新就坐。

不多时，这位名妓果然来到，只见她年龄不过十七八岁，玉佩叮噹，云鬓高耸，非常漂亮。问她的姓名，她说："姓谢，小字芳兰。"言谈极为风雅，在座的人都欢喜若狂。

但芳兰却特别留意高生，屡次送过秋波，这事被众人发觉，这些同窗也是些唯恐天下不乱的角色，就故意把两人拉过来，让他们并肩而坐。

乘人不注意时，芳兰偷偷地拉过高生的手，用自己的手指在他的手心里写了个"宿"字。高生此时此刻，真是欲去不肯，欲留不敢。心乱如麻，两人一会儿倾头耳语，一会儿推杯换盏，不多时，醉态更加狂放，高藩便把自家床上那只胭脂虎早忘得一干二净了。

不觉之间，更鼓响，夜已深。酒馆中的客人越来越少，唯有远处还坐着一位美少年，面对灯光，自酌自饮，有一个小小书童手捧头巾在旁边侍候。

众人都悄悄议论，认为这位少年实在高雅。不久，这位美少年饮罢酒也出门而去。这时，书童却返身而入，对高藩道："主人在外边相侯，有些话要和你讲。"

众人都感到莫名其妙，只有高藩的脸色突然变得非常难看。未来得及与大家告别，便匆匆忙忙跟着书童走了，原来这个美少年就是江城，这个书童就是他家的婢女。

于是高藩回家后又是遭到一番鞭打。从此以后连婚丧嫁娶之类的事也不准他出门了。真是人倒霉了连喝凉水都塞牙。学政下来考察学业，高藩因为误讲被取消了秀才资格。一天，高藩又因为与婢女说了几句话，被江城怀疑他们有私情，就把酒坛子扣在婢女的头上鞭打婢女。打完后，又把高生和婢女绑起来，用绣花剪刀在每个人的肚子上剪下来一块肉，然后让他们互相补在伤口上，松绑之后又让他们分别用带子束好，过了一个多月，补在伤口上的肉竟都长在一起了。

　　江城还常常光着脚把饼踩进尘土中，喝令高藩拾起来吃掉，像这样的事情还有很多。高藩的母亲时刻惦记着儿子，偶尔来到媳妇家里，见儿子骨瘦如柴，回去之后，心疼得号啕大哭、痛不欲生。

　　真不知该说高藩是妻管严过于严重，还是自己有受虐待倾向，两夫妻这日子过得这般"惊心动魄"。

　　然而夜里高母梦见一老翁告诉她：不必忧愁烦恼，这都是前世的因果报应。江城原来是静业和尚豢养的一只长生鼠，高藩前世是个书生，有一次到寺中游玩，误把此鼠打死，所以才得到这样的恶报。这靠人力是不能挽回的，如果你每天早起，诚心诚意地背诵观音咒一百遍，肯定会有效果。高母醒来，把自己的梦告诉丈夫。于是惊异的夫妇两便虔诚地诵经两个多月。

　　谁知江城还是像过去一样蛮横，而且有时还更加狂纵，听到门外有敲铜鼓的声音，就头发乱蓬蓬地跑出去，痴呆的眺望。众人指点耻笑她，她也不感到羞惭，公婆为此都感到脸上无光，可是对她却一点也没有办法。

　　一天，忽然来了一位老和尚在门外宣讲佛法，围观的人很多，老和尚吹鼓上的皮革发出牛叫似的声音，江城听到连忙跑过去，一看围着的人很多已经没有空隙，就让婢女搬来木凳，站到上面去观看。众人都回过头来看她，她也毫不在乎。

过了一些时候，老和尚将要演习完毕，就要了一盂清水，持着水盂，面向江城而祷念说："莫要嗔，莫要嗔，前世也非假，今世也非真。咄，鼠子缩头去，勿使猫儿寻。"念毕，吸了一口水径直向江城的脸上喷去，只见她涂满脂粉的脸上湿漉漉的，滴下的水把衣服都弄湿了。

围观的人都非常惊骇，认为这回江城必然气得暴跳如雷。然而出乎意料，她竟一言不发，用袖子擦了擦脸，默默地回家去了。众人散去，老和尚也就走了。江城回到家，进入室内就痴呆呆地坐在那里，如同丧魂失魄，整天也没进饮食，天黑之后打开床铺也就睡了。

半夜，江城忽然把高生唤醒，高生以为她要小便，就赶紧把尿盆捧来。江城推辞之后，就牵着高生的胳臂，把他拉进自己的被子里。高生虽然得到了温存，但是还是很紧张害怕，江城感慨地说："把你弄成这个样子，我还怎么做人呢？"

于是用手抚摸高生的身体，每逢摸到刀杖伤的疤痕，就嘤嘤地啜泣，用指甲掐自己，恨自己怎么不立刻死掉。高生看到江城这种悔恨的样子，实在不忍心，就用好言好语来安慰和劝解，江城说："我想，那位老和尚一定是观音菩萨的化身，他用清水往我身上一洒，就如同更换了我的五脏六腑。如今回想起从前的所作所为，都如同是隔世一样。过去的我，莫非不是人？有夫妻而不能欢聚，有公婆而不能侍候，这安的是什么心哪？明日我们就搬回去，仍然和父母住在一起，也便于按时照顾老人家。"絮絮叨叨地说了一宿，就如同夫妻十年离别那样亲热。

天一亮便催高藩去见公婆。面对母亲惊异的询问，高生就讲述了江城的心意。还在迟疑中，江城已经偕同婢女进了家门，母亲也只好跟了进来。

只见江城跪在地上边哭泣边陈述自己的过失，只求幸免一死，母亲察看到她确实是真心诚意，也流着眼泪说："我的媳妇怎么突然变得这么懂事了？"等高藩告诉了她梗概，老夫人便明白梦境应验了。

从此，江城悉心侍奉公婆，比孝子还要好。见到客人，则腼腆得像新媳妇一样，有人开玩笑时讲点过去的事情，则羞得她面红耳赤。她勤劳俭朴，又善于理财，三年之间，公婆都不过问家庭的生计。而在江城主持之下，高家竟积累了万贯家财，高藩在这一年也考中了举人。

江城常对高生说："当年，我曾见芳兰姑娘一面，如今还经常想起她。"高生认为自己不受虐待，就已经非常知足了，再不敢萌发什么妄想，只是嗯啊地答应了一声，也没往心里去。这时高生进京应试，数月之后，才回到家乡，进入室内，见芳兰正与江城下棋。原来江城已经用数百两银子给她赎了身了。然而关于江城的故事，王子雅便充当了八卦记者，对这件事的经过非常了解。

蒲公评价说人生行善作恶，件件都要报应。而唯有夫妻之间的报应，就如同骨头上生了恶疽，会更加恶毒而残酷。往往见到天下贤惠的妻子不过十分之一，而刁蛮的悍妇要占十分之九，这也可以看出人世间真正能行善的人太少了。观世音菩萨法力无边，为什么不将盂中的甘露洒遍整个大千世界呢。

江城篇：对烛独酌胭脂虎

"从现在开始，你只许疼我一个人，要宠我，不能骗我，答应我的每一件事情都要做到，对我讲的每一句话都要真心，不许欺负我，骂我，要相信我。别人欺负我，你要在第一时间出来帮我。我开心呢，你要陪着我开心，我不开心呢，你要哄我

开心。永远觉得我是最漂亮的，梦里面也要见到我，在你的心里面只有我！"

这是电影《河东狮吼》中陈季常的妻子柳月红的台词。其实不过是借了一个现代小女子的口吻来表达千年前那位夫人对一夫一妻制的希望。

很多人把江城归为《聊斋志异》里难得一见的泼妇，并且从明代《五杂俎》中考证出江家五姐妹是当时有名的泼妇，不过从故事来看，江城和高蕃也算是郎情妾意，就像高蕃说的："天下之事，有些真是让人难以理解，我之所以惧怕她，是因为她长得漂亮。"

也许这便是所谓的又爱又怕吧，不然为何每每饱受虐待也不敢休了她？

江城聪明伶俐毋庸置疑。她与高蕃门不当户不对，嫁进高家本来没什么指望。但她明白高家二老对儿子的溺爱程度，于是再见高蕃之后便和高蕃来了个手绢盟约，私定终身。

因此，即使是高家二老以一个穷教书匠不能作为亲家为由，也不能劝阻儿子娶江城的决心。

本来高母对儿子的任性无可奈何，可等到看见江城后，觉得这媳妇看起来也是明眸皓齿，秀丽可爱，于是开心地接受了这桩婚事。

本以为这是个灰姑娘嫁给了王子然后生活在一起的幸福故事，没想到这蜜月期还没过完，江城的"公主病"就开始发作了。也许一开始只是小两口之间的拌拌嘴，高蕃又宠着江城，便处处谦让她。

这便是新婚磨合期吧。本来夫妻俩之间谁更强势些，只是小夫妻的事，可是高家老夫妇不乐意了：我就这么个宝贝儿子，疼还来不及呢，你还舍得骂他？再者，这么个身份低下的丫头嫁到咱们家，算是她的福气了，儿子也太不会管教媳妇了。

按照江城的烈性子，自然更是愤恨不已。于是开始了对高藩的打骂生活，给丈夫个下马威。

没想到最先不能忍受的倒是公公婆婆，马上找了儿媳妇去谈话。说你怎么这么没家教呢，连妇德都不明白。江城便开始反驳抵触，想这小夫妻俩的事与你们老两口有什么关系呢？于是公婆气极，便使出了杀手锏，要休了江城。

这老夫妇的处理方式也忒粗暴了，丝毫没考虑后果。想那江充为了后路都敢捏造罪名陷害戾太子，这高家两老人手段直接来个简单粗暴不合作，丝毫没有征求儿子的意见，也难怪会酿造后面的不幸了。

这样一件事，搁在别的女子身上，只怕是受不了了。更何况高家和江家本来就门第悬殊极大，江城被休，只怕是少不了街头巷尾的议论纷纷、指指点点。

然而好在江老爹身为过来人，有这劝架的经验。"擒贼先擒王，射人先射马"，看出能让女儿再回高家的关键其实是在高藩身上，于是拉了女婿不让他走。

高藩又是个重感情的人，见到江城，看她那梨花带雨楚楚可怜的模样，自然是小夫妻和好了。当初唐明皇一气之下把杨贵妃送出宫，看到贵妃任性地送来一缕秀发，误以为贵妃要自尽，立即急得跟热锅上的蚂蚁一样赶忙接回了杨玉环。

这里的高藩莫不是如此。

只是当初的休妻是父母做出的决定，自己也没胆子开口将江城接回去，只好偷偷地住在岳父家，真真是善良又软弱。

于是等到父亲发现，接回了江城，又预料到后来的发展便提出了分家，眼不见心不烦。

可是回到高家的江城却开始了她疯狂的报复。

一是当着公公婆婆的面殴打丈夫，这比凤姐拿着剑追赶贾琏到贾母面前还狠，毕竟高藩还没犯什么错。

　　这明摆着就是给公公婆婆脸色看。打过了骂过了，接下去居然是将高藩赶出家门，不给饭吃，还得老太太偷偷给儿子送食，这简直是对高家人的折磨与摧残。

　　最后呢，居然是对父母的报复——不参加劝她守妇道的亲生父母的葬礼。

　　曾有人说江城是否是为了和公婆作对而执意如此，因而"不知江城是否在夜深时对烛垂泪？为父亲的'膝行而请、谢罪不遑'？"

　　我想依江城的火爆脾气，断然没有心机深重到这样的地步——以拒绝参加父母的葬礼来作为对公婆的报复。那么唯一的解释便是因为父母劝她恪守妇道，违背了她的信仰——夫妻平等。

　　可以说是她任性妄为的表现，然而这样对父母的报复也未免让天下做父母亲的寒了心。也可以说是江城从小是个被宠坏了的女子，虽然是小户人家，可是父母对她的爱却未因此而受到任何影响。过度地娇惯才使得江城对父母如此不敬吧。

　　极度的高压必然导致高藩偷偷的反抗，于是高藩私下买通媒婆找妓女和自己相伴。

　　然而江城是何等聪明的女子，当初可以费劲心思嫁进"豪门"，那么自然是做好了和丈夫外室打架的心理准备。她果断地对媒婆进行威逼利诱，假扮成自己是丈夫喜欢的那个女子，这一招用的是瞒天过海；接着听高藩诉说衷肠，为保存"犯罪证据"而默默不语，这是以逸待劳和欲擒故纵；等时机一到，高藩发现原来是江城，自然是吓得魂不附体，高藩自然是难逃一打。

这样沉稳机敏果断，也只有江城能做到了。然而负面效果也出来了：高藩从此对她畏若虎狼。

而后来江城对姐姐说的那句"人家的丈夫，何必烦劳她痛打呢"，可以说是江城对丈夫爱到想完全占有他的病态表现。

不同于阿Q说的："和尚摸得为何我摸不得"，江城对高藩，也许是这般心思：你是我的丈夫，我是你的妻。我爱你，你也爱我。但是我只会爱你一人，你也只能爱我一人。必须顺着我的心意，疼着我，不准寻花问柳拈花惹草。

我不会学那温柔娴淑的管夫人，等到赵孟頫起了个纳妾的念头才悲切地作首："你浓我浓，忒煞情多，情多处，热如火，把一块泥，捏一个你，塑一个我。将我两个，都来打破，用水调和，再捏一个你，再塑一个我，你泥中有我，我泥中有你，与你生同一个塌，死同一个椁。"来表达两夫妻不应有第三人的哀情。

你是我的丈夫，但不是我的天不是我的地，离了你我能活能跳。我的世界不是完全为你而旋转。

爱我就不要和我斗嘴，因为我在家里从小受爹娘疼爱；爱我就不要去找其他女子，因为我不愿意一个人独自看烟火绚烂；爱我就不要用什么妇德来规范我，因为我不是模子下的印泥。

因此，任何人都不能伤害高藩，唯一能对他"打是亲骂是爱"的只能是自己。

却没想到，高藩还是又迷恋上了另外的女子，这次江城化身成一个高雅少年，远远看着高藩和谢芳兰调情，独自对影小酌。

最后没有当面戳穿他，只是唤了贴身丫鬟和高藩打了个招呼，高藩自然又是被吓得魂不附体。

美丽、冷静、有心机、果断、残忍、高雅、潇洒，这些相互对立的词语用在江城身上却是这般统一，可见江城的奇异之处。

看到这儿，不禁想起《武林外传》中的白飞飞。她美艳动人，可以是楚楚可怜的娇女，也可以是艳绝四方的性感佳人，更可以是冷血无情的复仇女神。

她不计一切后果地向亲生父亲快活王复仇，深谋远虑，手段毒辣，连整部小说中聪敏得近乎于神的沈浪也屡屡因为她的伪装而卸下心房。

然而在她那扭曲了的心中却还是爱着沈浪，即使是给沈浪下迷药，她也想留下沈浪的孩子。她害过他无数次，甚至是将他置之死地，然而她与他却始终是爱恨交加。舍不得放不下，看他对朱七七好，心里很是愤恨，于是忍不住对他疯狂报复；可是想到他的好，又忍不住放他一条生路。

因此篇末那句"留尔不死，任尔双飞"是何等得洒脱果断。她料到了每个人的结局，所有人都在她的计划之中，惩罚他，但是最终仍不能像对其他人那样狠心害死他。然而依了她的性子，却仍独占不了他的爱，那么便选择离开吧。

白飞飞不是霍青桐，可以轻易出让自己的感情，她争过爱过恨过，然而最后也逃脱不了一个人独自远走大漠的结局。翠羽黄衫走黄沙，而那名叫白飞飞的女子是否还记着当初那个叫沈浪的人因而给孩子取名"阿飞"。

蝶儿闯入我梦，却又各自翻飞，你过你的江湖游侠生活，我白飞飞绝不对任何事任何人低头认错。

想来，江城也是这样吧。她爱高藩，但是和常人不同，她觉得也许夫妻吵架本是平常事，却没想到还有可以对她的去留做出决断的公公婆婆，也没想到丈夫最终还是会有偷腥的行为。然而对于她，却始终没觉得自己有过做错的地方。

书中那个对"对烛独酌，有小僮捧巾侍焉"的背影让人心向往之。只是不知此时的江城可否感到过疲倦，这般对他追逐不休，心难道没有过倦怠吗？

　　文中最后用因果报应来阐明江城和高藩之间的"孽缘"，借用老和尚的甘露化去她身上的戾气。

　　都说百年修得同船度，千年修得共枕眠，看来这床头的夫妻们都是修炼千年的妖精。老话说姻缘是天注定，不过感情的事却还是自己做主的吧。如人饮水，冷暖自知，旁人也不知该作何评价。

　　然而不管旁人如何看待，这对夫妻还是彼此相爱的吧。有人说不知那位老僧给江城洒的什么水？能让江城立刻改变了性情？有人说许是忘情水吧。

　　忘情水，孟婆汤，喝下之后，所有的情爱都不复存在。忘情水，喝了不会醉，心也不会碎。武侠中说无招胜有招，那么没有了心，是否也意味着没有了情，没有了喜怒哀乐，那么他对于她，便是一阵风般的存在了。

　　所有的过往，前尘旧事，都付予一杯水。忘了情，忘了嫉妒，忘了对他的在意，因此才那么"贤惠"，那么"体贴"，为了他心头好，情愿为那妓女兰芳赎身，与她二美共事一夫。

　　故事就这么"完美"地谢幕了。